Vous m'adorez, ne dites pas le contraire

DANS LA MÊME SÉRIE

1. *Gossip Girl*
2. *Vous m'adorez, ne dites pas le contraire*
3. *Je veux tout, tout de suite*
4. *Tout le monde en parle*
5. *C'est pour ça qu'on l'aime*
6. *C'est toi que je veux*
7. *Je suis parfaite, et alors ?*

gossip girl

Vous m'adorez, ne dites pas le contraire

Roman de
Cecily von Ziegesar

Fleuve Noir

Titre original :
You know you love me

Traduit de l'américain par
Cécile Leclère

ISBN : 978-2-265-08311-0

I’m your Venus, I’m your fire. At your desire [1]

Bananarama. *Venus.*

1. Je suis ta Vénus, je suis ta flamme. Selon ton désir. *(N.d.T.)*

gossipgirl.net

themes ◀ précédent suivant ▶ envoyer une question répondre

Avertissement : tous les noms de lieux, personnes et événements ont été modifiés ou abrégés afin de protéger les innocents. En l'occurrence, moi.

salut à tous !

Bienvenue à New York, dans l'Upper East Side, où mes amis et moi vivons dans d'immenses et fabuleux appartements, où nous fréquentons les écoles privées les plus sélectes. Nous ne sommes pas toujours des modèles d'amabilité, mais nous avons le physique et la classe, ça compense.

L'hiver approche. C'est la saison préférée de la ville et la mienne, aussi. Les garçons sont à Central Park, à jouer au foot ou à pratiquer toute autre activité appréciée des garçons à cette période de l'année ; tout débraillés, ils ont des bouts de feuilles mortes sur leur pull et dans les cheveux. Et ces joues toutes roses... Vous avez dit irrésistibles ?

C'est le moment de faire chauffer les cartes de crédit chez Bendel et Barneys pour une paire de bottes très tendance, des résilles sexy, une petite jupe en laine ou de délicieux pulls en cachemire. New York scintille un peu plus à cette période de l'année et nous voulons scintiller avec elle.

Malheureusement, c'est aussi la période où nous devons remplir nos dossiers pour l'université. Nous venons du genre de familles et d'écoles où il n'est même pas envisageable de ne pas postuler aux meilleures universités ; s'y voir refuser l'entrée serait la honte absolue. La pression est là, mais je refuse de la subir. C'est notre dernière année au lycée, nous allons faire la fête, faire nos preuves et entrer dans les universités de notre choix. Nous sommes issus des plus prestigieuses familles de la côte Est – je suis certaine que pour nous, ça sera du gâteau, comme toujours.

J'en connais quelques-unes qui ne se laisseront pas abattre...

ON A VU

O chez **Gucci**, sur la 5e Avenue. Elle accompagne son père, à la recherche de lunettes de soleil. Incapable de choisir entre les verres teintés rose ou bleu pâle, il achète finalement les deux paires. Ça, pour être gay, il est gay ! ***N*** et ses potes plongés dans le guide des facs, à la recherche des meilleures soirées étudiantes, à la librairie **Barnes & Noble**, au croisement de la 86e et de Lexington. ***S*** en séance de soins du visage chez **Avedon**, dans le centre. ***D***, contemplant rêveusement les patineurs au **Rockefeller Center** en griffonnant dans un carnet. Sûrement un poème sur ***S*** – quel romantique. Et ***O*** qui se fait faire le maillot brésilien à l'institut de beauté **J. Sisters**. Elle se prépare pour...

_O_ EST-ELLE VRAIMENT PRÊTE À SAUTER LE PAS ?

Elle en parle depuis la fin de l'été ; ***N*** et elle étaient de retour en ville, à nouveau réunis. Et puis ***S*** est arrivée. ***N*** a commencé à avoir les yeux baladeurs et ***O*** a décidé de le punir en le faisant attendre. Mais maintenant, ***S*** est avec ***D*** et ***N*** a promis de rester fidèle à ***O***. Il est temps. Après tout, personne n'a envie d'arriver vierge à la fac.

Je vais surveiller tout ça de près.

Vous m'adorez, ne dites pas le contraire.

gossip girl

papa gâteau

— À mon Olivia, ma petite olive. Tu resteras toujours ma petite fille, même en pantalon de cuir, au bras d'un beau mec, dit M. Harold Waldorf en levant sa coupe de champagne pour la faire tinter contre celle d'Olivia.

Il lança un sourire bronzé à Nate Archibald, qui était assis à côté de sa fille à la table de restaurant. M. Waldorf avait choisi Le Giraffe pour leur grand dîner, parce que l'endroit était petit, intime et branché, la nourriture sublime et les serveurs dotés d'un accent français des plus sexy.

Olivia Waldorf glissa la main sous la nappe et pelota le genou de Nate. Le dîner aux chandelles l'excitait. *Si seulement papa savait ce qu'on a prévu de faire après*, pensa-t-elle frivolement. Elle trinqua avec son père et but une grande gorgée de champagne.

— Merci, papa. Merci d'être venu jusqu'ici rien que pour me voir.

M. Waldorf posa son verre et se tamponna les lèvres à l'aide de sa serviette de table. Ses ongles brillants étaient parfaitement manucurés.

— Oh, je ne suis pas venu pour toi, ma chérie. Je suis venu pour me montrer. Ne suis-je pas magnifique ? lança-t-il en penchant la tête d'un côté avec une moue digne d'un mannequin posant pour un photographe.

Olivia enfonça ses ongles dans la cuisse de Nate. Elle devait reconnaître que son père était effectivement magnifique. Il avait perdu une dizaine de kilos, il était bronzé, portait des vêtements français divins et il semblait heureux, détendu. Cela dit, elle était soulagée qu'il ait laissé son petit ami chez eux dans leur château, en France. Elle n'était pas encore tout à fait prête à voir son père se livrer à des démonstrations publiques d'affection avec un autre homme, fût-il beau gosse.

— On commande ? demanda-t-elle en s'emparant du menu.

— Je vais prendre un steak, annonça Nate.

Il se fichait bien de ce qu'il allait manger. Il voulait juste en finir avec ce dîner. Non qu'il ait un problème avec le père d'Olivia, cette grande folle : c'était plutôt distrayant de voir à quel point il était devenu gay. Mais Nate avait hâte de se retrouver chez Olivia. Elle allait enfin céder. Et il était grand temps.

— Moi aussi. Un steak, enchaîna Olivia, en refermant son menu sans l'avoir vraiment étudié.

Elle n'avait pas prévu de manger grand-chose de toute façon, pas ce soir. Nate lui avait juré qu'il ne pensait plus du tout à Serena van der Woodsen, sa camarade de classe et ancienne meilleure amie. Il était prêt à accorder à Olivia son attention exclusive. Peu importe qu'elle prenne un steak, des moules ou de la cervelle au dîner – elle allait enfin perdre sa virginité !

— Moi aussi, ça fait trois. *Trois steaks au poivre***, demanda M. Waldorf au serveur avec un parfait accent français. Et le nom de votre coiffeur. Vous avez des cheveux superbes.

Olivia piqua un fard. Elle prit un morceau de pain dans la corbeille et mordit dedans. La voix et les manières de son père étaient totalement différentes de ce qu'elles étaient neuf mois plus tôt. À l'époque, c'était un juriste conservateur en costume-cravate, carré et droit dans ses bottes. Parfaitement respectable. Maintenant, il était carrément efféminé, sourcils épilés, chemise couleur lavande et chaussettes assorties. C'était vraiment la honte. Après tout, c'était quand même son père, quoi.

L'année dernière, le coming-out du père d'Olivia et le divorce de ses parents étaient sur toutes les lèvres. Depuis, tout le monde s'en était remis et M. Waldorf était libre de montrer son joli minois partout où il lui plaisait. Ce qui ne signifiait pas que les autres clients du Giraffe ne lui prêtaient pas attention. Au contraire.

— Tu as vu ses chaussettes ? souffla une héritière vieillissante à son mari, qui s'ennuyait ferme. Des Burlington rose et gris !

— Il a pas l'impression d'abuser du gel sur ses cheveux ? Il se prend pour qui ? Brad Pitt ? demanda un célèbre avocat à sa femme.

— Il est plus mince que son ex-femme, en tout cas, remarqua un des serveurs.

Tout cela était très amusant pour tout le monde,

* En français dans le texte – ainsi que toutes les expressions en italique suivies d'un astérisque dans le reste du roman.

sauf pour Olivia. Bien sûr, elle souhaitait que son père soit heureux et il avait parfaitement le droit d'être homo. Mais était-il vraiment obligé d'en faire des tonnes ?

Olivia regarda par la fenêtre les lumières de la ville, étincelant dans l'air vif de novembre. De la fumée s'échappait des cheminées au-dessus des toits des luxueux hôtels particuliers de la 65e Rue.

Leurs entrées arrivèrent enfin.

— Alors, ce sera Yale à la fin de l'année, demanda M. Waldorf en piquant un morceau d'endive. C'est toujours ce dont tu as envie, hein, Olive ? La même université que moi ?

Olivia posa sa fourchette et se carra dans sa chaise, braquant ses jolis yeux bleus sur son père.

— Où veux-tu que j'aille ? dit-elle, comme si l'université de Yale était la seule sur la planète.

Elle ne comprenait pas pourquoi les gens faisaient des demandes d'inscription auprès de six ou sept universités, dont certaines étaient si mauvaises qu'on les appelait les « coups sûrs ». Elle faisait partie des meilleures élèves de sa classe. Elle était en terminale à Constance Billard, une petite école élitiste réservée aux filles – où l'uniforme était de rigueur – qui était située sur la 93e Rue Est. Toutes les filles de Constance allaient dans de bonnes écoles. Mais pour Olivia, « bon » n'était jamais suffisant. Il lui fallait le meilleur en tout, sans compromis. Et selon elle, la meilleure université, c'était Yale.

Son père éclata de rire.

— Alors j'imagine que toutes ces autres facs mineures comme Harvard ou Cornell devraient t'envoyer des lettres d'excuses pour avoir simplement essayé de t'attirer chez elles, c'est ça ?

Olivia haussa les épaules en examinant ses ongles fraîchement manucurés.

— Je veux aller à Yale, c'est tout.

Son père jeta un regard vers Nate, mais celui-ci était occupé à chercher quelque chose d'autre à boire. Il détestait le champagne. Il aurait voulu une bière, quoique ce ne fût pas la commande la plus adéquate dans un endroit comme Le Giraffe. Ils faisaient toujours un tel cinéma ; ils apportaient un verre glacé puis servaient l'Heineken comme s'il s'agissait d'une boisson très spéciale, alors que c'était exactement la même merde qu'on trouvait dans tous les matches de basket.

— Et toi, Nate ? demanda M. Waldorf. Tu t'inscris à quelle université ?

Olivia était déjà nerveuse à l'idée de perdre sa virginité, toute cette discussion à propos de la fac n'arrangeait rien. Elle recula sa chaise et se leva pour aller aux toilettes. Elle savait que c'était dégoûtant et qu'elle devait apprendre à arrêter, mais à chaque fois qu'elle angoissait, elle se faisait vomir. C'était sa seule mauvaise habitude.

Enfin presque. Mais nous y reviendrons plus tard.

— Nate vient à Yale avec moi, déclara-t-elle.

Puis elle se retourna et traversa la salle d'un pas assuré.

Nate la regarda s'éloigner. Elle était sexy avec son nouveau dos-nu en soie noire, ses longs cheveux raides châtain foncé entre ses omoplates dénudées et son pantalon en cuir moulant ajusté aux hanches.

On aurait dit qu'elle avait déjà couché. Et pas qu'une fois.

Les pantalons en cuir ont tendance à donner cette impression.

— Alors ce sera Yale pour toi aussi ? le relança M. Waldorf, quand Olivia eut quitté la table.

Nate regarda sa coupe de champagne en fronçant les sourcils. Il avait vraiment, vraiment envie d'une bière. Et il ne pensait vraiment, vraiment pas pouvoir entrer à Yale. On ne pouvait pas rouler son premier joint dès le matin au réveil avant une interro de maths et s'attendre à entrer à Yale – c'était tout simplement impossible. Et c'était exactement ce qu'il avait fait ces derniers temps. Souvent.

— J'aimerais bien, dit-il. Mais je pense qu'Olivia va être déçue. Je n'ai pas d'assez bonnes notes.

M. Waldorf lui fit un clin d'œil.

— Entre nous, je trouve qu'elle est un peu dure avec toutes les autres écoles de ce pays. Personne ne t'oblige à aller à Yale. Les bonnes universités ne manquent pas.

Nate hocha la tête.

— Ouais. Brown a l'air plutôt sympa. J'ai un entretien là-bas le week-end prochain. Mais ce sera franchement juste, aussi. J'ai planté ma dernière interro de maths et je ne suis même pas inscrit aux cours renforcés, reconnut-il. Olivia ne considère même pas Brown comme une vraie fac. Tout ça parce qu'ils ont des conditions d'admission moins strictes ou je ne sais quoi.

— Olivia a des critères affreusement élevés. Elle tient de moi, commenta M. Waldorf en sirotant son champagne, son joli petit doigt en l'air.

Nate jeta un regard aux clients de part et d'autre du restaurant. Il se demanda s'ils croyaient que M. Waldorf et lui étaient ensemble, si on les prenait pour des amants. Pour éviter les rumeurs, il remonta les manches de son pull en cachemire vert et se racla la gorge d'un air très viril. Olivia lui avait offert ce pull l'an dernier. Il l'avait beaucoup porté récemment, manière de lui assurer qu'il n'était pas sur le point de rompre ni de la tromper ni de faire quoi que ce soit qu'elle craignait.

— Je ne sais pas, dit Nate en prenant un petit pain dans la corbeille et en le rompant vigoureusement en deux. Ce serait génial de pouvoir prendre une année sabbatique et d'aller faire de la voile avec mon père, par exemple.

Il ne comprenait pas pourquoi, à dix-sept ans, il fallait planifier sa vie entière. Il aurait tout à fait le temps de reprendre ses études après un an ou deux de bateau dans les Caraïbes ou de ski au Chili. Pourtant, tous ses camarades de St. Jude's, une école pour garçons, prévoyaient d'aller directement à l'université. Nate avait l'impression qu'ils s'engageaient pour la vie sans même réfléchir à ce qu'ils voulaient vraiment faire. Par exemple, lui adorait le bruit des embruns glacés de l'Atlantique contre la proue de son bateau, la sensation du soleil brûlant sur son dos quand il hissait les voiles, les reflets verts du soleil juste avant qu'il ne s'enfonce dans l'océan. Nate se disait qu'il y avait forcément tout un tas d'autres choses dans ce genre et qu'il voulait les connaître, toutes.

À condition que cela ne demande pas trop d'efforts. Parce qu'il n'était pas très fort, pour les efforts.

— Eh bien, Olivia ne va pas être contente quand elle apprendra que tu songes à faire une pause, gloussa M. Waldorf. Vous êtes censés aller à Yale ensemble, vous marier et vivre heureux jusqu'à la fin de vos jours.

Nate suivit Olivia des yeux quand elle revint s'asseoir à table, tête haute. Tous les autres clients du restaurant la regardaient aussi. Elle n'était ni la mieux habillée, ni la plus mince, ni la plus grande de la salle, mais elle semblait briller un peu plus que toutes les autres. Et elle le savait.

On leur servit leurs steaks et Olivia dévora le sien en le faisant descendre avec des gorgées de champagne et des montagnes de purée pleine de beurre. Elle observait le battement sexy sur la tempe de Nate quand il mâchait. Elle était pressée de se casser d'ici. Elle était pressée de sauter le pas avec le garçon avec qui elle prévoyait de passer le reste de sa vie. C'était exactement ainsi que les choses devaient se passer.

Nate ne pouvait s'empêcher de remarquer avec quelle intensité Olivia brandissait son couteau. Elle coupait de gros morceaux de viande et les mastiquait férocement. Il se demanda si elle serait aussi passionnée au lit. Ils avaient pas mal batifolé, mais il avait toujours été le plus agressif des deux. Olivia restait généralement allongée en lâchant ce genre de couinements que font les filles dans les films, pendant qu'il vadrouillait en lui faisant des trucs. Mais ce soir Olivia paraissait impatiente, *affamée*.

Bien sûr qu'elle était affamée. Elle venait de se faire vomir.

— Ils ne servent pas ce genre de cuisine à Yale, Olive, dit M. Waldorf. Tu mangeras des pizzas ou des plateaux-repas dans ta résidence, comme tout le monde.

Olivia plissa le nez. Elle n'avait jamais mangé de plateaux-repas de toute sa vie.

— C'est hors de question. Nate et moi, on n'ira pas en résidence, de toute façon. On aura notre propre appartement.

Elle caressa la cheville de Nate du bout de sa botte.

— J'apprendrai à cuisiner.

M. Waldorf haussa les sourcils en direction de Nate.

— Petit veinard, plaisanta-t-il.

Nate sourit et avala une fourchette de purée. Ce n'était pas le moment d'annoncer à Olivia que son petit rêve de vie commune dans un coquet appartement en dehors du campus, à New Haven, était encore plus ridicule que l'imaginer devant un plateau-repas. Il ne voulait rien dire qui la perturbe.

— Tais-toi, papa, dit Olivia.

On débarrassa leur table. Impatiente, Olivia n'arrêtait pas de faire tourner sa petite bague ornée d'un rubis autour de son doigt. Elle refusa dessert et café et se dirigea encore une fois vers les toilettes. Deux fois en un seul repas, c'était extrême, même pour elle, mais elle était tellement tendue qu'elle ne pouvait pas s'en empêcher.

Dieu merci Le Giraffe avait d'agréables toilettes séparées.

Quand Olivia en sortit à nouveau, le personnel tout entier émergeait de la cuisine, en file indienne. Le maître d'hôtel tenait un gâteau décoré de bougies vacillantes. Dix-huit en tout, soit une de trop, pour la chance.

Oh, pitié.

Malgré ses bottes pointues à talons aiguilles, Olivia traversa la salle d'un pas lourd ; elle s'assit à table en fusillant son père du regard. Pourquoi fallait-il qu'il fasse une scène pareille ? Son anniversaire n'était que dans trois semaines, merde. Elle descendit une nouvelle coupe de champagne cul sec.

Serveurs et cuisiniers entourèrent la table. Et ils se mirent tous à chanter :

— Joyeux anniversaire…

Olivia attrapa la main de Nate et la serra très fort.

— Dis-leur de se taire, lui murmura-t-elle.

Mais Nate les laissa faire, un sourire idiot sur les lèvres. Il aimait bien quand Olivia avait honte. Ça n'arrivait pas si souvent.

Son père eut pitié d'elle. Quand il vit l'air malheureux de sa fille, il accéléra le rythme et conclut rapidement la chanson.

— Nos vœux les plus sincères… Joyeux anniversaire.

Les serveurs applaudirent poliment et retournèrent à leur poste.

— Je sais que c'est un peu tôt, s'excusa M. Waldorf. Mais je dois partir demain et dix-sept ans, c'est important. Je pensais que tu ne m'en voudrais pas.

Lui en vouloir ? Personne n'aime qu'on lui chante une chanson en public. Personne.

En silence, Olivia souffla ses bougies et observa le gâteau. Il était décoré avec une grande sophistication : une paire de talons hauts en pâte d'amande descendait une 5e Avenue en sucre filé, bordée d'une reproduction en sucre candi de son magasin préféré, Henri Bendel. C'était ravissant.

— Pour ma petite fétichiste des chaussures, dit son père, ravi.

Il sortit un cadeau de sous la table et le tendit à Olivia.

Elle secoua le paquet, reconnaissant, en experte, le bruit sourd et creux que fait une nouvelle paire de chaussures que l'on agite dans leur boîte. Elle déchira le papier. MANOLO BLAHNIK, annonçait l'inscription en caractères gras sur le couvercle. Olivia retint son souffle et ouvrit la boîte. À l'intérieur se trouvait une paire de sublimes mules en cuir anthracite avec un adorable petit talon bobine.

Très fabulous.*

— Je les ai achetées à Paris, précisa M. Waldorf. Il n'en existe qu'une centaine d'exemplaires. Je parie que tu seras la seule de la ville à les porter.

— Elles sont magnifiques, souffla Olivia.

Elle se leva et contourna la table pour aller embrasser son père. Elle lui pardonnait son humiliation publique. Non seulement ces chaussures étaient incroyablement cools, mais en plus elles étaient exactement ce qu'elle allait porter plus tard cette nuit-là, quand Nate et elle coucheraient ensemble. Ces chaussures et rien d'autre.

Merci, papa !

à quoi servent vraiment les marches du metropolitan museum of art

— Viens, on va au fond, dit Serena van der Woodsen en guidant Daniel Humphrey dans *Serendipity 3*, sur la 60e Rue Est.

L'étroit restaurant-glacier à l'ancienne était envahi de parents venus là gâter leurs enfants, le soir de repos de la nounou. Le bruit de fond était ponctué des cris perçants des bambins bourrés de sucre, tandis que des serveuses épuisées se pressaient à droite, à gauche, les bras chargés d'énormes bols de glace, de chocolats chauds glacés (la spécialité de la maison) et de hot dogs extra longs.

Dan avait prévu d'emmener Serena dans un endroit plus romantique. Un endroit calme aux lumières tamisées. Un endroit où ils auraient pu se tenir par la main, se parler et apprendre à se connaître sans être distraits par des parents en colère grondant des petits garçons aux faux airs angéliques, en chemise et treillis de chez Brooks Brothers. Mais Serena avait voulu venir ici.

Elle avait peut-être une furieuse envie de glace, ou alors ses attentes n'étaient pas aussi grandes et romantiques que les siennes.

— C'est génial, non ? s'extasia-t-elle, volubile. Mon frère Erik et moi, on venait ici une fois par semaine manger un sundae à la menthe.

Elle parcourut le menu.

— Rien n'a changé. J'adore.

Dan sourit et repoussa les cheveux en bataille qui retombaient sur ses yeux. En réalité, il se fichait pas mal de l'endroit où il était, du moment qu'il était avec elle.

Dan venait du West Side bohème et Serena de l'East Side chic. Il vivait avec son père, intellectuel auto-proclamé et éditeur des poètes mineurs de la Beat Generation, et sa petite sœur, Jenny, qui était en troisième à Constance Billard, la même école que Serena. Ils vivaient dans un appartement délabré de l'Upper West Side qui n'avait pas été rénové depuis les années 40. Le seul préposé au ménage dans cet endroit était leur énorme chat, Marx, expert dans l'art de tuer et dévorer les cafards. Serena vivait avec ses parents aisés, membres des conseils d'administration d'à peu près toutes les institutions importantes de la ville, dans un immense appartement décoré par un architecte d'intérieur renommé, qui donnait sur le Metropolitan Museum of Art et Central Park. Elle avait une bonne et une cuisinière, à qui elle pouvait demander de lui préparer un gâteau ou un cappuccino à tout moment.

Alors que faisait-elle avec Dan ?

Ils s'étaient croisés quelques semaines plus tôt lors de bouts d'essai pour le film réalisé par une amie de Dan et camarade de classe de Serena, Vanessa Abrams. Serena n'avait pas eu le rôle et Dan avait pratiquement abandonné tout espoir de la revoir, quand ils s'étaient retrouvés dans un bar de Brooklyn. Depuis, ils s'étaient revus plusieurs fois et avaient discuté au téléphone, mais c'était leur premier vrai rendez-vous.

Serena était revenue en ville le mois dernier, après avoir été renvoyée de pension. D'abord, clle avait été ravie d'être de retour à New York. Mais elle s'était ensuite rendu compte qu'Olivia Waldorf et tous ses autres anciens amis avaient décidé de ne plus la fréquenter. Serena ne savait toujours pas ce qu'elle avait fait de si terrible. D'accord, elle n'avait gardé contact avec personne, d'accord, elle s'était peut-être un peu trop vantée de s'être éclatée en Europe l'été précédent. Tellement même, qu'elle n'était pas arrivée à temps dans le New Hampshire pour la rentrée. Et son lycée, l'Hanover Academy, avait refusé de la réintégrer.

Son ancienne école, Constance Billard, s'était montrée plus indulgente. Enfin, l'école, oui… Mais pas les filles. Serena n'avait plus un seul ami à New York, aussi avait-elle été ravie de rencontrer Dan. C'était sympa d'apprendre à connaître quelqu'un d'aussi différent d'elle.

Dan avait envie de se pincer à chaque fois que son regard croisait les yeux bleu foncé de Serena. Il était amoureux d'elle depuis qu'il l'avait aperçue à une soirée, en troisième, et il espérait que maintenant, deux ans et demi plus tard, elle tombe amoureuse de lui à son tour.

— On va prendre les plus grosses glaces au menu, déclara Serena. On pourra faire moitié-moitié, pour varier les plaisirs.

Elle commanda le triple sundae à la menthe avec

supplément de chocolat fondu et lui un banana split au café. Dan avalait tout ce qui contenait du café. Ou du tabac.

— C'est bien ? demanda Serena en désignant le livre de poche qui sortait de la veste de Dan.

Il s'agissait de *Huis clos*, de Jean-Paul Sartre, un conte existentialiste sur l'enfer.

— Oui, c'est à la fois drôle et déprimant. Mais il y a pas mal de vérité là-dedans, je dirais.

— Ça parle de quoi ?

— De l'enfer.

— Wouah, rit Serena. Tu lis toujours des livres dans ce genre ?

Dan extirpa un glaçon de son verre d'eau et le mit dans sa bouche.

— Dans quel genre ?

— Genre, sur l'enfer.

— Non, pas toujours.

Il venait tout juste de terminer *Les Souffrances du jeune Werther*, qui parlait d'amour. Et de l'enfer.

Dan aimait à se considérer comme une âme tourmentée. Il appréciait particulièrement les romans, pièces et recueils de poésie révélant l'absurdité tragique de la vie. Ils accompagnaient à la perfection un café et une cigarette.

— J'ai du mal à lire, confessa Serena.

Leurs glaces arrivèrent. Ils pouvaient à peine se voir derrière les montagnes de crème glacée. Serena plongea sa longue cuillère dans sa coupe et en sortit une portion tout à fait impressionnante. Dan s'émerveilla devant l'inclinaison de son poignet délicat, le muscle tendu de son bras, la brillance dorée de ses cheveux blond pâle. Elle était sur le point de se goinfrer d'une glace tellement énorme que c'en était écœurant et pourtant, à ses yeux, elle était une déesse.

— Bien sûr, je sais lire, poursuivit Serena. Mais j'ai des problèmes de concentration. Mon esprit s'égare et je me mets à penser à ce que je vais faire ce soir. Ou à ce que je dois acheter. Ou à un truc marrant qui m'est arrivé un an avant…

Elle avala sa cuillerée de glace et plongea ses yeux dans le regard bienveillant de Dan.

— Je suis incapable de me concentrer, regretta-t-elle avec tristesse.

C'était ce que Dan aimait le plus chez Serena. Elle avait cette capacité à être triste et heureuse à la fois. Elle était comme un ange solitaire, flottant au-dessus de la Terre, riant de plaisir parce qu'elle pouvait voler, mais souffrant de trop de solitude. Serena rendait toute chose ordinaire extraordinaire.

La main tremblante, Dan coupa d'un coup de cuillère la pointe de sa banane nappée de chocolat et se mit à manger en silence. Il voulait dire à Serena qu'il lirait pour elle. Qu'il ferait n'importe quoi pour elle. La glace au café, en fondant, débordait de la coupe. Dan essaya de contenir son cœur dans sa poitrine.

— J'avais un super prof de littérature à Riverside l'an dernier, dit-il après qu'il se fut maîtrisé. Il nous disait que la meilleure façon de se souvenir de ce qu'on lit est de ne lire que quelques pages à la fois. Pour savourer les mots.

Serena adorait la façon de parler de Dan. Cette façon de dire les choses lui donnait envie de s'en souvenir. Elle sourit et se passa la langue sur les lèvres.

— « Savourer les mots », répéta-t-elle dans un sourire.

Dan avala un morceau de banane et prit une gorgée d'eau. Ce qu'elle pouvait être belle.

— J'imagine que tu dois être un super bon élève et que tu es déjà inscrit à Harvard avant tout le monde ou quelque chose comme ça, non ? dit Serena en piochant dans sa coupe un bout de sucre d'orge qu'elle se mit à sucer.

— Pas du tout, répondit Dan. Je suis complètement nul. Enfin, je voudrais bien aller dans une fac avec un bon atelier d'écriture, mais je ne sais pas encore où. Le conseiller d'orientation m'a donné une liste super longue et j'ai toutes les brochures, mais je ne sais toujours pas ce que je fais.

— Moi non plus. Mais je vais sûrement aller faire un tour à Brown, bientôt. Mon frère est étudiant là-bas. Tu veux venir ?

Dan sonda les profondeurs de ses yeux, essayant de juger si elle éprouvait des sentiments aussi passionnés pour lui, que lui pour elle. Quand elle disait : « Tu veux venir ? », voulait-elle dire : « Passons le week-end ensemble, en nous tenant par la main, les yeux dans les yeux, à nous embrasser pendant des heures » ? Ou bien plutôt : « Allons-y ensemble parce que ce serait pratique et sympa d'être avec un copain » ? Dans tous les cas, il ne pouvait pas refuser. Il se fichait bien qu'elle ait parlé de Brown ou de l'Université Zéro Pointé, Serena lui avait demandé s'il voulait venir et la réponse était oui. Il irait n'importe où avec elle.

— Brown, répéta-t-il, comme s'il était toujours en train d'y réfléchir. Il paraît qu'ils ont un super atelier d'écriture.

Serena hocha la tête, en passant les doigts dans ses longs cheveux blonds.

— Alors viens avec moi.

Ah ça, il irait. Bien sûr qu'il irait. Dan haussa les épaules.

— J'en parlerai à mon père, dit-il, en essayant de prendre un air dégagé.

Il n'osait pas faire comprendre à Serena qu'au fond de lui, il faisait des bonds dans tous les sens comme un petit chien excité. Il avait peur de l'effrayer.

— Bon, tu es prêt ? On change, dit Serena en poussant sa coupe vers Dan.

Ils échangèrent leurs glaces et goûtèrent à celle de l'autre. Dès que la nouvelle saveur s'empara de leurs papilles, ils firent une grimace et tirèrent la langue. La menthe et le café n'allaient pas bien ensemble. Dan espérait qu'il ne fallait pas y voir un signe.

Serena reprit sa coupe et, d'un coup de cuillère, attaqua la dernière ligne droite. Dan avala quelques bouchées supplémentaires de son banana split et posa sa cuillère.

— Wouahou, tu as gagné, dit-il en se reculant dans sa chaise, les mains sur le ventre.

Sa coupe encore à moitié pleine, Serena abandonna à son tour et ôta le premier bouton de son jean.

— Je crois qu'on est à égalité, dit-elle en pouffant.

— Tu veux aller faire un tour ? hasarda Dan en croisant si fort ses doigts et ses orteils tremblants qu'ils en devinrent bleus.

— J'adorerais, répondit Serena.

La 60e Rue était calme pour un vendredi soir. Ils se dirigèrent vers l'ouest, en direction de Central Park. Au coin de Madison, ils s'arrêtèrent devant Barneys pour regarder les vitrines. Il restait quelques vendeurs au rayon cosmétiques, qui se préparaient pour la ruée du samedi matin.

— Je ne sais pas ce que je ferais sans Barneys, soupira Serena, comme si le magasin lui avait sauvé la vie.

Dan n'était entré qu'une seule fois dans le célèbre grand magasin. Laissant son imagination se débrider, il avait acheté un smoking de créateur très cher avec la carte de crédit de son père, en fantasmant sur les soirées glamour auxquelles il danserait avec Serena. Mais la réalité avait repris le dessus. Il détestait les soirées glamour et, jusqu'à ces derniers jours, il croyait que Serena ne lui adresserait jamais la parole. Alors il avait rendu le smoking.

En y repensant, il se prit à sourire. Serena avait fait mieux que lui adresser la parole. Elle l'avait invité à passer le week-end avec elle. Ils étaient en train de tomber amoureux. Peut-être finiraient-ils par aller à la même université et passer le reste de leur vie ensemble.

Méfie-toi, Dan. Ton imagination va encore te jouer des tours.

Sur la 5e Avenue, près de l'angle de Central Park, ils se dirigèrent vers le nord, longeant l'hôtel Pierre, où ils avaient tous deux participé à une soirée dansante très habillée lors de leur année de seconde. Dan se souvenait avoir passé son temps à observer Serena en regrettant de ne pas la connaître, elle qui riait entourée de ses amis, vêtue d'une robe verte sans bretelles qui mettait des reflets dans ses cheveux. Déjà à l'époque, il était amoureux d'elle.

Ils passèrent devant le cabinet de l'orthodontiste de Serena et le Frick, cette vieille demeure transformée en musée. Dan avait envie de forcer la porte et d'embrasser Serena sur l'un des magnifiques lits qui trônaient à l'intérieur. Il voulait vivre là avec elle, comme des réfugiés au paradis.

Ils continuèrent leur progression sur la 5e Avenue, passèrent devant l'immeuble d'Olivia Waldorf sur la 72e Rue. Serena leva les yeux dans sa direction. Elle connaissait Olivia depuis le CP, elle était allée des centaines de fois chez les Waldorf, mais désormais, elle n'y était plus la bienvenue.

Serena ne pouvait pas prétendre ne rien avoir à se reprocher. Elle savait ce qui avait particulièrement contrarié Olivia. Ce n'était pas seulement que Serena n'ait donné aucun signe de vie à sa bande d'amis new-yorkais, ni qu'elle ait fait la fête en Europe alors que les parents d'Olivia divorçaient. Ce qui avait véritablement gâché leur amitié était que Serena avait couché avec Nate, l'été précédant son départ en pension.

Presque deux années s'étaient écoulées depuis et Serena avait l'impression que c'était arrivé à une autre fille, dont la vie n'avait rien à voir avec la sienne. Serena, Olivia et Nate étaient tellement proches, tous les trois, à l'époque. Serena avait espéré qu'Olivia considérerait cela comme un de ces trucs dingues qui arrivent parfois entre amis et qu'elle lui pardonnerait. Cela ne se reproduirait pas. De plus, Olivia n'avait pas rompu avec Nate. Mais elle n'avait appris l'histoire que très récemment et elle n'avait pas l'intention de passer l'éponge.

Serena plongea la main dans son sac et en sortit une cigarette, qu'elle porta à sa bouche. Elle s'arrêta sur le trottoir et fit jaillir une flamme de son briquet. Dan attendit qu'elle prenne une bouffée et exhale un nuage de fumée grise dans l'air glacé. Elle resserra autour d'elle son vieil imperméable marron à carreaux Burberry.

— Si on allait s'asseoir sur les marches du Met' un moment ? proposa-t-elle. Allez, viens.

Elle prit Dan par la main et ils parcoururent très vite les quelques rues qui les séparaient du Metropolitan Museum of Art. Serena emmena Dan au milieu de la volée de marches et s'assit. Son immeuble se trouvait juste en face. Comme d'habitude, ses parents étaient sortis, ils assistaient sûrement à un gala de charité ou à un vernissage quelconques et les fenêtres de l'appartement étaient noires, donnant une impression de solitude.

Serena lâcha la main de Dan ; il se demanda s'il avait fait quelque chose de travers. Il n'arrivait pas à lire dans ses pensées et cela le rendait dingue.

— Olivia, Nate et moi on passait des heures assis sur ces marches, à discuter de tout et de rien, confia Serena avec nostalgie. Des fois, on était censés sortir, alors Olivia et moi on s'habillait, on se maquillait et tout. Et puis Nate arrivait avec une bouteille, on achetait des cigarettes et on laissait tomber la fête, on restait là.

Elle tourna de grands yeux brillants vers les étoiles. Ils étaient pleins de larmes.

— Parfois, j'aimerais…

La voix de Serena se brisa. Elle ne savait pas exactement ce qu'elle aimerait, mais elle en avait assez de culpabiliser pour Olivia et Nate.

— Pardon, renifla-t-elle en regardant ses chaussures. J'espère que je ne t'embête pas.

— Pas du tout.

Dan voulait reprendre sa main, mais elle l'avait cachée dans sa poche. Il se contenta donc de lui toucher le coude et Serena se tourna vers lui. *C'était sa chance.* Dan aurait aimé trouver quelque chose de beau et passionné à dire, mais son cœur battait la chamade. Avant que ses nerfs ne le paralysent définitivement, il s'approcha d'elle et l'embrassa sur les lèvres, avec une douceur infinie. La Terre vacilla sur son axe. Heureusement qu'il était assis. Quand il se redressa, Serena le regardait avec une lueur dans les yeux.

Elle s'essuya le nez d'un revers de la main et lui sourit. Puis elle leva le menton et l'embrassa à son tour, un minuscule baiser sur sa lèvre inférieure, avant de plonger la tête pour l'appuyer contre son épaule. Dan ferma les yeux pour se calmer.

Oh, c'est pas vrai. À quoi pense-t-elle ? se demandait-il, désespérément. *Pourquoi elle ne me dit rien ?*

— Alors, où on traîne quand on habite dans ton quartier ? demanda Serena. Vous avez un endroit comme celui-là ?

— Pas vraiment, répondit Dan, son bras autour d'elle.

Il n'avait pas envie de discuter pour l'instant. Il voulait prendre sa main, plonger d'une falaise et faire la planche sur l'océan au clair de lune. Il voulait l'embrasser encore. Et encore, et encore.

— Je descends vers la marina, parfois, la journée. Le soir, on se balade, reprit-il.

— La marina, répéta Serena. Tu m'emmèneras ?

Dan hocha la tête. Il l'emmènerait n'importe où.

Il attendait que Serena relève la tête pour l'embrasser à nouveau. Mais elle restait appuyée contre son épaule, inspirant l'odeur de tabac du manteau de Dan, cherchant l'apaisement.

Ils demeurèrent ainsi encore un moment. Dan était trop nerveux, trop heureux et chaviré pour s'allumer une cigarette. Il espérait qu'ils s'endormiraient et s'éveilleraient aux premières lueurs rosées de l'aube, toujours dans les bras l'un de l'autre.

Quelques minutes plus tard, Serena se dégagea de son étreinte.

— Je ferais mieux d'y aller avant de m'endormir, dit-elle en se levant.

Elle se baissa pour poser un baiser sur sa joue. Ses cheveux frôlèrent l'oreille de Dan, qui frissonna.

— À bientôt, d'accord ?

Dan acquiesça. *Il faut vraiment que tu partes ?* Il avait peur d'ouvrir la bouche, au cas où il prononcerait les mots qui avaient menacé de lui échapper toute la soirée. *Je t'aime.* Il avait encore tellement peur de l'effrayer.

Il regarda Serena traverser la rue en courant, ses cheveux clairs flottant derrière elle. Le gardien lui ouvrit la porte de l'immeuble et elle disparut.

Serena monta dans l'ascenseur, en faisant tinter ses clefs dans la poche de son manteau. Il y a quelques semaines, elle aurait passé son vendredi soir chez elle, à se lamenter sur son sort devant la télé. Quelle chance d'avoir Dan comme nouvel ami.

Dan resta assis sur les marches du Met quelques minutes encore, jusqu'à ce que la lumière apparaisse aux fenêtres du dernier étage de l'immeuble d'en face. Il imagina Serena enlevant ses bottes dans l'entrée, laissant tomber son manteau sur une chaise, aux soins de la bonne. Elle enfilait une longue chemise de nuit de soie blanche, s'asseyait à sa coiffeuse devant un miroir au cadre doré et brossait ses longs cheveux blonds, comme une princesse de conte de fées. Dan posa le doigt sur sa lèvre inférieure. L'avait-il vraiment embrassée ? Il l'avait fait tant de fois en rêve qu'il lui était presque impossible de croire que cela s'était véritablement produit.

Il se leva, se frotta les yeux et étira les bras au-dessus de sa tête. Comme il se sentait bien. C'était drôle – tout à coup il était celui dont il détestait entendre parler dans les livres. Le type le plus heureux au monde.

deuxième faux départ

— Je ne vois pas pourquoi tu es obligé d'aller à Brown précisément le week-end où je vais à Yale, lança Olivia à Nate depuis sa salle de bains.

Allongé sur le lit dans la chambre attenante, celui-ci agitait une ceinture sur la couette pour exciter Kitty Minky, la chatte bleu russe d'Olivia. Les lumières étaient éteintes, les bougies allumées, il y avait Macy Gray en fond musical et Nate, torse nu.

— Nate ? le relança Olivia avec impatience.

Elle commença à se déshabiller et à empiler ses vêtements sur le sol de la salle de bains. Elle avait prévu qu'ils iraient passer le week-end à New Haven tous les deux. Ils pourraient louer une voiture et passer la nuit dans un *bed and breakfast* romantique, comme s'ils étaient en lune de miel.

— Ouais, répondit enfin Nate. Je ne sais pas. C'est Brown qui a fixé la date de l'entretien. Désolé.

Il arracha la ceinture des pattes de Kitty Minky et la fit claquer au-dessus de la tête de la chatte, la faisant déguerpir dans le placard. Puis il s'allongea sur le dos et fixa le plafond, en attendant.

La dernière fois qu'ils avaient été sur le point de coucher ensemble, Nate avait déballé toute l'histoire avec Serena, qui remontait à l'été précédant son départ en pension. Il lui avait semblé trop dégueulasse de coucher avec Olivia en sachant que, un, ce n'était pas la première fois pour lui, deux, il avait couché avec son ancienne meilleure amie.

Évidemment, après sa confession, Olivia n'avait plus voulu. Elle était furieuse.

Dieu merci, tout ça était derrière eux. Enfin, presque.

Olivia termina d'ajuster la bride de ses Manolo Blahnik et se vaporisa de parfum. Elle ferma les yeux et compta jusqu'à trois. *Un, deux, trois*. Durant ces trois secondes, elle se fit un petit film dans sa tête, s'imagina quelle nuit incroyable Nate et elle étaient sur le point de vivre. Ils étaient amoureux depuis l'enfance, ils étaient destinés, ils se donnaient entièrement l'un à l'autre. Elle rouvrit les yeux, passa une nouvelle fois la brosse dans ses cheveux, en jetant un coup d'œil dans le miroir. Elle semblait sûre d'elle, prête. Elle semblait de celles qui ont toujours ce qu'elles veulent. Elle allait entrer à Yale et épouser ce garçon. Si seulement son nez n'était pas si grand et ses seins si petits, mais peu importe.

Elle ouvrit la porte de la salle de bains.

Nate tourna les yeux vers elle et constata, avec surprise, qu'il était immédiatement excité. C'était peut-être le champagne, ou le steak. Il ferma les yeux, les rouvrit aussitôt. Non, c'était bien Olivia qui lui faisait cet effet, elle était super belle. Il l'attrapa par la main et l'attira au-dessus de lui. Ils s'embrassèrent, langues et lèvres jouant le même jeu que depuis deux ans. Mais cette fois, le jeu n'allait pas être une interminable partie de Monopoly que les joueurs abandonnent par lassitude. Cette partie allait aboutir et ils ne l'interrompraient pas avant d'avoir acheté autant de maisons et d'hôtels qu'ils pourraient en trouver.

Olivia ferma les yeux et s'imagina en Audrey Hepburn dans *Ariane*, de Billy Wilder. Elle adorait les vieux films, surtout ceux avec Audrey Hepburn. On ne voyait jamais les personnages coucher ensemble dans ces films. Les scènes d'amour étaient toujours romantiques, de bon goût, avec beaucoup de longs baisers langoureux, des tenues sublimes et de jolies coiffures. Olivia essayait de garder les épaules baissées et le cou tendu pour paraître grande, mince et sensuelle entre les bras de Nate.

Il planta accidentellement le coude dans ses côtes.

— Aïe, fit Olivia en reculant.

Elle ne voulait pas paraître aussi effrayée dans sa réaction, mais elle l'était quand même, un peu. Audrey Hepburn ne recevait jamais de coup de coude de Cary Grant, même accidentellement. Il la traitait comme une poupée de porcelaine.

— Désolé, marmonna Nate. Tiens.

Il prit un oreiller qu'il glissa sous elle, pour qu'elle puisse s'y adosser confortablement. Olivia releva la tête et arrangea joliment ses cheveux autour de son visage. Puis elle se pencha vers Nate et lui mordit l'épaule, laissant sur sa peau une marque de dents blanche en forme de O.

— Voilà tout ce que tu mérites pour m'avoir fait mal, dit-elle en battant des cils.

— Je te promets de faire attention, répondit Nate avec sérieux en caressant sa hanche et sa cuisse.

Olivia inspira profondément et essaya de détendre

tout son corps. Ce n'était pas du tout comme les scènes d'amour de ses vieux films préférés. Elle n'aurait pas cru que ça paraîtrait aussi réel, ni aussi maladroit.

De toute façon, rien n'est jamais aussi beau que dans les films, mais ça allait sûrement être agréable quand même.

Nate l'embrassa avec douceur, Olivia lui caressa la nuque et inspira son odeur particulière, l'odeur de Nate. Courageusement, elle tendit son autre main et essaya de défaire la boucle de son ceinturon.

— C'est coincé, dit-elle en tirant sur le déroutant enchevêtrement de cuir et de métal.

De gêne, ses joues s'enflammèrent. Elle n'avait jamais ressenti un tel problème de coordination.

— Je vais le faire, proposa Nate.

Il défit rapidement la boucle tandis qu'Olivia promenait son regard dans la chambre, ses yeux se fixant finalement sur le portrait de sa grand-mère jeune fille, tenant un panier de pétales de roses. Olivia se sentit soudain très nue.

Elle tourna de nouveau son regard vers Nate, qui baissait son pantalon et l'enlevait d'un coup de pied. Son caleçon à carreaux rouges et blancs était tendu, comme un chapiteau.

Elle retint sa respiration.

Soudain la porte d'entrée de l'appartement s'ouvrit dans un craquement et se referma brutalement.

— Hého ? Il y a quelqu'un ?

C'était la mère d'Olivia.

Olivia et Nate se figèrent tous les deux. Sa mère et Cyrus, son nouveau petit ami, devaient aller à l'opéra. Ils n'étaient pas censés rentrer avant des heures.

— Olivia, ma chérie ? Tu es là ? Cyrus et moi, on a quelque chose d'incroyable à t'annoncer !

— Olivia ?

La forte voix de Cyrus résonna à son tour dans l'appartement.

Olivia repoussa Nate et remonta la couette jusqu'à son cou.

— Qu'est-ce qu'on fait ? murmura-t-il.

Il glissa sa main sous le duvet et la posa sur le ventre d'Olivia.

Mauvaise idée. Ne *jamais* toucher le ventre d'une fille à moins qu'elle ne le demande. Sinon, elle se croit grosse.

Olivia se déroba, passa de l'autre côté du lit et posa les pieds par terre.

— Olivia ?

Sa mère était juste devant la porte de sa chambre, maintenant.

— Je peux entrer un moment ? C'est important.

Ouh-la.

— Attends ! cria Olivia.

Elle bondit vers son placard, d'où elle sortit un pantalon de jogging.

— Habille-toi, siffla-t-elle à Nate.

D'un coup de pied, elle se débarrassa de ses mules Manolo Blahnik, puis elle sauta dans son pantalon de survêtement et enfila le vieux sweat-shirt de son père, aux couleurs de Yale. Nate remit son pantalon et ferma son ceinturon. Pour le sexe, faudra repasser.

— Prêt ? souffla Olivia.

Déçu, Nate acquiesça en silence.

Olivia ouvrit la porte de sa chambre et découvrit sa mère qui l'attendait dans le couloir. Rayonnante, les joues rosies par le vin et l'excitation, Eleanor Waldorf adressa un sourire extatique à sa fille.

— Tu ne remarques rien ? demanda-t-elle en agitant les doigts de sa main gauche.

À son annulaire scintillait un énorme diamant serti dans un anneau d'or. On aurait dit une bague de fiançailles classique, mais quatre fois plus grosse que la normale. C'était ridicule.

Olivia fixa la bague, paralysée sur le seuil de sa porte de chambre. Dans son oreille, elle sentait l'haleine de Nate, qui se tenait juste derrière elle. Ni l'un ni l'autre ne prononcèrent le moindre mot.

— Cyrus m'a demandée en mariage ! s'exclama sa mère. N'est-ce pas merveilleux ?

Olivia la dévisagea, incrédule.

Cyrus Rose avait le crâne dégarni et une petite moustache drue. Il portait un bracelet en or et des costumes croisés à fines rayures, très laids. Sa mère l'avait rencontré au printemps dernier chez Saks, au rayon cosmétiques. Il cherchait un parfum pour sa mère et Eleanor s'était proposé de l'aider. Quand elle était rentrée à la maison, elle empestait, se souvenait Olivia.

— Je lui ai même donné mon numéro de téléphone, avait gloussé Mme Waldorf, ce qui avait donné envie de vomir à sa fille.

Au grand dégoût d'Olivia, et à sa grande consternation, Cyrus avait appelé et n'avait jamais cessé depuis. Et maintenant ils allaient se marier.

À cet instant précis, Cyrus apparut au bout du couloir.

— Qu'est-ce que tu en dis, Olivia ? demanda-t-il en lui faisant un clin d'œil.

Il portait un costume croisé bleu et des chaussures en cuir noir brillant. Il avait le visage rougeaud, le ventre en avant, les yeux exorbités comme un poisson globe. Il frotta ses mains grasses et boudinées, aux poignets velus, ornées de bijoux en or de mauvais goût.

Son nouveau beau-père. Olivia eut un haut-le-cœur. Et dire qu'elle avait failli perdre sa virginité avec le garçon qu'elle aimait. Le film de sa vie s'avérait bien plus tragique et bien plus absurde.

Olivia fit une moue désapprobatrice et déposa un petit baiser sec sur la joue de sa mère.

— Félicitations, maman.

— Voilà une bonne petite ! lança Cyrus d'une voix de stentor.

— Félicitations, madame Waldorf, dit Nate en contournant Olivia.

Il se sentait mal à l'aise de participer à un tel moment d'intimité familiale. Olivia aurait quand même pu demander à sa mère d'attendre le lendemain pour lui parler.

Mme Waldorf n'arrêtait pas de serrer Nate contre sa poitrine.

— La vie n'est-elle pas merveilleuse ? disait-elle.

Il n'en était pas si sûr.

Olivia soupira avec résignation et traversa le couloir en traînant des pieds pour aller féliciter Cyrus. Il sentait la sauce au bleu et la sueur. Il avait des poils au-dessus du nez. Il allait être son nouveau beau-père. Elle refusait encore d'y croire.

— Je suis ravie pour toi, Cyrus, dit-elle avec froideur.

Elle se mit sur la pointe des pieds et approcha sa

joue douce et fraîche de la bouche poilue et chaude de Cyrus.

— On est des sacrés veinards, dit-il en y plaquant un baiser mouillé dégoûtant.

Olivia ne se sentait pas vraiment en veine.

Eleanor relâcha Nate.

— Et en plus, on va faire ça très vite, dit-elle.

Olivia se tourna vers sa mère en clignant des yeux.

— Nous allons nous marier le samedi après Thanksgiving, poursuivit sa mère. Autrement dit, dans trois semaines à peine !

Olivia arrêta de cligner des yeux. Le samedi après Thanksgiving ? Mais c'était le jour de son anniversaire. De ses dix-sept ans.

— Nous allons réserver une salle à l'hôtel St. Claire. Je veux des tas de demoiselles d'honneur, expliqua précipitamment sa mère. Mes sœurs, tes amies. Bien sûr, tu seras la demoiselle d'honneur principale. Tu pourras m'aider à préparer. Ça va être tellement amusant, Olivia ! J'adore les mariages !

— D'accord, répondit celle-ci d'une voix blanche. Est-ce que j'en parle à papa ?

Sa mère s'interrompit, se souvenant soudain.

— Comment va ton père ? demanda-t-elle en gardant son air béat.

Rien ne pourrait venir entacher son bonheur.

— Super bien, répondit Olivia en haussant les épaules. Il m'a offert une paire de chaussures. Et un gâteau vraiment génial.

— Un gâteau ? se renseigna Cyrus avec empressement.

Gros goinfre, pensa Olivia. Au moins, son père lui

avait fêté son anniversaire ; apparemment, le vrai n'allait pas être une partie de plaisir.

— Désolé, on n'en a pas ramené, dit-elle. J'ai oublié.

Eleanor posa les mains sur ses hanches.

— De toute manière, je n'aurais pas pu en manger. La mariée doit surveiller sa ligne !

Elle jeta un coup d'œil vers Cyrus et s'esclaffa.

— Maman ? fit Olivia.

— Oui, ma chérie ?

— Nate et moi, on peut retourner regarder la télé dans ma chambre ?

— Bien sûr. Allez-y, dit sa mère en souriant à Nate d'un air entendu.

Cyrus leur fit un clin d'œil.

— Bonne nuit, Olivia, dit-il. Bonne nuit, Nate.

— Bonne nuit, monsieur Rose, répondit celui-ci en suivant Olivia dans sa chambre.

À l'instant où Nate referma la porte, Olivia se jeta à plat ventre sur le lit, la tête sous les bras.

— Allez, Olivia, dit-il en s'asseyant au bout du lit et en lui frottant les pieds. Cyrus n'est pas si mal. Enfin, ça aurait pu être pire, non ? Ça aurait pu être un connard fini.

— Mais *c'est* un connard fini, murmura-t-elle. Je le déteste.

Tout à coup, elle aurait préféré que Nate la laisse seule, pour souffrir en paix. Il ne pouvait pas comprendre ; personne ne pouvait comprendre.

Il s'allongea à côté d'elle et lui caressa les cheveux.

— Et moi aussi, je suis un connard fini ? demanda-t-il.

— Non.

— Tu me détestes ?

— Non, dit Olivia, la tête enfoncée dans la couette.

— Viens par là, proposa Nate en la tirant par le bras.

Il l'attira vers lui et glissa ses mains sous son sweat-shirt, en espérant qu'ils reprendraient où ils s'étaient arrêtés. Il l'embrassa dans le cou.

Olivia ferma les yeux et tenta de se détendre. Elle allait y arriver. Elle allait aller jusqu'au bout, baiser et avoir des millions d'orgasmes, alors que sa mère et Cyrus étaient dans la pièce d'à côté. Elle en était capable.

Sauf que… Elle n'en était pas capable. Olivia voulait que la première fois soit parfaite et c'était tout sauf parfait. Sa mère et Cyrus étaient sûrement en train de batifoler dans la chambre voisine au même moment. Rien que d'y penser lui donnait l'impression d'être couverte d'une vermine grouillante.

Ça n'allait pas du tout. Rien n'allait. Sa vie était un échec total.

Olivia se dégagea de l'étreinte de Nate et enfonça sa tête dans un oreiller.

— Excuse-moi, dit-elle, sans se sentir franchement désolée.

Ce n'était pas le moment de s'adonner aux plaisirs de la chair. Elle avait l'impression d'être comme Jeanne d'Arc, celle du film d'origine, interprétée par Ingrid Bergman – une martyre sublime et intouchable.

Nate recommença à lui caresser les cheveux et à lui frotter le bas du dos, en espérant qu'elle changerait d'avis. Mais Olivia garda obstinément la tête enfoncée dans son oreiller. Il ne pouvait s'empêcher de se demander si elle avait jamais eu l'intention de coucher avec lui.

Après quelques minutes, il arrêta de lui frotter le dos et se leva. Il était tard, il commençait à être fatigué et à s'ennuyer.

— Il faut que je rentre, annonça-t-il.

Olivia fit semblant de ne pas l'entendre. Elle était trop absorbée par sa propre tragédie.

— Appelle-moi, dit Nate.

Et il s'en alla.

s tient à garder la chance de son côté

Le dimanche matin, Serena fut réveillée par la voix de sa mère.

— Serena ? Je peux entrer ?

— Quoi ? dit-elle en s'asseyant sur son lit.

Elle ne s'était toujours pas réhabituée à la vie avec ses parents. C'était un peu chiant.

La porte s'entrouvrit de quelques centimètres.

— J'ai des choses à te raconter, dit sa mère.

Serena n'en voulait pas à sa mère de l'avoir réveillée, mais elle ne préférait pas qu'elle s'imagine pouvoir débarquer à l'impromptu quand ça lui chantait.

— D'accord, dit Serena sur un ton plus contrarié qu'elle ne l'était réellement.

Mme van der Woodsen entra et s'assit au pied du lit. Elle portait une robe de chambre en soie bleu marine Oscar de La Renta, avec des pantoufles en soie assorties. Ses cheveux ondulés, éclaircis de mèches blondes, étaient remontés en un chignon lâche, et sa peau claire avait un éclat nacré dû à des années d'application de la crème de jour « La Mer ». Elle sentait le Chanel N° 5.

Serena remonta ses genoux sous son menton et tira la couette sur ses jambes.

— Quoi de neuf ? demanda-t-elle.

— Eleanor Waldorf vient d'appeler, lui dit sa mère. Et devine quoi ?

Serena leva les yeux au ciel, s'impatientant de la tentative de sa mère pour ménager le suspense.

— Quoi ?

— Elle se marie.

— Avec ce type, Cyrus ?

— Bien entendu. Qui d'autre pourrait-elle épouser ? répondit sa mère en époussetant quelques miettes imaginaires sur sa robe de chambre.

— Je ne sais pas, dit Serena.

Elle fronça les sourcils, se demandant comment Olivia avait pris la nouvelle. Sûrement pas très bien. Même si Olivia ne s'était pas montrée très sympa dernièrement, Serena compatissait aux malheurs de son ancienne amie.

— Mais ce qui est étonnant, poursuivit Mme van der Woodsen, c'est qu'ils font ça comme ça.

Elle fit claquer ses doigts ornés de bagues.

— Qu'est-ce que tu veux dire ?

— Le week-end de Thanksgiving, souffla sa mère en haussant les sourcils pour souligner un peu plus l'extrême singularité de la chose. Le samedi suivant Thanksgiving. C'est la date du mariage. Et elle voudrait que tu sois demoiselle d'honneur. Je suis sûre qu'Olivia te donnera tous les détails.

Mme van der Woodsen se leva et commença à arranger les flacons de parfum Creed, les minuscules boîtes de bijoux Tiffany et les tubes de maquillage Stila éparpillés sur la coiffeuse de Serena.

— Arrête, maman, gémit celle-ci en fermant les yeux.

Le samedi suivant Thanksgiving. C'était dans trois semaines à peine. C'était aussi l'anniversaire d'Olivia, se souvint Serena. La pauvre. Elle adorait son anniversaire. C'était sa journée à elle. Cette année allait faire exception, visiblement.

Et qu'allait-il arriver à Serena en tant que demoiselle d'honneur, sous la coupe d'Olivia ? Lui ferait-elle porter à dessein une robe qui ne lui allait pas ? Ajouterait-elle du poivre à son champagne ? La forcerait-elle à descendre l'allée centrale au bras de Chuck Bass, le garçon le plus répugnant de leur ancien cercle d'amis ? La situation était tellement incongrue que c'en était inimaginable.

Sa mère reprit place sur le lit et lui caressa les cheveux.

— Qu'est-ce qui ne va pas, ma chérie ? s'inquiéta-t-elle. Je croyais que tu serais ravie d'être demoiselle d'honneur.

Serena rouvrit les yeux.

— J'ai mal au crâne, c'est tout, soupira-t-elle en tirant la couette sur elle. Je crois que je vais rester au lit un moment et regarder la télé, d'accord ?

Sa mère lui donna une petite tape sur le pied.

— Bien. Je vais demander à Deirdre de t'apporter un café et du jus d'orange. Je crois qu'elle a acheté des croissants, aussi.

— Merci, maman.

Mme van der Woodsen se leva et se dirigea vers la porte. Elle s'arrêta et se retourna vers sa fille avec un sourire éclatant.

— Les mariages sont toujours ravissants à l'automne. Je me réjouis d'avance.

— Oui, dit Serena en tapotant son oreiller. Ça va être super.

Sa mère partie, Serena s'installa et tourna son regard vers la fenêtre : des oiseaux prenaient leur envol depuis les cimes des arbres couleur bronze entourant le toit du Met. Elle attrapa son téléphone et appuya sur le raccourci correspondant au numéro de son frère à l'université de Brown. Dès qu'elle avait besoin d'être rassurée, c'était sur ce bouton qu'elle appuyait. De l'autre main, elle saisit la télécommande et alluma la télé : *Bob l'Éponge* passait sur la chaîne pour enfants. Elle fixa l'écran sans vraiment le regarder, écoutant la tonalité du téléphone résonner trois fois, puis quatre.

À la sixième sonnerie, Erik décrocha.

— Oui ?

— Salut, répondit Serena. Tu fais quoi ?

— Rien, je ne suis pas levé.

Il toussa bruyamment.

— Oh, la vache, dit-il.

— Désolée. Tu as eu une nuit difficile, on dirait ? lança-t-elle en souriant.

La réponse d'Erik se résuma en un grognement.

— En fait, j'appelle parce que la mère d'Olivia se marie avec ce type, Cyrus. Ils ne se connaissent pas depuis très longtemps, je crois, mais bon… Bref, je dois être demoiselle d'honneur et Olivia aussi, bien sûr, ce qui signifie… Je ne sais pas trop quoi, d'ailleurs. Mais ça craint, ça c'est sûr.

Serena attendit une réponse. Comme elle ne venait pas, elle reprit :

— J'imagine que tu as trop la gueule de bois pour en discuter à cette heure-ci, hein ?

— On peut dire ça, dit Erik.

— Bon, d'accord. Je te rappelle plus tard, fit-elle, déçue. Au fait, je voulais venir te voir un de ces quatre. Le week-end prochain, c'est possible ?

— D'accord, bâilla Erik.

— Bien. Salut, dit Serena avant de raccrocher.

Elle s'étira sous sa couette, se leva et se dirigea vers la salle de bains en traînant des pieds. Là, elle s'examina dans la glace. Son caleçon gris était détendu aux fesses, son T-shirt Mr Bubble, tout tordu, pendait sur une épaule. Ses cheveux blonds et raides étaient aplatis à l'arrière de son crâne et un filet de bave avait séché sur une de ses joues.

Évidemment, elle restait sexy quand même.

— Grosse vache, lança-t-elle à son reflet dans le miroir.

Elle entreprit de se brosser les dents, lentement, et se mit à penser à Erik. Il semblait faire la fête encore plus qu'elle et pourtant il avait réussi à ne pas se faire virer de pension et à entrer à Brown. Erik était le bon fils, Serena la mauvaise fille. C'était trop injuste.

Elle fronça les sourcils avec détermination tout en frottant ses molaires.

Peu importait qu'elle se soit fait renvoyer de pension, que ses notes soient seulement médiocres et que sa seule activité extrascolaire ait été ce film bizarre tourné pour le festival de cinéma de terminale de Constance Billard. Elle allait leur montrer, à tous, qu'elle n'était pas aussi nulle qu'ils le pensaient. Elle allait leur montrer, elle allait réussir l'entrée dans une bonne université comme Brown et devenir quelqu'un.

Même si, bien sûr, elle était déjà quelqu'un.

Serena était la fille dont tout le monde se souvenait. Celle que tout le monde adorait haïr. Elle n'avait pas d'effort à faire pour briller : elle brillait déjà plus que les autres.

Elle cracha un peu de dentifrice dans le lavabo.

Oui, elle irait à Brown le week-end prochain, même si ce n'était pas gagné d'avance. Elle aurait peut-être de la chance. En général, c'était le cas.

dans le west side, un chanceux et une solitaire

— Gros tas, murmura Jenny Humphrey à son reflet dans le miroir.

Elle se tenait devant sa glace, en retenant sa respiration et en rentrant son ventre le plus possible. Il n'éclipsait tout de même pas ses seins, qui étaient énormes pour une fille de troisième. Sa chemise de nuit rose retombait comme une tente triangulaire de ses seins à ses genoux, camouflant son ventre protubérant et ses jambes trop courtes. Jenny s'était enveloppée au lieu de grandir, contrairement à Serena van der Woodsen, son idole, qui était en terminale à Constance Billard. Les seins de Jenny lui ôtaient toute chance de paraître un tant soit peu classe comme Serena. Ils lui empoisonnaient l'existence.

Jenny expira et passa sa chemise de nuit au-dessus de sa tête pour essayer le nouveau bustier noir acheté chez Urban Outfitters la veille, en sortant de l'école. Elle l'enfila par la tête, tira dessus pour lui faire passer les épaules et le faire glisser sur ses seins, puis se regarda dans le miroir. Elle n'avait plus deux seins gigantesques, mais une sorte de sein unique écrasé en une monstrueuse limace. Elle avait l'air difforme.

Plaçant ses boucles brun foncé derrière ses oreilles, Jenny se détourna du miroir, dégoûtée. Elle enfila un vieux pantalon de survêtement aux couleurs de Constance Billard et se dirigea vers la cuisine, pour prendre un thé. Au même moment, son frère aîné, Dan, sortait de sa chambre. Il faisait toujours peur, au réveil, avec ses cheveux hirsutes et ses yeux bouffis. Mais ce matin, ses yeux étaient grands ouverts, brillants, comme s'il avait passé la nuit debout, à boire du café.

— Alors ? dit Jenny comme ils entraient l'un après l'autre dans la cuisine.

Elle regarda Dan verser une cuillerée de café instantané dans une tasse, qu'il plaça sous le robinet et remplit d'eau chaude. Il manquait pas mal de discernement concernant le café. Il resta debout à côté de l'évier, à remuer la mixture avec sa cuillère en silence, en regardant tournoyer l'écume marron.

— Je sais que tu es sorti avec Serena hier soir, dit Jenny, croisant les bras avec impatience. Alors, que s'est-il passé ? C'était inoubliable ? Comment elle était habillée ? Qu'est-ce que vous avez fait ? Qu'est-ce qu'elle a dit ?

Dan aspira un peu de son café. Jenny était toujours surexcitée dès qu'il s'agissait de Serena. Il aimait bien l'embêter.

— Allez, dis-moi quelque chose. Qu'est-ce que vous avez fait ? insista-t-elle.

— On a mangé une glace, lança Dan en haussant les épaules.

Jenny mit les mains sur les hanches.

— Wouah. Super chaud, le rencard.

Dan se contenta de sourire. Il se fichait bien que sa sœur pique une crise ; il refusait de lâcher quoi que ce soit d'autre concernant cette soirée. C'était trop précieux, surtout le baiser. D'ailleurs, il venait d'écrire un poème sur ce thème, pour qu'il puisse le savourer à jamais. Il l'avait intitulé « Douceur ».

— Et quoi d'autre ? Qu'est-ce que vous avez fait ? Qu'est-ce qu'elle a dit ? le pressa Jenny.

Dan rajouta de l'eau chaude dans sa tasse.

— Je ne sais pas..., commença-t-il.

Il fut interrompu par le téléphone.

Tous deux se précipitèrent pour répondre. Dan fut le plus rapide.

— Salut, Dan, c'est Serena.

Il pressa le téléphone tout contre son oreille et sortit de la cuisine pour aller s'installer près de la fenêtre dans le salon. À travers la vitre poussiéreuse, il distinguait les gamins en Rollerblade dans Riverside Park ; le vif soleil d'automne scintillait sur l'Hudson, en contrebas. Dan inspira profondément, pour se calmer.

— Salut, dit-il.

— Écoute, dit Serena. Je sais que ça va te paraître un peu bizarre, mais je dois être demoiselle d'honneur pour un grand mariage dans trois semaines et je me demandais si tu accepterais de m'accompagner... Tu serais mon cavalier...

— Bien sûr, répondit Dan avant qu'elle ait le temps d'en dire plus.

— C'est le mariage de la mère d'Olivia Waldorf. Tu sais, cette fille avec qui j'étais amie, avant.

— Bien sûr, répéta-t-il.

On aurait dit que Serena avait non seulement envie qu'il l'accompagne, mais surtout qu'elle avait besoin de lui comme soutien moral. Dan se sentit important et cela lui donna du courage. Il baissa la voix jusqu'à produire un murmure à peine audible, au cas où Jenny écouterait à la porte.

— J'aimerais bien aller avec toi à Brown, aussi, fit-il. Si ça te convient.

— Bien sûr.

Serena s'interrompit une seconde.

— Heu, je pense y aller ce vendredi, après l'école. On a l'après-midi de libre. Et toi ?

C'était un peu comme si elle avait oublié de lui proposer de l'accompagner, mais Dan préféra penser qu'il l'avait mal comprise.

— Je termine à quatorze heures, lui dit-il.

— Bien, alors tu peux me retrouver à la gare de Grand Central. Je prends le train jusqu'à Ridgefield, où se trouve notre maison de campagne et là, j'emprunterai la voiture du gardien.

— Ça m'a l'air bien, répondit Dan.

— Ça va être génial, dit Serena, apparemment un peu plus enthousiaste. Et merci d'avoir accepté de m'accompagner au mariage. Ce sera peut-être sympa.

— J'espère.

Dan ne voyait pas comment il pourrait ne pas s'amuser avec elle. Mais il allait devoir trouver quelque chose de bien à se mettre. Il aurait dû garder ce fameux smoking de chez Barneys, finalement.

— Bon, il faut que je te laisse. La bonne me hurle de venir prendre mon petit-déj', dit Serena. Je te rappelle pour le week-end prochain, d'accord ?

— D'accord.

— Salut.

— Salut.

Il raccrocha avant d'avoir le temps de rajouter quoi que ce soit. Comme *Je t'aime*, par exemple.

— C'était elle, hein ? demanda Jenny quand il revint dans la cuisine.

Dan haussa les épaules.

— Qu'est-ce qu'elle voulait ?

— Rien.

— Ben voyons. Je t'ai entendu murmurer, l'accusa Jenny.

Dan sortit un petit pain d'un sac en papier posé sur le comptoir de la cuisine et l'examina. Surprise, surprise, il était moisi. Leur père n'était pas l'homme d'intérieur idéal. Il est difficile de se souvenir de faire les courses ou de laver le sol quand on écrit des essais expliquant que tel obscur poète, dont personne n'a jamais entendu parler, était le prochain Allen Ginsberg. Le plus souvent, Dan et Jenny survivaient de chinois à emporter.

Dan jeta le sac de petits pains moisis et découvrit dans le placard un paquet de chips intact. Il déchira l'emballage et enfourna une pleine poignée de chips dans sa bouche. C'était mieux que rien.

Jenny lui fit une grimace.

— T'es vraiment obligé d'être aussi agaçant ? dit-elle. J'ai tout de suite su que c'était Serena, au téléphone. Pourquoi tu ne veux pas me dire ce qu'elle t'a dit ?

— Elle veut que je l'accompagne à un mariage. La mère de la fameuse Olivia Waldorf se marie et

Serena est demoiselle d'honneur. Elle veut que je sois à ses côtés, expliqua Dan.

— Tu vas au mariage de Mme Waldorf ? s'écria Jenny. Ça se passe où ?

Dan haussa les épaules.

— Je sais pas, j'ai pas demandé.

Jenny s'emporta.

— J'y crois pas. Quand je pense au mal que vous avez toujours dit, papa et toi, de toutes ces filles sophistiquées de mon école et de leurs familles ultra riches. Et voilà, maintenant, tu sors avec la plus chic de toutes et tu es invité à des mariages de folie. C'est trop injuste !

Dan engloutit une nouvelle poignée de chips.

— Désolé, dit-il, la bouche pleine.

— J'espère que tu n'as pas oublié : c'est moi qui t'ai dit que tu avais ta chance avec Serena, se vexa Jenny.

Avec colère, elle balança son sachet de thé dans l'évier.

— Non mais tu te rends compte que ce mariage va sûrement avoir un article dans *Vogue* ? Je n'arrive pas à croire que tu y seras.

Mais Dan l'écoutait à peine. Dans sa tête, il était avec Serena, dans un train, ils se tenaient la main et il était plongé dans le bleu profond de ses yeux.

— Elle a dit quelque chose pour demain ? demanda Jenny.

Dan la regarda sans comprendre.

— Vanessa, Serena et moi, on est censés se retrouver au bar du copain de Vanessa, à Williamsburg, pour voir le film de Serena sélectionné au festival du cinéma de Constance Billard. Tu sais, celui pour lequel on l'a aidée. Pour être sûres qu'il est fin prêt.

Nouveau regard interdit.

— Je pensais qu'elle t'aurait invité.

Pas de réponse.

Jenny soupira, exaspérée. Dan était irrécupérable, se rendait-elle compte. Il était tellement éperdu d'amour que ce n'était pas la peine d'essayer de lui soutirer la moindre information. Il n'avait même pas demandé pourquoi elle portait un bustier noir un samedi matin au réveil. Soudain, Jenny se sentit extrêmement seule. Elle avait toujours compté sur la compagnie de son frère, mais maintenant, il la laissait tomber comme une vieille chaussette.

Il fallait vraiment qu'elle se trouve de nouveaux amis.

gossipgirl.net

thèmes ◀précédent suivant▶ envoyer une question répondre

Avertissement : tous les noms de lieux, personnes et événements ont été modifiés ou abrégés afin de protéger les innocents. En l'occurrence, moi.

salut à tous !

LE MARIAGE DE L'ANNÉE

D'habitude, la période qui précède les fêtes de fin d'année est un peu tristoune, il ne se passe pas grand-chose. Mais grâce à la mère de ***O***, nous avons tous un nouveau sujet de conversation. Au fait, depuis combien de temps connaît-elle son fiancé ? Deux, trois mois ? Personnellement, si je devais passer le reste de ma vie avec quelqu'un, voire un simple week-end, je préférerais le connaître un peu mieux. Enfin… J'ai entendu dire que c'était un ringard – ce mariage sera sûrement à ne manquer sous aucun prétexte. Et comment ***O*** va-t-elle pouvoir en profiter tout en surveillant **S** ?? Ça sent le crêpage de chignons et ça ne sera sûrement pas beau à voir. Ouais ! J'ai hâte !

Vos e-mails :

Q: Salut, Gossip Girl,

Je ne sais pas si tu es au courant, mais ***O*** va avoir un nouveau demi-frère. Je suis dans la même classe que lui à l'école, il plane un peu. Mais il est plutôt mignon ;)

BronxKat

R: Chère BronxKat,
Tout ce que je peux dire, c'est que ce mariage s'annonce sous les meilleurs auspices !
Gossip Girl

Q: Chère Gossip Girl,
J'ai entendu dire que le père de ***O*** avait donné un million de dollars à Yale pour qu'elle y entre les doigts dans le nez. En tout cas, je parie que ***N*** et ***O*** ne finiront pas dans la même fac l'an prochain. Qu'en penses-tu ?
Intello

R: Cher Intello
Je ne parie rien pour l'instant. ***O*** est plus imprévisible qu'elle ne le paraît…
Gossip Girl

EN PARLANT DE FAC…

Voici venu le temps où nous sommes tous censés angoisser, passer en revue toutes les brochures des universités que nous nous sommes fait envoyer et nous imaginer, discutant avec des beaux gosses, sur fond de pelouses bien vertes et de bâtiments imposants, tout en briques, couverts de lierre. Voici venu le temps où nous sommes censés repenser à toutes ces interros qu'on a séchées, à tout ce travail facultatif qu'on n'a jamais fait et nous lamenter d'avoir été aussi bêtes et paresseux. Voici venu le temps où les premiers de la classe posent des candidatures anticipées aux meilleures universités, donnant l'impression aux gens normaux, comme nous, d'être de la merde. Eh bien je ne me laisserai pas abattre. Voici ma recette pour une bonne gestion du stress de terminale : prenez un joli garçon, ajoutez une ravissante paire de bottes en cuir toute neuve, un nouveau pull en cachemire, une longue soirée en ville, arrosez de plusieurs verres. Finissez par une très grasse matinée et un chocolat chaud au lit. Penchez-vous sur vos dossiers d'inscription à la fac quand vous êtes fin prêts, pas avant. Vous voyez ? Pas besoin de stresser.

ON A VU

N à **Asphalt Green**, jouant au tennis avec son père. ***O*** au cinéma sur la 86e, accompagnant son petit frère voir un film d'action. J'imagine qu'elle préfère regarder des types qui se tirent dessus depuis des hélicoptères en flammes plutôt que traîner à la maison avec maman, à discuter chiffons, traiteur et pièce montée. ***S*** achetant du parfum chez **Barneys**. Je vous jure, cette fille y passe toutes ses journées. ***D*** griffonnant dans son carnet, sur la marina, dans la 79e. Encore un poème sur ***S***, peut-être ? ***J*** rapportant un bustier noir chez **Urban Outfitters**.

La suite bientôt !

Vous m'adorez, ne dites pas le contraire.

gossip girl

o tient à ce que ***n*** *ait envie d'elle*

— Viens manger, ma chérie, lança Mme Waldorf dans le couloir, espérant faire sortir Olivia de sa chambre. J'ai demandé à Myrtle de te faire des pancakes tout fins, comme tu les aimes.

Olivia ouvrit la porte de sa chambre et passa la tête par l'entrebâillement.

— Attends, dit-elle. Je m'habille.

— Pas la peine, ma puce. Cyrus et moi on est encore en pyjama, pépia sa mère avec entrain.

Elle renoua la ceinture de sa robe de chambre de soie verte. Cyrus portait exactement la même. Ils les avaient achetées la veille chez Saks, après avoir essayé des alliances chez Cartier. Puis ils étaient allés boire du champagne dans l'ambiance sombre et feutrée du King Cole Bar, à l'hôtel St. Regis. Cyrus avait même proposé, en plaisantant, de prendre une chambre. C'était tellement romantique.

Répugnant.

— Attends, répéta obstinément Olivia, et sa mère battit en retraite vers la salle à manger.

Olivia s'assit au bord de son lit et regarda son reflet dans le miroir de son placard. Elle venait de mentir à sa mère. En fait, elle était debout depuis des heures et déjà complètement habillée, jean, col roulé noir et bottes. Elle s'était même verni les ongles en brun foncé pour les assortir à son humeur.

Miroir, miroir, dis-moi qui est la plus belle ?

Pas Olivia – du moins, pas aujourd'hui.

Toute la journée du samedi, elle avait été furax. Elle s'était couchée furax et s'était réveillée, toujours furax, ce dimanche matin. D'ailleurs, on aurait dit qu'elle allait passer le reste de sa vie à être furax en permanence. Nate n'avait pas cherché à la revoir depuis vendredi soir, donc à l'évidence il n'était pas qu'un peu déçu de ce qui s'était passé. Elle était toujours vierge. Sa mère épousait un abominable con. Et la date qu'ils avaient choisie pour leur mariage se trouvait être le plus important anniversaire d'Olivia à ce jour.

Ah ça, sa vie était vraiment nulle. À chier, même.

Puisque la situation pouvait difficilement empirer et parce qu'elle avait faim, Olivia se leva et se dirigea vers la salle à manger pour partager des pancakes avec sa mère et Cyrus.

— La voici la voilà, tonitrua Cyrus.

Il tapota le siège à côté de lui.

— Viens donc t'asseoir.

Olivia obéit. Elle prit le plat de pancakes et, d'un coup de fourchette, en mit quelques-uns dans son assiette.

— Ne prends pas celui qui a un trou au milieu. Il est à moi, lui dit son frère, Tyler.

Il avait onze ans, portait un T-shirt Led Zeppelin et un bandana rouge autour de la tête. Il voulait devenir journaliste de rock ; il s'inspirait de l'exemple de Cameron Crowe, qui avait accompagné Led

Zeppelin en tournée en tant que réalisateur alors qu'il avait à peine quinze ans, genre. Tyler possédait une énorme collection de vinyles et cachait un narguilé sous son lit. Non qu'il l'ait jamais utilisé. Olivia craignait que Tyler ne devienne un original qui aurait ensuite du mal à se faire des amis. Ses parents trouvaient ça mignon – du moment qu'il portait son costume de chez Brooks Brothers pour aller à l'école tous les matins comme un bon garçon et pourvu qu'il entre dans un bon pensionnat par la suite.

Dans le monde où vivaient Olivia et ses amis, tous les parents étaient comme ça – tant que leurs gosses ne faisaient pas n'importe quoi, tant qu'ils ne leur collaient pas la honte, ils pouvaient en gros faire tout ce qu'ils voulaient. D'ailleurs, c'était l'erreur qu'avait commise Serena. Elle avait été prise en flagrant délit de n'importe quoi, et se faire prendre était inacceptable. Elle aurait dû le savoir, pourtant.

Olivia versa du sirop d'érable sur ses pancakes et en fit des petits rouleaux, juste comme elle aimait.

Sa mère piqua un raisin dans la corbeille de fruits et le mit dans la bouche de Cyrus. Il le mâcha et l'avala en ronronnant de contentement. Puis il fit une bouche en cul de poule, pour en demander encore. Mme Waldorf gloussa et lui en donna un autre. Olivia trempait ses petits rouleaux de pancakes dans le sirop d'érable en ignorant ces démonstrations dégoûtantes.

— J'ai passé la matinée au téléphone avec le monsieur de l'hôtel St. Claire, lui dit sa mère. Il est très exubérant, très soucieux de la décoration. Il est à mourir de rire.

— Exubérant ? Tu veux dire homo. Tu as le droit de dire « homo », maman, dit Olivia.

— Oui, enfin…, bégaya sa mère, gênée.

Elle n'aimait pas dire le mot « homo ». Surtout depuis qu'elle en avait épousé un – c'était trop humiliant.

— On pense louer quelques suites à l'hôtel, dit Cyrus. Elles pourraient vous servir pour vous changer et vous préparer, les filles. Et qui sait – certains de nos invités seront peut-être tellement pompettes qu'ils préféreront s'écrouler là jusqu'au lendemain.

Il rit et fit un clin d'œil à la mère d'Olivia.

Des suites ?

Soudain Olivia eut une idée. Nate et elle pourraient avoir une chambre ! C'était vraiment le lieu et le moment idéal pour perdre sa virginité, dans une suite de l'hôtel St. Claire, le jour de ses dix-sept ans.

Elle posa sa fourchette, se tamponna doucement la bouche avec sa serviette de table et adressa un sourire adorable à sa mère.

— Tu pourrais nous en louer une, pour mes amis et moi ? demanda-t-elle.

— Mais bien entendu, approuva Eleanor. C'est une idée formidable.

— Merci, maman, répondit-elle en souriant dans sa tasse de café, tout excitée.

Elle avait hâte de l'annoncer à Nate.

— Il y a tant à faire, s'angoissa sa mère. Je fais des listes jusque dans mon sommeil.

Cyrus prit sa main, l'embrassa ; le diamant scintilla au doigt d'Eleanor.

— Ne crains rien, mon lapin, lui dit-il, comme s'il s'adressait à un enfant de deux ans.

Olivia prit un pancake dégoulinant entre ses doigts et l'enfourna dans sa bouche.

— Je veux avoir ton avis sur tout, Olivia, lui dit sa mère. Tu as un goût si sûr.

Celle-ci haussa les épaules et se mit à mastiquer, les joues bien remplies.

— Nous avons tellement hâte que tu rencontres Aaron, ajouta Eleanor.

Olivia interrompit sa mastication.

— Qui est Aaron ? demanda-t-elle, la bouche pleine.

— Mon fils, Aaron, dit Cyrus. Tu savais que j'avais un fils, n'est-ce pas, Olivia ?

Celle-ci secoua la tête. Elle ignorait tout de Cyrus. Il aurait aussi bien pu être SDF et avoir demandé sa mère en mariage. Moins elle en savait, mieux elle se portait.

— Il est en terminale à Bronxdale Prep. Un gosse intelligent. Il a sauté la seconde. Il n'a que seize ans et il est déjà en terminale, prêt à entrer à l'université ! annonça fièrement Cyrus.

— N'est-ce pas impressionnant ? l'interrompit Eleanor. Et puis il est joli garçon, avec ça !

— Ça, c'est vrai, renchérit Cyrus. Tu vas voir ce que tu vas voir.

Olivia se resservit en pancakes. Elle se fichait bien des élucubrations de Cyrus et de sa mère sur un abruti avec des lunettes triple foyer qui sautait les classes pour s'amuser. Elle le voyait d'ici, cet Aaron : une version maigrichonne de Cyrus, avec des boutons, les cheveux gras, un appareil dentaire et des vêtements horribles. La fierté de son père.

— Hé, c'est le mien ! Donne-le-moi, geignit Tyler

en donnant un coup de couteau sur la fourchette d'Olivia.

Elle se rendit compte que le pancake qu'elle venait de prendre était percé d'un trou du diamètre d'un doigt juste au milieu.

— Pardon, prends-le, dit-elle en tendant son assiette à Tyler, de l'autre côté de la table.

— Tu veux bien passer la journée avec moi pour me donner un coup de main ? demanda sa mère. Je nous ai ramené tout un tas de livres et de magazines sur le mariage à feuilleter.

Olivia repoussa sa chaise avec brusquerie. Elle n'imaginait rien de pire comme programme.

— Désolée, j'avais déjà autre chose de prévu.

C'était un mensonge, mais Olivia était certaine que dès qu'elle aurait parlé à Nate, elle aurait bel et bien quelque chose de prévu. Ils pourraient aller au cinéma, se balader au parc, rester chez lui ou préparer leur nuit au St. Claire…

Erreur.

— Désolé, mais je retrouve Anthony et toute la bande au parc pour jouer au foot, fit Nate. Je te l'avais dit, hier.

— Pas du tout. Hier, tu avais dit que tu devais passer du temps avec ton père. Tu as ajouté qu'on pourrait peut-être faire quelque chose aujourd'hui. Je ne te vois jamais, se plaignit Olivia.

— De toute façon, j'y vais, là, déclara Nate. Désolé.

— Mais je voulais t'annoncer quelque chose, dit-elle en tentant de prendre un ton mystérieux.

— Quoi ?

— Je préférerais te l'expliquer en personne.

— Allez, accouche, Olivia, s'impatienta-t-il. Je dois y aller.

— D'accord. Très bien. Je voulais t'annoncer que ma mère et Cyrus vont louer des suites au St. Claire pour leur mariage. Et comme ce sera mon anniversaire, et tout, je me disais que peut-être, ce serait le moment idéal pour… pour nous… Enfin pour le faire, quoi.

Nate resta silencieux.

— Nate ? s'enquit Olivia.

— Oui ?

— Alors qu'est-ce que tu en dis ?

— Je ne sais pas. Ça m'a l'air bien. Bon, écoute, il faut que j'y aille, là, hein ?

Olivia serra le téléphone contre son oreille.

— Nate ? dit-elle. Est-ce que tu m'aimes toujours ?

Mais il était déjà en train de raccrocher.

— Je te rappelle, d'accord ? Salut, lança-t-il.

Olivia reposa le combiné et se mit à fixer le tapis persan sur le sol de sa chambre ; dans son ventre, les pancakes tourbillonnaient désagréablement. Mais avant même d'envisager de se mettre le doigt au fond de la gorge, il fallait qu'elle réfléchisse à un plan.

Elle n'allait pas voir Nate aujourd'hui. Et ils ne se verraient sûrement pas de la semaine : elle avait mille et une activités extrascolaires et il faisait beaucoup de sport. Le week-end prochain, elle allait à Yale, il allait à Brown. Impossible de laisser une semaine entière s'écouler : Nate était en colère parce qu'elle l'avait repoussé vendredi soir, elle allait passer la semaine à s'inquiéter. Il fallait faire quelque chose.

Si seulement Nate et elle avaient pu avoir le genre de dispute romantique qu'ont les couples de cinéma.

D'abord, ils se seraient jeté des propos blessants au visage jusqu'à ce qu'elle se mette à pleurer. Elle aurait attrapé son sac à main et son manteau, qu'elle aurait eu du mal à boutonner, parce qu'elle aurait été trop bouleversée. Là, au moment où elle aurait ouvert la porte d'entrée, sur le point de sortir de sa vie à jamais, il serait arrivé derrière elle et l'aurait entourée de ses bras en la serrant très fort. Elle se serait retournée vers lui, lui aurait lancé un regard pénétrant, puis ils se seraient embrassés passionnément. À la fin, il l'aurait suppliée de rester et ils auraient fait l'amour.

Dans la réalité, tout était bien plus fastidieux, mais Olivia savait comment pimenter les choses.

Elle s'imagina se rendant chez Nate vêtue d'un long manteau noir, une écharpe de soie couvrant ses cheveux, le visage dissimulé derrière d'énormes lunettes de soleil Chanel. Elle déposerait un cadeau très spécial à l'intention de Nate puis disparaîtrait dans la nuit. Quand il ouvrirait son paquet, il sentirait son parfum et se languirait d'elle.

Oubliant tout à fait de se faire vomir, Olivia se leva et attrapa son sac à main, prête à foncer chez Barneys.

Mais que faut-il offrir à un garçon pour lui rappeler qu'il vous aime et vous désire plus que jamais ?

Hmm. Pas facile…

la main au collet

— Redis-moi pourquoi tu m'appelles, déjà ? grogna Erik.

— Moi aussi ça me fait plaisir de te parler, plaisanta Serena. Je voulais te confirmer que je viens à Brown le week-end prochain. J'ai un entretien prévu samedi midi.

— D'accord. En général, il y a une fête le soir. J'espère que ça ne te dérange pas.

— Me déranger ? rit Serena. C'est parfait. Oh, et je viendrai sûrement avec un ami.

— Quel genre d'ami ?

— Juste un mec avec qui je traîne, il s'appelle Dan. Il va te plaire, je te jure.

— Cool, dit Erik. Écoute, je suis assez occupé, là, faut que je te laisse.

Serena se rendit compte qu'Erik n'était certainement pas seul. Il avait toujours au moins trois copines, avec qui il couchait à tour de rôle.

— Quel tombeur. D'accord. À bientôt, dit Serena avant de raccrocher.

Elle se leva pour s'habiller et traîna des pieds jusqu'à son placard.

Il contenait les éternelles fringues chiantes qu'elle

portait toujours. Mais elle allait à l'université l'an prochain, peut-être même à Brown. Elle méritait bien de s'offrir quelque chose de neuf, non ?

Elle enfila un jean Diesel, un pull en cachemire noir et se prépara à se rendre dans ce lieu qu'elle préférait entre tous : Barneys.

Quand elle arriva, l'endroit était déjà bondé, tout l'Upper East Side avait déambulé jusque-là, incapable de résister. Avec son rez-de-chaussée animé, très éclairé, ses vitrines remplies de bijoux uniques, de gants somptueux, de sacs à main d'exception, ses comptoirs débordants de produits de beauté raffinés, le magasin donnait l'impression que c'était tous les jours Noël. Au comptoir Creed, Serena s'émerveilla des jolis flacons de parfum en verre avec la même joie qu'un petit enfant dans un magasin de jouets. À la boutique Kiehl, elle fut tentée par un masque purifiant pour le visage à base d'argile naturelle. Bien sûr, elle devait déjà posséder assez de produits de beauté pour tenir dix ans, mais elle adorait en essayer de nouveaux. C'était une forme de dépendance.

Il n'y avait rien de mal à cela. Il y avait vraiment pire, comme dépendance.

Serena était sur le point de demander à l'homme derrière le comptoir si le masque convenait à son type de peau, plutôt sec, quand elle remarqua une silhouette familière qui traversait le magasin d'un pas résolu, en direction du rayon hommes.

Olivia Waldorf. Serena reposa le masque et la suivit.

Olivia n'était pas sûre que Barneys vendait ce qu'elle voulait, tout simplement parce qu'elle ignorait ce qu'elle cherchait. Un nouveau pull ou une jolie paire de gants en cuir ne feraient aucun effet à Nate. Il fallait qu'elle trouve un cadeau exceptionnel. Sexy sans être vulgaire. Quelque chose de classe. Et qui rappelle à Nate qu'il l'aimait et la désirait toujours. Olivia se dirigea tout droit vers le rayon sous-vêtements.

Elle vit d'abord une table couverte d'un assortiment de caleçons colorés tout coton, puis, un peu plus loin, des portants où s'alignaient des chemises de nuit de flanelle et des sorties de bain en éponge somptueusement douces, des rayonnages où s'empilaient des boîtes de slips kangourou de base et de mini-slips et strings, assez crades dans leur genre. Rien de tout cela ne ferait l'affaire. Tout à coup, Olivia aperçut, sur un autre portant, des bas de pyjama en cachemire gris avec cordon de serrage à la taille.

Elle en prit un sur un cintre et le déplia. MADE IN ENGLAND, disait l'étiquette. PRIX : 360,00 $. Voilà qui était décontracté et sophistiqué à la fois. Joli, et pourtant doux et délicat. À l'idée de ce bas de pyjama frôlant la peau nue de Nate, Olivia se sentit presque envahie de sentiments maternels. Elle froissa le tissu entre ses mains et le pressa contre sa joue. L'odeur du cachemire fin remplit ses narines et elle ferma les yeux, imaginant Nate uniquement vêtu de ce pantalon de pyjama, son torse parfait dénudé, tandis qu'il leur servait une coupe de champagne dans leur suite au St. Claire.

Carrément sexy. Il n'y avait pas à hésiter : elle voulait ce bas de pyjama.

Serena feignait de s'intéresser à un peignoir Ralph Lauren en éponge rouge, taille XXL. Il était assez large pour la protéger d'Olivia et le portant sur lequel il était pendu était installé de telle manière qu'elle avait une vue complètement dégagée. Serena se demanda si Olivia achetait quelque chose pour Nate. Sûrement. Veinard : le pyjama qu'elle regardait était sublime.

Avant, Olivia aurait demandé à Serena de l'aider à choisir. Mais plus maintenant.

— Vous cherchez un cadeau pour quelqu'un ? demanda un vendeur en s'approchant de Serena.

Il avait un physique de culturiste, il était chauve et bronzé ; son costume semblait littéralement sur le point d'exploser.

— Non, je..., balbutia Serena.

Elle ne voulait pas que l'homme commence à l'entraîner dans tout le magasin en lui montrant des articles, Olivia risquerait de la voir.

— Enfin si, pour mon frère. Il a besoin d'un nouveau peignoir.

— Celui-ci est-il à sa taille ? interrogea le vendeur en désignant celui qu'elle regardait.

— Oui, il est parfait, dit Serena. Je le prends.

Elle lança un regard vers Olivia ; elle se dirigeait vers la caisse, pyjama à la main.

— Je peux juste vous donner ma carte de crédit ici ? demanda Serena en se retournant vers le vendeur avec un battement de cils.

Elle la sortit de son portefeuille et la lui tendit.

— Mais bien entendu. Je reviens tout de suite, dit-il en enlevant d'un geste leste le peignoir de son cintre et en prenant sa carte.

— C'est un cadeau, dit Olivia à l'homme derrière le comptoir en lui tendant sa carte de crédit.

La carte était à son nom, mais ce n'était pas, à proprement parler, la *sienne*. Elle provenait du compte de sa mère. Les parents d'Olivia ne lui donnaient pas d'argent de poche, ils la laissaient simplement acheter ce dont elle avait besoin, dans la limite du raisonnable. Un pantalon de pyjama d'une valeur de près de quatre cents dollars pour Nate, qui ne soit même pas un cadeau de Noël, ne tombait pas vraiment dans la limite du raisonnable, mais Olivia trouverait un moyen de convaincre sa mère que l'achat s'était avéré absolument nécessaire.

— Je suis désolé, mademoiselle, dit l'homme derrière la caisse, mais votre carte de crédit a été rejetée.

Il la lui rendit.

— Y en a-t-il une autre que vous désireriez utiliser ?

— *Rejetée ?* répéta Olivia.

Elle se sentit rougir. Cela ne lui était jamais arrivé.

— Vous êtes sûr ? demanda-t-elle.

— Tout à fait certain, dit l'homme. Voulez-vous utiliser notre téléphone pour contacter votre banque ?

— Non, ça ira, répondit Olivia. Je reviendrai une autre fois.

Elle rangea sa carte de crédit dans son portefeuille, attrapa le pantalon et tourna les talons en direction du portant où elle l'avait trouvé. Le cachemire était si doux, si moelleux entre ses mains... L'idée de quitter le magasin sans ce pyjama la rendait malade. De toute façon, c'était quoi, le problème ? Ce n'était pas comme si le compte de sa mère était vide, genre. Mais elle ne pouvait pas franchement l'appeler pour en discuter, puisqu'elle avait menti, prétendant aller au cinéma avec Nate.

L'homme avait enlevé le macaron antivol en plastique, remarqua Olivia, comme elle s'apprêtait à reposer le pantalon sur le cintre. Elle nota également qu'il restait encore plein de bas de pyjamas en cachemire gris. Qu'est-ce que ça pouvait bien faire si elle... *en prenait un* ? Ce n'était pas comme si elle n'avait pas essayé de le payer. En plus, elle dépensait assez d'argent chez Barneys. Elle méritait bien un petit cadeau offert par la maison.

Serena attendit que l'imposant vendeur revienne avec le peignoir qu'elle n'avait pas l'intention d'acheter et son reçu de carte de crédit. Elle vit Olivia, sur le point de reposer le bas de pyjama, interrompre son geste.

— Il me faut simplement votre signature, dit le vendeur à Serena.

Elle se retourna et il lui tendit un gros sac Barneys contenant le peignoir soigneusement rangé dans une boîte noire.

— Merci, dit Serena.

Elle prit le reçu et s'agenouilla pour le signer en se servant de la boîte comme support. Au niveau du sol moquetté du magasin, elle vit Olivia se baisser entre deux portants de chemises de nuit en flanelle et fourrer précipitamment le pantalon de pyjama en cachemire dans son sac à main.

Serena n'arrivait pas y croire. Olivia était en train de voler !

— Merci infiniment, dit Serena en se relevant.

Elle fourra le reçu dans la main du vendeur, attrapa son sac et se dirigea vers la sortie. Bien qu'elle n'ait rien à se reprocher, voir Olivia voler ce pyjama lui avait donné l'impression de l'avoir fait elle-même. Elle se fraya un chemin jusqu'à la rue et remonta Madison Avenue d'un pas très rapide. Le sac cognait contre sa jambe ; elle inspira de grandes goulées d'air vif. Elle était allée chez Barneys pour trouver quelque chose de sympa, de cool pour elle et elle en était ressortie avec un peignoir pour homme taille XXL. Qu'est-ce qui lui avait pris d'espionner Olivia, d'abord ? Et pourquoi Olivia se mettait-elle à voler dans les magasins ? Elle était loin d'être fauchée.

En tout cas, Olivia pouvait compter sur Serena, son secret serait bien gardé. Elle n'avait personne à qui le raconter.

Olivia quitta Barneys et remonta Madison Avenue, son cœur battait à cent à l'heure. Aucune alarme ne s'était déclenchée, personne ne semblait la suivre. Elle ne s'était pas fait prendre ! Bien sûr, elle savait que c'était mal de voler, surtout quand on a plein de fric pour payer, mais c'était tout de même assez grisant de faire une chose aussi illégale. C'était comme jouer la diabolique *femme fatale** dans un film, au lieu de la pure et honnête jeune première. De toute manière, il n'y aurait pas de récidive. Ce n'était pas comme si elle allait devenir voleuse à l'étalage professionnelle, genre.

Tout à coup elle aperçut quelque chose qui la fit

s'arrêter net. Au croisement, de longs cheveux blonds brillaient au soleil ; Serena van der Woodsen attendait que le feu passe au vert. Un gros sac Barneys pendait à son bras. Et juste avant de traverser, elle se retourna et regarda Olivia droit dans les yeux.

Olivia baissa la tête, faisant semblant de jeter un coup d'œil à sa Rolex. *Merde*, pensa-t-elle. *Est-ce qu'elle m'a vue ? Est-ce qu'elle m'a vue prendre le bas de pyjama ?*

Gardant les yeux baissés, elle ouvrit son sac et en sortit une cigarette. Quand elle releva la tête, Serena disparaissait au loin, de l'autre côté de la rue.

Quelle importance, qu'elle m'ait vue ? se dit Olivia. Les doigts tremblants, elle s'alluma une cigarette. Serena pouvait bien aller raconter au monde entier qu'elle avait vu Olivia Waldorf voler chez Barneys, personne ne la croirait.

Si ?

En marchant, Olivia plongea la main dans son sac et caressa le doux cachemire du pyjama. Elle était impatiente que Nate l'enfile. Dès cet instant, il saurait exactement ce qu'elle ressentait et il l'aimerait plus que jamais. Rien de ce que Serena pourrait dire n'y changerait rien.

Pas si vite. Offrir un cadeau volé attire un mauvais karma. Cela peut se retourner contre vous de la plus surprenante manière qui soit.

un lapin à brooklyn

— Qu'est-ce que tu fais là ? demanda Vanessa Abrams à Dan quand elle le vit arriver avec Jenny au Five and Dime.

Dan haussa les épaules.

— Je voulais voir à quoi ressemble le film de Serena, dit-il comme s'il n'y avait pas de quoi en faire toute une histoire.

Ben voyons, pensa Vanessa. *Dis plutôt que tu voulais venir lécher le cul de ce tas d'os de Serena.*

— Elle n'est pas encore arrivée, annonça Vanessa en voyant Dan et Jenny parcourir la pièce des yeux.

Le bar, faiblement éclairé, était vide, à l'exception de deux jeunes d'une vingtaine d'années, assis à une table au fond, qui lisaient le *Times* du dimanche, une cigarette à la main.

— Mais il est treize heures trente, remarqua Jenny en jetant un coup d'œil à sa montre. On était censés se retrouver à treize heures.

— Tu la connais, dit Vanessa en haussant les épaules.

C'était vrai, ils la connaissaient. Serena était toujours en retard. Cela dit, cela ne gênait ni Dan ni Jenny. C'était déjà un honneur qu'elle les gratifie de sa présence. Mais c'était le genre de chose que Vanessa ne supportait pas.

Clark s'approcha et passa la main dans les courts cheveux noirs de Vanessa.

— Vous voulez boire quelque chose ? proposa-t-il.

Vanessa lui sourit. Elle adorait que Clark la touche devant Dan. C'était bien fait pour lui. Clark était le barman du Five and Dime, le bar de la rue où était situé l'appartement que Vanessa partageait avec sa sœur aînée, Ruby. Clark avait vingt-deux ans. Il avait des cheveux roux, avec des pattes et de très beaux yeux gris ; il était le seul garçon qu'elle ait rencontré qui ne lui donne pas l'impression d'être fade, grasse ou bizarre. Pendant longtemps, Vanessa avait cru que Clark craquait pour Ruby, sa grande sœur branchée, qui jouait de la basse, portait des pantalons en cuir et dont le groupe donnait des concerts dans le bar. Alors que depuis le début, c'était à Vanessa qu'il s'intéressait.

— Tu n'es pas comme les autres, lui avait-il dit. Et ça me plaît.

Effectivement, Vanessa n'était pas comme les autres. Elle n'avait même franchement rien en commun avec ses camarades de classe de Constance Billard. Elles vivaient toutes avec leurs parents aisés dans des appartements de standing sur la 5e Avenue. Vanessa vivait dans un petit logement au-dessus d'une bodega espagnole dans le quartier de Williamsburg, à Brooklyn. Elle avait grandi dans le Vermont, mais à l'âge de quinze ans, elle avait tant insisté, imploré, que ses parents, artistes, avaient fini par céder et l'avaient laissée venir vivre à New York avec Ruby. La seule condition était qu'elle acquière une bonne et solide éducation à la très sélecte Constance Billard School. Les camarades de classe de Vanessa ne savaient pas vraiment quoi penser d'elle. Tandis que celles-ci se faisaient faire des mèches blondes, dévalisaient Barneys ou Bendel, Vanessa se rasait la tête à la tondeuse électrique et guettait les bonnes affaires de jeans et T-shirts sans logo, toujours noirs et absolument pas féminins.

Vanessa avait rencontré Dan en seconde, lors d'une soirée débile, durant laquelle ils s'étaient retrouvés tous les deux enfermés dehors, dans l'escalier – et ils étaient devenus bons amis. L'an dernier, ils avaient passé beaucoup de temps ensemble et Vanessa était tombée très amoureuse de Dan. Mais Dan n'avait d'yeux que pour une seule fille : Serena van der Woodsen.

Vanessa avait de la chance que Clark l'ait trouvée ; elle essayait d'oublier Dan, mais c'était difficile. À chaque fois qu'elle voyait son visage pâle et défait, ses mains tremblantes, comme des petits oiseaux, elle se sentait toute chose. Dan, bien sûr, ne se rendait absolument compte de rien. Il continuait à traiter Vanessa en bonne copine ou l'ignorait totalement dès que Serena était dans le coin, ce qui n'arrangeait rien.

La sœur de Dan, Jenny, travaillait avec Vanessa sur *Rancor*, le magazine d'art publié par les élèves de Constance Billard. Jenny avait un vrai talent de photographe et de calligraphe. Jenny et Vanessa avaient également aidé Serena pour son film – parce qu'elle le leur avait demandé et que personne ne pouvait jamais rien refuser à Serena. Mais Jenny n'avait aucun intérêt à devenir l'amie de Vanessa : c'était une originale et côté mode, un ratage complet. Ce n'était pas le genre de fille que Jenny aspirait à devenir.

— Tu peux me faire un irish coffee ? demanda Dan.

C'était sa boisson préférée, parce qu'elle était principalement composée de café.

— Pas de problème, répondit Clark.

— Juste un Coca, pour moi, dit Jenny.

Elle n'aimait pas vraiment le goût de l'alcool, champagne excepté.

— Bon, on le regarde, ce film, ou quoi ? dit Dan en se balançant sur son tabouret de bar.

— On doit attendre que Serena arrive, crétin, répliqua Jenny.

Vanessa haussa les épaules.

— Moi, je suis gavée de films. Depuis trois semaines, je ne fais que ça.

Elle avait passé toutes ses soirées à travailler sur son court métrage pour le festival de cinéma de Constance Billard. C'était ce même film qu'elle avait prévu d'envoyer à l'université de New York avec sa demande d'inscription. Car le rêve de Vanessa était d'y étudier le cinéma, l'année prochaine. Elle voulait devenir une réalisatrice célèbre d'œuvres cultes comme *Les Prédateurs* ou *Ghost Dog*, mais son dernier effort en date avait un peu tourné à la catastrophe.

Le scénario de son film était inspiré d'une scène de *Guerre et Paix*, de Tolstoï. Dan avait le premier rôle, aux côtés d'une fille de première du nom de Marjorie, mâcheuse de chewing-gum dépourvue du moindre talent d'actrice. Vanessa avait décidé de choisir Marjorie et non Serena, bien que cette dernière eût été parfaite pour le rôle, parce qu'elle ne pouvait pas supporter de voir Dan se pâmer pour Serena répétition après répétition. Grave erreur. Il s'agissait d'une scène d'amour et il n'y avait aucune étincelle entre Dan et Marjorie. Vanessa aurait presque eu envie de rire en regardant le résultat, s'il ne lui donnait pas autant envie de pleurer. C'était mauvais à ce point. Elle espérait que le jury du festival se concentrerait sur la qualité de la technique cinématographique, qui était son point fort, et pas sur le dialogue ni le jeu des acteurs, qui étaient à chier.

Le film de Serena, en revanche, s'était avéré être l'œuvre d'art la plus austère et la plus cérébrale que Vanessa ait jamais vue. Elle pouvait à peine supporter de le regarder. Et le plus rageant était que c'était totalement involontaire. Serena n'y connaissait rien, mais le film avait fini par devenir absolument fascinant. C'était du génie pur. Bien entendu, c'était notamment parce que Vanessa l'avait en grande partie réalisé. Elle n'arrivait pas à croire qu'elle avait aidé Serena à faire ce foutu truc sans s'en attribuer le moindre mérite.

Pour la cinquantième fois de la minute, Dan jeta un coup d'œil à sa montre. Il était tellement nerveux qu'il aurait pu pisser dans son slip.

— C'est pas vrai. Appelle-la, tu veux ? aboya Vanessa avec impatience.

La jalousie faisait toujours ressortir le pire en elle.

Dan avait enregistré le numéro de Serena dans son portable il y avait plusieurs semaines déjà. Il le sortit de sa poche et descendit de son tabouret, faisant les cent pas en attendant qu'elle décroche. Il tomba finalement sur son répondeur.

— Salut, c'est Dan. On est à Brooklyn. Qu'est-ce que tu fais ? Appelle-moi quand tu as ce message. Salut.

Il essayait de se donner un ton nonchalant, mais c'était quasiment impossible. Non mais qu'est-ce qu'elle pouvait bien fabriquer ?

Il reprit place sur son tabouret. Un irish coffee fumant l'attendait sur le bar. Il était surmonté d'une tour de crème fouettée et sentait super bon.

— Elle n'était pas chez elle, dit-il avant de souffler sur sa boisson et d'en prendre une gorgée gigantesque.

Serena se trouvait dans l'ascenseur qui l'emmenait jusque chez elle quand elle se rendit compte de son oubli. Avec elle se trouvait une vieille dame en vison agrippant le supplément « mode » du *Times* du dimanche. C'était dimanche. Serena était censée être à Brooklyn pour revoir le montage final de son film avec Vanessa et Jenny. Et elle était censée y être depuis une heure.

— Merde, murmura-t-elle.

La femme au vison lui lança un regard réprobateur avant de quitter l'ascenseur. De son temps, les jeunes filles qui vivaient sur la 5e Avenue ne portaient pas de blue-jeans et ne juraient pas en public. Elles dansaient le quadrille, portaient des gants blancs et des perles.

Serena aurait très bien pu porter des gants blancs et des perles, si elle avait voulu. Mais elle préférait les jeans.

— Merde, répéta Serena en lançant les clefs sur la console, dans le vestibule.

Elle se précipita dans sa chambre. Le répondeur clignotait. Elle appuya sur le bouton et écouta le message de Dan.

— Merde, dit-elle pour la troisième fois.

Elle ne pensait pas que Dan y serait, lui aussi. Et elle n'avait ni son numéro de portable ni celui de Jenny, seulement leur numéro à la maison, elle ne pouvait donc pas les rappeler.

Au fond d'elle, elle savait pourquoi elle avait oublié d'aller à Brooklyn, en fait. Elle ne voulait plus revoir son film, surtout pas devant d'autres personnes. C'était un premier essai, et elle ne se sentait pas très sûre d'elle, même si Vanessa avait l'air de le trouver trop fort.

Ce n'était pas un film classique. C'était plutôt un film sur un tournage de film, quand on n'a aucun acteur et qu'on ne sait pas se servir du matériel. Une sorte de documentaire dans un documentaire. Serena avait adoré le tournage, cependant elle n'était pas très sûre que le film parlerait aux personnes qui ne la connaissaient pas. Mais Vanessa s'était montrée tellement enthousiaste que Serena s'était lancée et l'avait inscrit au festival de cinéma de Constance Billard. Le premier prix était un billet pour le festival de Cannes, en mai, récompense offerte par le père d'Isabel Coates, un acteur célèbre.

Serena était déjà allée souvent à Cannes, alors la récompense ne l'intéressait pas vraiment. Mais ce serait sympa de gagner, surtout parce que Olivia et Vanessa participaient aussi au concours et qu'elles suivaient toutes les deux l'option cinéma depuis longtemps, alors que Serena n'avait pas la moindre expérience dans ce domaine.

Serena parvint à remettre la main sur son annuaire de Constance Billard, et composa le numéro de Vanessa à la maison.

— Salut, c'est Serena, dit-elle sur le répondeur. J'ai complètement oublié notre rendez-vous aujourd'hui. Désolée. Je suis vraiment nulle. Enfin, on se voit en cours, demain, d'accord ? À plus.

Ensuite, elle composa le numéro de Dan chez lui.

— Allô ? répondit une voix bourrue.

— Monsieur Humphrey ? demanda Serena.

Contrairement à elle et à la plupart de ses connaissances, Dan n'avait pas de ligne téléphonique privée.

— Oui, qu'est-ce que vous voulez ?

— Est-ce que Dan est là ? C'est Serena, sa copine.

— Celle avec les bras d'or et les lèvres framboise ? Celle aux mains ailées ?

— Pardon ? dit Serena, décontenancée.

Le père de Dan était-il fou ?

— Il écrit des poèmes sur vous, l'informa M. Humphrey. Il a oublié son carnet sur la table.

— Ah, fit Serena. Bien. Vous pouvez lui dire que j'ai appelé ?

— Bien sûr, dit M. Humphrey. Je suis sûr qu'il en sera ravi.

— Merci. Au revoir.

Elle raccrocha et se mit à mâchonner l'ongle de son pouce, mauvaise habitude prise l'an dernier en pension. Imaginer Dan écrire des poèmes sur elle la rendait encore plus nerveuse que l'imaginer regarder son film. Dan était-il beaucoup, beaucoup plus accro qu'elle ne le croyait ?

Hum, oui. En effet.

— Elle ne viendra plus, dit Jenny en bâillant. Elle a dû se coucher super tard hier soir, j'imagine.

Jenny aimait se figurer Serena en déesse de la nuit, s'enfilant coupe de champagne sur coupe de champagne et dansant sur les tables jusqu'au petit matin.

Et c'était encore vrai, jusqu'à récemment.

— J'aimerais quand même bien voir son film, dit Dan, écartant ses cheveux hirsutes de ses yeux et souriant d'un air entendu à Vanessa. Tu crois qu'on pourrait aller le regarder chez toi ?

Vanessa haussa les épaules.

— Je ne préfère pas. J'ai dû le voir au moins quatre cents fois.

En vérité, elle ne pouvait pas supporter de voir Dan baver d'admiration devant Serena comme un chiot enamouré. C'était trop insoutenable.

— Je crois que tu devrais attendre que Serena te donne son accord, intervint Jenny. Comment peux-tu être sûr qu'elle a envie que tu le voies ?

— Ça ne la dérangera pas, affirma Dan.

Vanessa détestait cette excitation enivrante qui brillait dans les yeux de Dan. Il était tellement impatient de voir le film de Serena. Elle lui tendit ses clefs.

— Je vais rester ici avec Clark. Vous n'avez qu'à aller le regarder, si vous voulez. Il est dans le magnétoscope, dans la chambre de Ruby. Ne vous en faites pas, elle est partie en week-end.

Jenny secoua la tête.

— Je ne veux pas le regarder sans Serena, insista-t-elle.

Dan prit les clefs et se leva. Il était déçu que Serena ne soit pas venue, mais il n'allait sûrement pas rater ça.

— Tant pis, j'irai tout seul.

Jenny se balançait sur son tabouret, elle regarda son frère partir ; elle faisait durer son Coca.

— Hé, tu as Peterson en histoire américaine cette année ? demanda Vanessa, essayant d'entamer la conversation. Tout le monde raconte que c'est une grosse droguée, mais c'est des conneries. Un jour, à une conférence, elle m'a parlé de son problème de tremblements de la main. C'est une prof géniale.

Jenny n'arrêtait pas de faire pivoter son tabouret.

— On commence l'histoire américaine l'année prochaine, seulement, répondit-elle d'un ton égal.

Elle ne comprenait pas pourquoi Vanessa se montrait si gentille avec elle tout à coup.

Vanessa s'était attendue à un accueil plus chaleureux.

— Alors tu fais histoire européenne ? Désolée, je ne me souviens de rien de ce que je faisais en troisième, dit-elle.

— Ouais, rétorqua Jenny. C'est chiant.

Elle sauta de son tabouret et se débattit avec les boutons de sa veste en jean Diesel.

— Bon, je crois que je vais choper un taxi et rentrer à la maison. À plus.

— Salut, répondit Vanessa.

C'était bien la peine qu'elle essaie d'être sympa. Si seulement elle pouvait faire disparaître de sa vie Dan et sa sale petite sœur. Pour se distraire, elle se mit à mater les fesses de Clark, qui se baissait pour réapprovisionner le frigo du bar en bouteilles de bière.

— He, mon mec, lui lança-t-elle. Je me sens seule.

Clark regarda par-dessus son épaule et lui envoya un baiser.

Dieu merci, j'ai Clark, songea Vanessa. Si seulement il était plus…

Si seulement il était Dan.

j joue au ballon avec les grands garçons

— Vous pouvez me laisser ici ? demanda Jenny.

Son chauffeur avait emprunté la voie Franklin D. Roosevelt en direction du centre après le pont de Williamsburg et il essayait de rejoindre le West Side par la 79e Rue, mais la circulation était terrible et ils étaient arrêtés au même feu depuis dix minutes. Sur le compteur, Jenny voyait le prix de la course monter, monter et ils n'avançaient toujours pas. Elle aurait pu acheter trois nouveaux gloss M.A.C. avec ce que lui coûtait ce taxi. C'était une belle journée d'automne : elle pouvait rentrer à pied.

Elle paya le chauffeur et descendit au coin de la 79e et de Madison, puis se dirigea vers l'ouest, Central Park. Le soleil de novembre était bas dans le ciel, Jenny plissa les yeux, traversa la 5e Avenue et entra dans le parc. Des feuilles mortes jonchaient les allées, l'air sentait le feu de bois et les hot dogs des vendeurs ambulants. Donnant des coups de pied dans les feuilles, Jenny avança, les mains enfoncées dans ses poches, les yeux rivés sur ses Pumas bleu pâle, en repensant à son frère. Se rendait-il compte à quel point son comportement était débile ? C'était comme s'il avait complètement perdu sa personnalité et vouait chaque minute de sa vie à vénérer Serena. Jenny savait pertinemment qu'il écrivait aussi de la poésie larmoyante et pitoyable sur elle, parce qu'elle l'avait pris sur le fait.

Quand je me coupe en me rasant, je pense à tes dents sur mes lèvres, et la douleur devient plaisir.

C'était le vers qu'elle avait réussi à lire avant que Dan ne le lui arrache des mains. On était au-delà du pathétique.

Ce qui était pratique, maintenant que Dan sortait avec Serena, c'était que Jenny pouvait aller voir Serena au lycée et discuter avec elle, même si elle était la plus cool des terminales de New York, genre, et que Jenny n'était qu'une pauvre troisième. Mais si Serena découvrait à quel point Dan se morfondait d'amour pour elle, elle prendrait ses jambes à son cou en hurlant. Et si Serena en avait marre de Dan au point de ne plus jamais vouloir parler à Jenny ? Il allait tout gâcher.

Jenny se frayait un chemin à travers le parc, sans se préoccuper de la direction qu'elle prenait. Elle atteignit Sheep Meadow et avança sur la pelouse.

À quelques dizaines de mètres, un groupe de garçons jouait au foot. Jenny fut incapable de les quitter des yeux – l'un d'entre eux en particulier. Ses cheveux blond foncé, dorés comme le miel, brillaient au soleil tandis qu'il dribblait ses amis avec agilité et tirait entre les poteaux de but de fortune, formés de leurs pulls et sacs à dos entassés. Il avait le teint mat, et les muscles de ses bras nus donnèrent à Jenny l'envie de serrer très fort ses bras autour d'elle.

Soudain, le ballon traversa les airs. Il atterrit et rebondit aux pieds de Jenny.

Elle le regarda fixement ; le rouge lui montait aux joues.

— Allez, shoote ! cria un des garçons.

Jenny leva la tête. C'était le garçon en or, à dix mètres d'elle à peine, les mains sur les hanches, ses yeux verts scintillant. Ses joues étaient toutes roses et la sueur perlait sur son front. Jenny avait envie d'y goûter. Elle n'avait jamais vu un garçon aussi beau que lui, ni ressenti ce qu'elle ressentait en le regardant.

Se forçant à détourner les yeux, elle se concentra sur le ballon et se mordit la lèvre en prenant de l'élan. Puis elle envoya le ballon le plus fort qu'elle pouvait.

Au lieu de filer en direction de la pelouse où jouaient les garçons, il monta tout droit au-dessus de sa tête. Jenny mit sa main sur sa bouche, absolument mortifiée.

— Je l'ai ! cria le garçon en or en se précipitant vers elle.

Le ballon retomba du ciel et, d'un coup de tête, il le renvoya à ses amis, en faisant jouer les muscles de son cou comme par magie. Il s'arrêta et se tourna vers Jenny.

— Merci, dit-il, essoufflé.

Il était si près d'elle que Jenny pouvait sentir son odeur. Il lui tendit la main.

— Je m'appelle Nate.

Jenny fixa sa main un instant, puis tendit la sienne et la lui serra.

— Moi, c'est Jennifer, dit-elle.

Jennifer faisait tellement plus âgée et sophistiquée que Jenny. À partir de maintenant, décréta-t-elle, elle serait Jennifer.

— Tu viens te joindre à nous un moment ? proposa Nate en lui serrant la main.

Jennifer avait un si joli visage et elle avait fait de son mieux pour envoyer le ballon... Il ne pouvait pas résister.

— Heu..., fit Jenny, réfléchissant à sa proposition.

Pendant ce temps, Nate remarqua les seins de Jenny. Énormes. Il ne pouvait pas la laisser partir sans que Jeremy et les autres aient vu ça.

Les garçons : tous les mêmes.

— Allez, viens. On est tous très sympas. Promis.

Jenny jeta un coup d'œil vers les trois autres garçons, pour s'assurer que Chuck Bass n'était pas parmi eux. Jenny avait bu un tout petit peu trop de champagne à une grosse soirée quelques semaines avant et elle avait laissé un garçon du nom de Chuck Bass danser avec elle et l'entraîner jusqu'aux toilettes des filles. Il l'avait seulement embrassée, mais il aurait fait plus si Serena et Dan n'étaient pas venus à sa rescousse. Chuck ne s'était même pas donné la peine de lui demander son nom. Quel connard.

Mais Chuck Bass n'était pas là.

— D'accord, fit Jenny en haussant les épaules.

Elle n'arrivait pas à y croire. Elle avait entendu parler d'un certain Nate dans les soirées et dans les ragots du lycée et elle était sûre que c'était lui. Lui, le plus beau mec de l'Upper East Side, venait de lui demander à *elle*, de passer un moment avec eux ! C'était comme si elle était passée de l'autre côté du miroir pour basculer dans un monde où les fantasmes deviennent réalité, abandonnant loin, très loin derrière elle son crétin de frère transi d'amour et sa poésie à la con.

Nate guida Jenny vers ses amis, qui faisaient une pause, assis dans l'herbe, et buvaient du Gatorade bleu.

— Les gars, je vous présente Jennifer, dit Nate avec un grand sourire. Jennifer, voici Jeremy, Charlie et Anthony.

Jenny sourit aux garçons et les garçons sourirent à ses seins.

— Enchanté, Jennifer, dit Jeremy Scott Tomkinson d'un air appréciateur.

Il était petit et maigre, son treillis arborait des taches d'herbe, mais il avait une super coupe de cheveux, avec des longues pattes et une frange épaisse, comme une star de rock anglais.

— Viens, assieds-toi, proposa Anthony Avuldsen, avec la voix typique du fumeur d'herbe.

Il avait les cheveux très blonds et son nez était parsemé d'adorables taches de rousseur. Les muscles de son bras étaient encore plus gros que ceux de Nate, mais Jenny préférait ceux de Nate.

— On allait justement s'en fumer une petite, dit Charlie Dern en brandissant une petite pipe.

Il avait une tignasse brune et indisciplinée et était d'une taille monumentale. Jambes croisées, ses genoux lui arrivaient quasiment à hauteur des oreilles. Il avait avec lui une petite pochette plastique pleine d'herbe.

— Ça ne te dérange pas, Jennifer ? demanda Nate.

Jenny haussa les épaules en prenant un air décontracté, mais elle était un peu nerveuse. Elle n'avait jamais fumé de marijuana.

— Bien sûr que non, dit-elle.

Nate et elle s'assirent avec les autres. Charlie

alluma la pipe, inspira profondément et la passa à Nate.

Jenny observa la façon dont il la tenait. Elle avait envie d'essayer, mais elle ne voulait pas qu'ils sachent que c'était la première fois.

Les joues de Nate étaient encore pleines de fumée quand il passa la pipe à Jenny. Elle la prit dans sa main gauche et l'amena à ses lèvres, exactement comme il l'avait fait, lui. Nate lui alluma le fourneau, faisant plusieurs tentatives avec le briquet avant qu'il prenne. Puis elle inspira une bouffée. Elle sentit la fumée envahir ses poumons, mais elle n'était pas très sûre de ce qu'elle devait en faire.

— Diens, brends-là, dit Jenny, essayant désespérément de retenir la fumée.

Elle tendit la pipe à Anthony.

— Joli, remarqua Charlie en hochant la tête vers elle avec approbation.

Jenny avait les yeux pleins de larmes.

— Berci, dit-elle en laissant échapper un peu de fumée au coin de sa bouche.

— La vache, c'est fort, dit Nate en secouant ses cheveux d'or.

— Waouh, lâcha Jenny, expirant enfin le reste de la fumée.

Elle se sentait extrêmement branchée.

La pipe revint dans sa direction. Cette fois, elle l'alluma toute seule, en copiant les garçons, tout en essayant de paraître à l'aise. À nouveau, elle retint la fumée aussi longtemps qu'elle le put sans tousser. Elle avait l'impression que ses orbites allaient exploser.

— Ça me rappelle quelque chose, dit-elle en

redonnant la pipe à Anthony. Je n'arrive pas à me souvenir ce que c'est, mais il y a quelque chose.

— Ouais, approuva Jeremy.

— Moi, ça me rappelle l'été, soupira Anthony.

— Non, c'est pas ça, dit Jenny en fermant les yeux.

Son père l'avait envoyée dans un camp artistique hippie en montagne, dans les Adirondacks, cet été. Elle avait dû écrire des haïkus sur l'environnement, chanter des chansons pour la paix en espagnol et en chinois et tisser des couvertures pour les SDF. Tout le camp sentait la pisse et le beurre de cacahouètes.

— J'ai passé un été pourri, reprit-elle. Moi je pense à quelque chose de bien, comme Halloween quand on est petit.

— C'est clair, dit Nate.

Il s'allongea dans l'herbe et regarda les feuilles d'automne rousses qui s'agitaient dans les arbres au-dessus de leur tête.

— C'est exactement comme Halloween, rajouta-t-il.

Jenny s'allongea à côté de lui. En temps normal, elle n'aurait jamais fait ce genre de chose, parce que quand elle était sur le dos, ses seins dégoulinaient de chaque côté de sa cage thoracique et formaient des bosses difformes sous ses vêtements. Mais pour une fois, elle ne s'inquiétait pas de ses seins. C'était simplement agréable d'être allongée, là, à côté de Nate, de respirer le même air que lui.

— Quand j'étais petite, je me cachais les yeux et je croyais que personne ne me voyait parce que je ne voyais personne, fit-elle en mettant la main devant ses yeux.

— Moi pareil, dit Nate en fermant les siens.

Il se sentait totalement détendu, comme un chien faisant une sieste au coin du feu après une grande promenade. Cette Jennifer était réellement très sympa, elle n'attendait absolument rien de lui ; il se sentait super bien avec elle.

Si seulement Olivia savait comme c'était facile de le rendre heureux.

— Quand on est petit, tout est aussi simple que ça, hein ? dit Jenny.

Elle semblait avoir perdu le contrôle de sa langue dans sa bouche, elle ne pouvait plus s'arrêter de parler.

— Plus on vieillit, plus ça se complique, poursuivit-elle.

— Carrément, renchérit Nate. C'est comme la fac. Tout à coup, il faut prévoir ce que qu'on va faire tout le reste de notre vie et essayer d'impressionner les gens, leur montrer comme on est intelligent, comme on est motivé. Attends, est-ce que nos parents ont huit heures de cours par jour, eux ? Est-ce que tous les jours, ils font du sport, rédigent le journal de l'école, font du soutien scolaire pour des enfants en difficulté, etc. ? Non.

— C'est complètement dingue, acquiesça Jenny.

Elle était encore loin de connaître la pression de l'entrée à l'université, mais elle comprenait.

— C'est vrai, poursuivit-elle, tout ce que fait mon père toute la journée, c'est lire et écouter la radio. Pourquoi est-ce qu'on doit faire autant de choses, nous ?

— Je ne sais pas, soupira Nate, fatigué.

Il attrapa la main de Jenny et entremêla ses doigts aux siens.

Elle eut l'impression de fondre littéralement dans l'herbe. Le côté de son corps le plus proche de Nate était chaud, il bourdonnait, sa main semblait avoir fusionné avec la sienne. Elle ne s'était jamais sentie aussi merveilleusement bien de toute sa vie.

— Hé, tu veux venir chez moi manger un morceau ? dit Nate en frottant son pouce sur la jointure de ses doigts.

Jenny hocha la tête. Elle savait qu'elle n'avait pas besoin de dire quoi que ce soit. Nate pouvait l'entendre.

C'était incroyable, comme tout peut basculer très vite, dans la vie. Comment aurait-elle pu deviner, en se réveillant ce matin, qu'aujourd'hui elle tomberait amoureuse ?

d est obsédé

Dan s'était senti un peu comme un pervers, au début, à regarder le film tout seul dans l'appartement de Vanessa et Ruby. Mais dès l'instant où il s'était servi un Coca, déniché dans leur vieux frigo marron et où, installé sur le bord du futon défait de Ruby, il avait appuyé sur « lecture », il avait oublié toute gêne.

La caméra zooma sur les lèvres rouges et brillantes de Serena. « Bienvenue dans mon univers », dit-elle en riant. Puis ses lèvres se mirent à marcher. Ou plutôt, c'était Serena qui marchait. La caméra restait fixée sur ses lèvres mais l'arrière-plan changeait.

— Je hèle un taxi, reprit-elle. J'en prends tellement souvent. Ça revient cher.

Un taxi s'arrêta à sa hauteur et les lèvres montèrent à l'arrière.

— On se dirige vers le centre. Vers Jeffrey. C'est un super magasin. Je ne sais pas ce que je cherche, mais je suis sûre de trouver.

La caméra ne quittait pas ses lèvres, qui demeurèrent silencieuses pendant tout le trajet. Il y avait de la musique. Un morceau français des années 60. Serge Gainsbourg, peut-être. Scènes de rues new-yorkaises entr'aperçues fugitivement à travers la vitre sale du taxi.

Dan agrippa son verre de Coca. C'était tellement attirant de ne voir que les lèvres de Serena. Il lui semblait être sur le point de s'évanouir.

— On y est, dirent enfin les lèvres.

La caméra les suivit hors du taxi et à l'intérieur du vaste vestibule de verre d'un magasin blanc et lumineux.

— Regardez tous ces vêtements fabuleux, murmurèrent les lèvres.

Elles demeurèrent légèrement entrouvertes tandis que Serena contemplait le contenu du magasin.

— Je suis au paradis.

Dan fouilla dans sa poche de pantalon, à la recherche d'une cigarette, ses mains tremblant de manière incontrôlée. Il en fuma une, puis une autre, tandis que la caméra passait en revue la boutique en compagnie des lèvres de Serena, s'arrêtant d'abord pour embrasser un minuscule sac à main marron orné d'une photo de chien, puis tirant une paire de manchons en angora pailleté devant l'objectif. Finalement les lèvres découvrirent une robe dont elles n'arrivèrent pas à se détacher.

— Elle est si parfaitement rouge, s'émerveillèrent les lèvres. Moi, je suis très branchée rouge, en ce moment. Allez, je l'essaie.

Dan alluma une troisième cigarette.

La caméra suivit les lèvres de Serena dans la cabine d'essayage. Elles babillaient pendant que Serena se déshabillait.

— On gèle, ici, dit-elle. J'espère qu'elle ne sera pas

trop petite pour moi. Je déteste quand les choses sont trop petites.

Sa chevelure, ses épaules nues, sa nuque, son oreille furent toutes visibles dans le miroir durant une fraction de seconde, mais tout était flou. C'était un spectacle quasiment insoutenable.

Et soudain…

— Ta da ! dirent les lèvres.

La caméra élargit le champ lentement, révélant Serena dans son ensemble, arborant une sublime robe à bretelles vermillon. Elle était pieds nus et ses ongles étaient aussi vernis de rouge.

— N'est-ce pas incroyable ? dit-elle en battant des mains et en tournant, tournant sur elle-même, la robe s'évasant aux genoux.

La chanson en français résonna de nouveau et l'image fondit au noir.

Dan se laissa tomber en arrière sur le lit. Il était comme drogué. Plus que tout, il voulait être avec Serena sur-le-champ. Ces lèvres ! Il voulait les embrasser, encore et encore.

Il extirpa son téléphone de la poche de son manteau, chercha le numéro de Serena, puis pressa le bouton.

— Allô ?

Elle décrocha après la première sonnerie.

— C'est Dan, dit-il, sa voix se brisant.

Il avait du mal à respirer.

— Salut. Je suis vraiment, vraiment désolée de vous avoir oubliés. Vanessa était furax, j'imagine ?

Dan ferma les yeux.

— Je viens de voir ton film, fit-il.

Il saisit la télécommande et rembobina la cassette.

Serena se tut un instant. *La honte.*

— Ah. Et qu'est-ce que tu en dis ?

Dan inspira profondément.

— Je trouve…

Pouvait-il le dire ? Le pouvait-il ? C'étaient trois mots, rien de plus. Il pouvait les dire dès maintenant, il serait débarrassé. Il en était capable.

Non, il n'en était pas capable.

— Je… J'aime beaucoup, dit-il à la place, se dégonflant au dernier moment.

— C'est vrai ?

— Hm-hm.

— Et ta sœur, elle en pense quoi ? Elle ne l'a vu que par morceaux. On avait des tonnes de pellicule, mais Vanessa et moi, on a dégraissé pour ne garder que la partie sur les lèvres.

— Jenny n'a pas voulu le regarder sans toi, dit Dan. Je suis tout seul, Vanessa m'a filé sa clef.

Il se sentit bizarre d'avouer ça, mais il ne voulait pas mentir.

— Ah, se contenta de dire Serena, en se souvenant de ce qu'avait dit le père de Dan à propos des poèmes qu'il écrivait sur elle.

Et maintenant il regardait son film tout seul chez Vanessa ? Serena aurait préféré ne pas trouver ça bizarre, mais elle avait vraiment du mal.

— Je suis super impatient, pour le week-end prochain, dit Dan en se remettant assis. Tu crois que je devrais essayer de prendre rendez-vous pour un entre… ?

— Cool, l'interrompit Serena. Alors on se voit vendredi après-midi, d'accord ? À Grand Central, trois heures.

— D'accord, répondit Dan.

C'était tout ? Ils avaient fini de discuter ?

— Salut, dit Serena avant de raccrocher.

Elle ne voulait pas traîner au téléphone, au cas où Dan dirait quelque chose d'intense dont elle ne saurait que faire. Tout était déjà bien trop intense à son goût.

— Salut, répondit Dan.

Il appuya de nouveau sur « lecture », le cerveau encore troublé par le charme que distillait le film. Ça ne pouvait pas faire de mal de le visionner une autre fois, n'est-ce pas ?

Hmm… Tout cela a comme un parfum d'obsession, non ? Et je ne parle pas de celui qui se vend en flacon.

n a le vent en poupe

— Je ne suis jamais entrée dans une maison pareille, dit Jenny, sur le seuil de l'hôtel particulier de Nate.

La demeure avait trois étages, des jardinières peintes en vert garnies de géraniums et du lierre, qui descendait du toit en cascade. La porte était équipée d'une batterie complexe d'alarmes et de verrous ; une caméra de sécurité était braquée sur l'avant et l'arrière de la maison.

Nate haussa les épaules et composa le code de l'alarme.

— C'est comme vivre dans un appartement, sauf qu'il y a des escaliers, répondit-il.

— Ouais, j'imagine, dit Jenny.

Elle ne voulait pas montrer à quel point elle était impressionnée.

Nate la fit entrer. Le sol du vestibule était en marbre rouge. Un gigantesque lion de pierre trônait dans un coin ; sur sa tête, on avait placé une toque en fourrure. En contrebas d'une volée de marches se trouvait un salon immense. Il y avait des toiles originales d'artistes célèbres sur tous les murs. Jenny crut même en reconnaître quelques-uns. Renoir. Sargent. Picasso.

— Mes parents sont branchés art, dit Nate en voyant Jenny les yeux rivés sur les tableaux.

Tout à coup, il remarqua quelque chose. Un paquet cadeau à son nom, posé sur le guéridon, dans l'entrée. Nate s'approcha et déchira l'enveloppe qui l'accompagnait.

La carte était imprimée en police classique au nom d'OLIVIA C. WALDORF et il était écrit : *Pour Nate. Je t'aime, tu le sais. Olivia.*

— Qu'est-ce que c'est ? dit Jenny. C'est ton anniversaire, ou quoi ?

— Nan, fit Nate.

Il remit la carte dans son enveloppe, prit la boîte et la planqua dans la penderie. Il n'était même pas curieux de savoir ce qu'elle contenait. Encore un pull ou du parfum, sûrement. Olivia lui offrait toujours des trucs pour rien, juste pour attirer l'attention. Il lui en fallait toujours plus.

— Alors, qu'est-ce que tu veux manger ? demanda-t-il à Jenny en la guidant vers la cuisine. La cuisinière fait des brownies terribles. Je parie qu'il en reste.

— La cuisinière ? répéta Jenny en écho, lui emboîtant le pas. Bien sûr, vous avez une cuisinière…

Nate repéra la boîte à biscuits sur l'énorme plan de travail en marbre, l'ouvrit et en sortit un brownie, qu'il fourra dans sa bouche.

— Ma mère n'est pas franchement douée en cuisine, dit-il.

Rien qu'imaginer sa mère préparant la moindre tartine était déjà comique. C'était une princesse française qui vivait de nourriture de restaurant et de repas de traiteurs lors de dîners organisés. Elle n'avait quasiment jamais mis les pieds dans la cuisine.

— Goûte, dit Nate, en tendant un brownie à Jenny.

— Merci, dit-elle en l'acceptant, même si elle était bien trop excitée pour pouvoir l'avaler.

Il allait fondre dans sa paume collante.

— Viens, on passe à l'étage, dit Nate. Par là, ça va plus vite.

Jenny retint sa respiration. Elle n'avait jamais été seule chez un garçon, c'était un peu effrayant. Mais elle voulait faire confiance à Nate. Il était tellement différent de cet horrible Chuck Bass qui avait profité d'elle à cette soirée. Chuck lui avait semblé dangereux et attirant, au début, mais il n'avait même pas pris la peine de lui demander son nom. Nate était poli. Il semblait réellement s'intéresser à elle. Et Jenny tenait réellement à ce qu'il continue.

Nate emmena Jenny par une porte dérobée qui menait à un escalier très étroit. Elle avait lu assez de livres de Jane Austen et de Henry James pour savoir qu'il s'agissait de l'escalier de service. Au troisième étage, Nate ouvrit la porte, qui donnait sur une grande pièce éclairée par le haut, grâce à une verrière. Ils passèrent devant un tableau représentant un petit garçon en costume marin, un bateau en bois à la main. C'était Nate, se rendit compte Jenny.

Il ouvrit une autre porte.

— Voilà ma chambre.

Jenny le suivit.

À part le lit bateau ancien et l'ultramoderne, ultracool bureau sur lequel était posé un ordinateur portable ultrafin, sa chambre paraissait plutôt normale. Le lit était recouvert d'un édredon écossais vert et noir en pilou ; il y avait des DVD un peu partout par terre, des haltères entassées de manière précaire dans un coin, des chaussures qui débordaient du placard et des posters des Beatles, d'époque, accrochés aux murs.

— C'est sympa, dit Jenny, en s'asseyant au bord du lit, nerveuse.

Elle remarqua la maquette de voilier posée sur sa table de chevet.

— Tu fais de la voile ? demanda-t-elle.

— Ouais, répondit Nate en prenant le bateau dans ses mains. Mon père et moi on fabrique des voiliers. Dans le Maine.

Il lui tendit la maquette, et poursuivit :

— C'est celui sur lequel on travaille en ce moment. C'est un petit bateau de croisière, alors il a une coque plus lourde que ceux conçus pour la course. On va commencer par aller dans les Caraïbes. Et après, même jusqu'en Europe, peut-être.

— C'est vrai ?

Jenny examina le bateau miniature. Elle n'arrivait pas à s'imaginer qu'on puisse traverser l'Atlantique sur une embarcation aussi petite et fragile.

— Il y a des toilettes ? demanda-t-elle.

Nate sourit.

— Oui. Là. Tu vois ?

Il glissa son petit doigt dans la cabine. Sur une minuscule porte ovale, on pouvait lire « WC ».

Jenny acquiesça, fascinée.

— J'adorerais savoir naviguer, dit-elle.

Nate s'assit à côté d'elle.

— Tu pourrais peut-être venir dans le Maine avec moi, je te montrerais, lui dit-il doucement.

Jenny se tourna vers lui, ses grands yeux noisette sondant ceux de Nate, vert émeraude.

— Je n'ai que quatorze ans, lâcha-t-elle.

Il tendit la main et caressa ses cheveux, passant ses doigts entre ses boucles brunes avec la plus grande douceur.

— Je sais, dit-il. C'est pas grave.

gossipgirl.net

thèmes ◀ précédent suivant ▶ envoyer une question répondre

Avertissement : tous les noms de lieux, personnes et événements ont été modifiés ou abrégés afin de protéger les innocents. En l'occurrence, moi.

salut à tous !

TOUT LE MONDE LE FAIT

Même moi, en CM2, je me suis rendue coupable d'un vol de Kit Kat chez le marchand de journaux du coin. C'était un pari, mais j'en fais encore des cauchemars pétris de culpabilité. Cela dit, on ne me voit pas voler des sacs Prada ni des dessous Armani. Mais certaines ne peuvent pas s'en empêcher.

Winona Ryder a été surprise en train de voler de jolis habits dans une boutique de Los Angeles. Elle a prétendu qu'elle s'entraînait pour un prochain rôle. Ben voyons. Et c'est au tour de ***O***. Elle s'est même montrée assez forte pour ne pas se faire prendre.

Bien évidemment, ce qu'elles ont volé est tout à fait essentiel. Cela n'aurait pas été très branché de voler, disons, du chatterton chez Monsieur Bricolage ou du papier toilettes au supermarché. Mais un pyjama en cachemire ? Ça franchement, c'est la classe. C'est aussi franchement un signe de névrose. Si ça continue, ***O*** volera bientôt des Jaguars ou des Mercedes-Benz !

ON A VU

O déposant un paquet cadeau chez ***N***. ***N*** était absent, elle l'a donc confié à la bonne. ***D*** quittant l'appartement de ***V*** à Brooklyn et parcourant à pied une bonne partie du chemin jusque chez lui, dans l'Upper West Side. Une longue balade, quand même. Il avait besoin de prendre l'air, j'imagine. ***S*** se rongeant les ongles, en pleine lecture de *Huis clos* à la librairie **The Corner**, au coin de la 93e et de Madison. Tentant de mieux comprendre ***D***, peut-être. La petite ***J*** quittant la maison de ***N*** avec un sourire idiot scotché au visage. L'amour est enfant de bohème. Prends garde à toi, ***J*** – le BSBG n'est pas le spécimen le plus fiable pour tomber amoureuse.

Pour ceux qui ne sauraient pas... BSBG (Bon Shit Bon Genre) : *nom, (d'après BCBG, bon chic bon genre)*. Défoncé version élitiste. Porte des pulls en cachemire. Aime fumer de l'herbe – beaucoup d'herbe. N'aime pas s'engager. Mais ***N*** nous réserve peut-être des surprises.

Vos e-mails :

Q: Chère Gossip Girl,
Que penses-tu des garçons plus âgés qui sortent avec des filles plus jeunes ?
Fûté

R: Cher Fûté
Tout dépend vraiment de la différence d'âge et des circonstances. Par exemple, une personne en dernière année de fac qui sort avec une personne en première, ça sent un peu le syndrome à la Woody Allen – Soon Yi. Une personne en terminale avec un étudiant en première année de fac, rien à dire. Un terminale qui sort avec quelqu'un en seconde, c'est abuser. Mais les choses semblent mieux fonctionner quand la fille est la plus jeune des deux,

surtout parce qu'on est mûres beaucoup plus tôt – sur tous les plans.
GG

Q: Chère Gossip Girl,
Je suis sûre d'avoir vu ***O*** voler un flacon de shampooing Aveda chez Zitomer. Pourtant, on ne peut pas dire qu'elle manque d'argent. Si elle avait des vrais amis, ils lui proposeraient de l'aide.
L'espionne

R: Chère Espionne
Merci du tuyau. Mais je crois que le plus gros problème d'***O*** en ce moment n'est pas le vol à l'étalage. As-tu vu le type qui est sur le point de devenir son nouveau beau-père ?
GG

REMISE DES PRIX DU FESTIVAL DE CINÉMA DE CONSTANCE BILLARD

V, ***O*** et ***S*** participent toutes au concours. ***V*** avec sa petite composition autour de *Guerre et Paix*, ***O*** avec un travail sur les dix premières minutes de *Diamants sur canapé* et ***S*** avec son… machin. La concurrence est rude. Chacune de leur côté, ***V*** et ***O*** estiment que c'est dans la poche. ***S*** pense ne pas avoir la moindre chance. Je prends les paris !

Vous m'adorez, ne dites pas le contraire.

gossip girl

— Il aura lieu où ?
— Il y a combien d'invités ?
— Combien de demoiselles d'honneur ?
— Qu'est-ce que tu vas mettre ?
— Quelle taille va faire la pièce montée ?
— Ton père est invité ?

Olivia retint sa respiration. C'était l'heure du déjeuner et elle faisait la queue en compagnie de Kati et Isabel à la cafétéria de Constance Billard. Olivia en avait même perdu l'appétit. Kati avait lancé ce pénible interrogatoire en règle en mentionnant la robe de mariée super cool qu'elle avait repérée dans un numéro de *Vogue* des années 60, trouvé dans une boutique *vintage*. La robe était constellée de petites marguerites en cristal, brodée d'un galon de velours blanc et ornée d'un gros nœud dans le dos, également en velours blanc. Ensuite Isabel avait demandé à Olivia si sa mère allait porter une robe blanche traditionnelle ou quelque chose de différent. Et maintenant, Olivia se trouvait cernée par toutes les filles de l'école, enthousiastes, les yeux brillants d'impatience au retour du week-end, qui la bombardaient de questions sur le mariage de sa mère. Écœurée, elle découvrit que ses camarades de terminale n'étaient pas les seules à estimer avoir le droit de connaître les détails les plus insipides. Becky Dormand et ses insupportables groupies de seconde étaient quasiment accrochées à son pull en cachemire noir, à s'extasier sur le moindre cancan ayant trait au mariage. Les plus audacieuses des filles de troisième traînaient même à proximité, dans l'espoir d'en entendre assez pour aller s'en vanter auprès de leurs copines.

— Pas la peine d'en faire tout un plat, s'impatienta Olivia. Elle a déjà été mariée, quoi.

— Qui sont les demoiselles d'honneur ? demanda Becky Dormand.

— Moi, Kati, Isabel..., répondit Olivia en faisant glisser son plateau sur le comptoir de la cafétéria.

Elle prit un yaourt au café.

— Serena et mes tantes, ajouta-t-elle précipitamment.

Elle était tentée par les moelleux au chocolat, disposés à hauteur des yeux, sur de petites assiettes blanches. Elle en prit un, l'examina, à la recherche du moindre défaut, puis le posa sur son plateau. Même si elle décidait de le manger, en fin de compte, elle pourrait toujours le vomir plus tard.

Ce n'était pas grand-chose, mais c'était toujours ça qu'elle pouvait contrôler dans sa vie.

— Serena ? Vraiment ? s'étonna Becky en jetant un coup d'œil vers sa cour, d'un air choqué.

— Oui, vraiment, fit Olivia, hargneuse.

Si elle n'avait pas été à la tête de la commission des services sociaux du lycée, animatrice du club français, présidente de toutes les associations de jeunes un tant soit peu intéressantes de la ville, Olivia aurait envoyé Becky se faire foutre. Mais Olivia était un modèle : elle avait une réputation à tenir.

Elle jeta quelques feuilles d'épinards sur une assiette et les arrosa de sauce au bleu. Puis elle prit son plateau à deux mains et se dirigea vers la salle. Les petites classes avaient déjà mangé, la cafétéria était donc remplie de filles du secondaire en uniforme, qui échangeaient les derniers ragots en mangeant du bout des dents.

— J'ai entendu dire qu'Olivia allait se faire faire une liposuccion avant le mariage, histoire de s'assurer qu'elle sera à son avantage dans *Vogue*, balança une fille de première à ses copines.

— Je croyais qu'elle en avait déjà eu une, railla une autre. Ce n'est pas pour ça qu'elle porte toujours des collants noirs ? Pour cacher les cicatrices ?

— Il paraît que Nate la trompe, mais Olivia refuse de rompre avec lui tant qu'ils n'auront pas été pris en photo ensemble au mariage. Ça ne m'étonne pas du tout, ajouta Becky Dormand, en se joignant à elles.

Serena van der Woodsen était assise, seule, un livre à la main, à la table où Olivia avait l'habitude de s'installer. Serena avait remonté ses cheveux blonds en chignon, elle portait un pull à col en V sans rien dessous. Elle avait les jambes croisées et, sur elle, le court uniforme en lainage bordeaux paraissait même chic. On aurait dit un mannequin pour Burberry ou Miu Miu.

En réalité, elle était mieux qu'un mannequin parce qu'elle n'essayait même pas d'être belle : elle l'était, tout simplement.

Olivia se détourna et se dirigea vers une table

située près des fenêtres. Ce n'était pas parce que sa mère avait demandé à Serena d'être demoiselle d'honneur qu'elle était obligée de lui parler.

Petites, Olivia et Serena avaient pris leurs bains ensemble. Elles avaient dormi chez l'une ou chez l'autre tous les week-ends ; elles s'étaient entraînées à embrasser sur des oreillers, avaient fait des blagues téléphoniques à leur crétin de prof de bio de cinquième et avaient passé des nuits entières à glousser. Serena avait été là pour Olivia quand, à la fin de la quatrième, elle avait eu ses règles et que les tampons la terrifiaient. Elles avaient pris leur première cuite ensemble. Et elles avaient toutes les deux aimé Nate comme un frère. Du moins au début.

Mais Serena était partie en pension, deux ans plus tôt, et elle avait passé toutes ses vacances à faire la fête en Europe, se contentant d'envoyer à Olivia une carte postale de temps en temps. Celle-ci en avait surtout souffert quand son père avait annoncé qu'il était gay et que sa mère l'avait traîné devant le tribunal pour divorcer. Olivia n'avait eu personne vers qui se tourner.

Sans parler du fait que Serena et Nate avaient déjà couché ensemble, alors qu'Olivia et Nate, toujours pas.

Aussi, quand Serena avait réapparu en ville, Olivia avait décidé de lui rendre la monnaie de sa pièce en l'ignorant et en exigeant de tous ses autres amis qu'ils fassent de même. Elle avait fait de Serena une paria.

Olivia s'assit à table et entama rageusement sa salade. La veille, après avoir quitté Barneys, elle avait passé un moment assise sur un banc dans le parc, en attendant que Serena dégage. Quand Olivia était finalement rentrée à la maison, sa mère l'avait informée qu'elle venait de fermer son compte en banque pour ouvrir un compte joint avec Cyrus. La nouvelle carte de crédit d'Olivia arriverait d'ici un jour ou deux. Ce qui expliquait pourquoi sa carte n'avait pas fonctionné. Merci de me tenir au courant, maman.

Dans son placard, Olivia avait trouvé une jolie boîte pour le pantalon de pyjama. Elle l'avait enveloppée dans un beau papier cadeau argenté, entourée d'un ruban noir, et l'avait apportée chez Nate. Mais Nate ne l'avait pas appelée hier soir pour la remercier. C'était quoi, son problème ?

Kati et Isabel s'assirent en face d'Olivia.

— Pourquoi tu ne dis pas à ta mère que tu refuses que Serena soit demoiselle d'honneur ? réfléchit Isabel. Je suis sûre qu'elle t'écoutera.

Elle noua ses épais cheveux bruns en haut de sa tête et sirota son lait écrémé.

— Tu n'as qu'à dire à ta mère que Serena et toi vous n'êtes plus amies, suggéra Kati.

Elle ôta un cheveu blond frisé de son thé. Ses cheveux allaient toujours se coller partout.

Olivia jeta un regard en coin à Serena. Elle savait que leurs mères s'étaient déjà parlé et que Serena était au courant, pour son rôle de demoiselle d'honneur. Certes, c'était tentant, mais elle ne pouvait pas demander à sa mère de la « désinviter ». Ce serait vraiment du plus mauvais goût. Et Olivia refusait de lui donner matière à se plaindre, juste au cas où Serena l'ait effectivement vue prendre ce pyjama chez Barneys. Serena pourrait bien salir son nom dans tout l'Upper East Side.

— Trop tard, dit Olivia en haussant les épaules. Ça ne me dérange pas tant que ça, de toute façon. Elle aura la même robe que nous à l'église, c'est tout. On ne sera pas obligées de passer notre temps avec elle.

Ce n'était pas l'exacte vérité. Sa mère prévoyait une sorte de journée « mise en beauté » assortie d'un déjeuner pour toutes les demoiselles d'honneur, mais Olivia préférait faire abstraction.

— Alors, à quoi ressemblent les robes ? Ta mère et toi, vous avez déjà choisi ? demanda Kati en mordant dans son moelleux au chocolat. Je t'en supplie, ne me dis pas que ce sera près du corps. Je me suis promise de perdre cinq kilos d'ici Thanksgiving, mais regarde-moi, en train de manger ce gâteau !

Olivia leva les yeux au ciel et remua son yaourt.

— On s'en fout, de ce qu'on va mettre, dit-elle.

Isabel et Kati la dévisagèrent. Ni l'une ni l'autre n'en croyaient leurs oreilles. *Personne* ne s'en foutait. Pour qu'une fille comme Olivia dise une chose pareille, il y avait forcément un truc qui n'allait pas.

Olivia les ignora et prit une cuillerée de yaourt. Qu'est-ce qu'ils avaient, tous, à la fin ? Ils ne pouvaient pas arrêter de parler de ce mariage à la con et la laisser tranquille ?

— Je n'ai pas très faim, dit-elle en se levant soudain. J'ai quelques e-mails à envoyer.

Kati pointa du doigt le moelleux au chocolat, intact, sur le plateau d'Olivia.

— Tu ne le mangeras pas ? demanda-t-elle.

Olivia secoua la tête.

Kati le prit et le posa sur le plateau d'Isabel.

— On pourra se le partager, dit-elle.

Isabel prit un air renfrogné et renvoya le gâteau vers Kati.

— Si tu le veux, tu le prends, répliqua-t-elle.

Olivia ramassa son plateau et s'empressa de s'éloigner. Putain, ce qu'elle avait hâte de quitter le lycée.

*
* *

À l'instant où elle entra dans la cafétéria avec sa tasse de thé et sa banane, Jenny repéra Serena. Elle était assise seule et lisait. Jenny se précipita.

— Je peux m'asseoir avec toi ? demanda-t-elle.

— Bien sûr, répondit Serena en refermant son livre.

C'était *Les Souffrances du jeune Werther*, de Goethe. Jenny n'en avait jamais entendu parler.

Serena la vit regarder son livre.

— Ton frère me l'a recommandé. Franchement, je ne sais pas comment il arrive à lire ça. C'est super chiant.

En réalité, Dan ne le lui avait pas recommandé, il avait simplement mentionné l'avoir lu. C'était l'histoire d'un type complètement obsédé par une fille. Il ne pensait à rien d'autre qu'à elle et ne pouvait écrire que sur elle. Ça foutait un peu les jetons.

Jenny éclata de rire.

— Et attends de lire ses œuvres ! dit-elle.

Serena fronça les sourcils. Elle aimerait bien pouvoir jeter un œil aux poèmes de Dan, puisque apparemment certains la concernaient.

— Promets que tu ne diras rien si je ne le termine pas ? dit-elle.

— Pas un mot, fit Jenny. Si tu me promets que tu n'iras pas lui répéter que je trouve sa poésie chiante.

— Juré.

Jenny jeta un coup d'œil rapide sous la table. Comme d'habitude, Serena portait le kilt plissé bordeaux en polyester mélangé, uniforme officieusement réservé aux ringardes de sixième. Mais elle, elle était sublime dedans. Comme toujours.

— Tu sais que tu dois être la seule fille de terminale qui porte l'uniforme bordeaux, remarqua Jenny.

Serena haussa les épaules.

— Moi je le trouve cool, dit-elle. Le bleu marine est sans intérêt et le gris te dégoûte à tout jamais de porter du gris, et moi c'est une couleur que j'aime bien.

Jenny portait justement ce dernier.

— Tu n'as pas tort, dit celle-ci. J'ai un pantalon gris que je ne mets jamais. C'est peut-être pour ça.

Jenny s'éclaircit la gorge. Elle mourait d'envie de lui parler de Nate.

— Au fait, désolée pour hier, s'excusa Serena. J'ai complètement oublié notre rendez-vous avec Vanessa.

— Ce n'est pas grave, commença Jenny. J'ai même passé une super…

— Salut les filles ! Quoi de neuf ? dit Vanessa Abrams en arrivant près de leur table.

Elle portait des collants noirs qui faisaient de leur mieux pour camoufler ses genoux grassouillets.

— Salut. Désolée pour hier, fit Serena.

Vanessa haussa les épaules.

— Pas de problème. De toute façon, je n'en peux plus de voir et revoir ces films.

Surtout le tien, pensa-t-elle amèrement. *Il est trop bon, ça fait chier.*

Serena acquiesça.

— Prends une chaise, dit-elle.

Jenny jeta un regard noir à Vanessa. Elle voulait Serena pour elle toute seule.

— Désolée, je ne reste pas, dit Vanessa. Heu… Jenny, il faut vraiment qu'on commence à développer les pellicules pour le *Rancor* de ce mois-ci. On doit en avoir une vingtaine et la chambre noire est complètement libre en ce moment. Tu crois que tu peux me filer un coup de main ?

Jenny lança un coup d'œil vers Serena, qui haussa les épaules et se leva.

— Il faut que j'y aille, de toute façon, dit-elle. J'ai un entretien pour la fac avec Mme Glos. Trop cool.

— J'en sors, dit Vanessa. Méfie-toi, elle saigne encore du nez.

Mme Glos avait le teint jaune et de fréquents saignements de nez. Toutes les filles étaient convaincues qu'elle avait une terrible maladie contagieuse. Il fallait porter des gants pour lire les brochures ou les dépliants d'université qu'elle donnait. Sinon, se laver les mains à l'eau très chaude, juste après.

— Génial, pouffa Serena. Allez, à plus.

Vanessa s'assit et attendit que Jenny termine sa banane.

Celle-ci mordit dedans une dernière fois et plaça la peau dans sa serviette en papier.

— Prête ? dit Vanessa.

Jenny haussa les épaules.

— En fait, je ne peux pas. J'ai un devoir d'histoire à imprimer pour le prochain cours. Désolée, répondit-elle en se levant.

Vanessa fronça les sourcils.

— Bon. Mais dis-moi quand tu es disponible, j'ai vraiment besoin d'aide.

— D'accord, lança Jenny, désinvolte. Je te dirai. Oh, et tu crois que tu pourrais m'appeler Jennifer au lieu de Jenny, à partir de maintenant ? Je préférerais vraiment.

Vanessa la dévisagea.

— D'accord, Jennifer.

— Merci, dit Jenny en se dépêchant d'aller en salle informatique.

Nate lui avait peut-être envoyé un e-mail !

Vanessa regarda Jenny s'éloigner en se demandant pourquoi elle s'était soudain transformée en reine des pétasses. Elle avait cru qu'en étant copine avec Jenny, elle se sentirait plus proche de Dan, mais ça avait eu pour effet de l'énerver un peu plus. Jenny était comme les six cents et quelques autres filles de Constance – une pimbêche superficielle.

Putain, ce que Vanessa avait hâte, elle aussi, de quitter le lycée.

amor omnia vincit

Messagerie instantanée

De : Owaldorf@constancebillard.edu

À : Narchibald@st.judes.edu

Owaldorf : salut mon petit nate

Owaldorf : je vais devenir dingue. tout le monde veut parler du mariage, mais moi je n'en ai rien à foutre.

Owaldorf : nate ? je sais que tu es en ligne. tu me retrouves après le club français aujourd'hui ou quoi ?

Owaldorf : tu as eu le cadeau que je t'ai laissé hier ?

Owaldorf : hé-ho ???

Owaldorf : bon.

Messagerie instantanée

De : Narchibald@st.judes.edu

À : Jhumphrey@constancebillard.edu

Narchibald : salut Jennifer

Jhumphrey : salut.

Narchibald : on se retrouve au parc après le lycée ?

Jhumphrey : ouais, ok. quel est le programme ?

Narchibald : je sais pas. t'as envie de faire quoi ?

Jhumphrey : sais pas. tes copains seront là aussi ?

Narchibald : non. rien que moi. toujours intéressée ?

Jhumphrey : carrément. je peux te retrouver devant ton lycée si tu veux.

Narchibald : on n'a qu'à se retrouver sur les marches du Met.

Jhumphrey : OK, à toute.

Jenny se déconnecta. Elle se sentait plus cool que jamais. Elle n'était peut-être qu'en troisième, mais son nom était Jennifer et après les cours, elle allait retrouver Nate, le terminal le plus sexy de toute la ville. Elle allait devoir laisser Vanessa en plan avec *Rancor*, mais franchement, ça valait le coup. Dan en aurait fait un poème d'amour sur la beauté de Nate et les ruses du destin, qui rapproche des personnes qui n'ont rien en commun, les menant forcément à la tragédie. Mais Jenny était d'un naturel plutôt optimiste. Elle se contenta d'écrire *Madame Jennifer Archibald* de sa plus belle plume de calligraphe, au dos du tapis de souris gris dont elle se servait.

Ne riez pas. C'est ce qu'on fait, en troisième, quand on est amoureuse.

De l'autre côté de la ville, depuis l'école de Riverside Prep, le frère de Jenny, Dan, était à ce moment même sur le point d'envoyer à Serena son tout dernier poème, intitulé « La dernière fois, j'en suis mort » :

Ta corde autour de mon cou, je sautai.
Tes lèvres m'embrassèrent dans ma chute, ma chute sans fin.

— Allez, crétin, on est en retard pour le latin, lui lança son ami Zeke Freedman depuis le pas de la porte de la salle informatique.

Amo ergo sum, pensa Dan. *J'aime, donc je suis.*

— Je suis occupé, répondit-il.

Il entra l'adresse électronique de Serena.

— Eh bien, moi, je n'ai pas envie d'avoir une heure de colle, dit Zeke en quittant la salle. Tu viens jouer au basket tout à l'heure au parc ?

— Oui. Je te retrouve là-bas, répondit Dan, ailleurs.

Il se mit à concocter un bref e-mail à envoyer avec sa pièce jointe.

Chère Serena,

Ce week-end va être génial. J'ai un entretien prévu samedi, et mon père me file un peu d'argent de poche. J'ai hâte.

Je joins un poème. Un truc que j'ai écrit ce matin. J'espère qu'il te plaira.

Je serai au terrain de basket près de Sheep Meadow si tu veux m'y retrouver après le lycée.

Je t'embrasse,
Dan.

Amor omnia vincit ! L'amour triomphe de tout.

l'obsession de ***d*** *vire au harcèlement*

Jenny se trouvait en bas des escaliers du Met. Elle essayait de ne pas être dégoûtée par le type allongé sur les marches juste derrière elle. Il avait le pantalon baissé et elle était à peu près sûre qu'il avait le sexe à l'air.

On s'habitue à ce genre de scènes quand on vit en ville, mais ça reste bien dégueu.

Elle aurait voulu aller s'installer plus loin, mais Nate lui avait dit d'attendre ici et Jenny ne voulait pas prendre le risque de le rater.

— Va te faire voir ! cria l'homme au pénis à un touriste.

Sur le trottoir, non loin, un vendeur de hot dogs était au téléphone. Jenny s'approcha pour entendre, espérant qu'il appelait les flics. Mais on aurait plutôt dit qu'il parlait à sa mère, genre, parce qu'il n'arrêtait pas de répéter « D'accord ».

Quelqu'un posa la main sur son épaule.

— Salut, Jennifer.

Jenny pivota et leva la tête.

— Salut, dit-elle en souriant à Nate.

Ses mains se portèrent à son visage avec embarras,

pour repousser derrière ses oreilles ses boucles brunes indisciplinées.

— Je suis contente que tu sois là. Ce type me fichait la trouille.

— Ouais. Viens, on y va, dit Nate, en mettant son bras autour de ses épaules.

À son contact, le sang monta immédiatement au cerveau de Jenny.

— D'accord, allons-y, hoqueta-t-elle, en s'appuyant contre son bras.

Ils se dirigèrent vers le parc, le bras de Nate toujours autour de ses épaules, puis louvoyèrent jusqu'à Sheep Meadow. Ils trouvèrent un coin d'herbe sympa, ensoleillé, et s'assirent face à face, en tailleur, genoux collés. C'était tellement agréable que Jenny avait du mal à croire que ce n'était pas un rêve. De toutes les filles de cette ville, c'était *elle* qui plaisait à Nate. C'était incroyable.

— Mes copains vont venir nous rejoindre dans un moment, j'espère que ça ne te dérange pas, dit Nate en tirant un sachet d'herbe de sa poche.

Jenny haussa les épaules.

— Pas de problème, dit-elle, bien qu'elle fût un tout petit peu déçue.

Avec méfiance, elle regarda Nate prendre quelques petits bouts d'herbe du sachet et les saupoudrer dans un papier à rouler. Puis, d'une main experte, il en fit un petit joint très serré et lécha le papier pour le sceller.

Il le proposa à Jenny, qui secoua la tête.

— Non, ça va, dit-elle.

Elle savait qu'elle devait avoir l'air nulle, mais elle se sentait déjà un peu dans les vapes, assise aussi près de Nate. Elle ne voulait pas perdre complètement la tête.

— C'est cool, fit Nate en remettant le joint dans le sachet et en le rangeant dans sa poche.

Jenny laissa échapper un petit soupir soulagé. Elle voulait connaître Nate quand il était juste Nate, et pas seulement quand il était totalement défoncé.

— Alors, tu as fait le tour des universités ? demanda Jenny. Tu as décidé où tu voulais aller ?

— Ouais, fit Nate en fronçant les sourcils. Mais j'ai envie de prendre une année sabbatique ou deux. Pour faire de la voile avec mon père. Je vais peut-être essayer de monter une équipe pour l'America's cup.

— Wouaou, dit Jenny, impressionnée. Ça a l'air génial.

— Et si je prenais trois années sabbatiques, on pourrait aller à la fac ensemble, déclara Nate en lui prenant la main.

Elle avait des doigts si petits.

Jenny croisa son regard et ils se sourirent un instant.

Il laissa sa tête tomber vers l'avant et elle retomba sur l'épaule de Jennifer ; elle sentait le linge propre.

— Hmm, fit-il.

Il n'en revenait pas ; ce qu'il pouvait se sentir à l'aise avec elle. Normalement, il avait toujours besoin de fumer ou de boire quelques verres avant ses rendez-vous avec Olivia, rien que pour supporter ses projets d'avenir et son harcèlement continuel sur ce thème. Mais avec Jennifer, il n'avait même pas besoin de planer.

J'y crois pas, pensa Jenny. *Il va m'embrasser*.

Elle ferma les yeux. Elle avait des picotements dans

tout le corps. Nate avait la tête toute chaude, il sentait les aiguilles de pin.

— Jennifer, murmura-t-il d'un ton endormi.

Il releva la tête et secoua ses cheveux d'or.

— C'est tellement agréable, dit-il.

Ses yeux parcoururent son visage pour finalement se poser sur ses lèvres.

Jenny eut un petit rire nerveux. Il allait l'embrasser, c'était sûr.

— Yo, Archibald ! cria quelqu'un. Gardes-en pour nous !

Woua. Ils choisissaient mal leur moment.

Jenny et Nate se retournèrent et virent Anthony, Jeremy et Charlie traverser la pelouse à grandes enjambées. Jeremy avait un ballon de foot à la main. Nate se leva très vite en s'écartant de Jenny.

— Salut, dit-il d'un ton désinvolte. Vous êtes venus, finalement.

— Salut, dit Jenny en se levant doucement et en brossant les petits brins d'herbe sur son uniforme.

Elle aurait préféré qu'ils ne viennent pas.

— Alors, tu nous en roules un bon gros, ou quoi ? lança Anthony en désignant de la tête le sachet plastique qui dépassait de la poche de Nate.

Celui-ci fit non de la tête.

— Je suis déjà gravement défoncé, *man*, mentit-il.

Il tira le petit sac de sa poche et le lança à Anthony.

— Tiens, il y en a déjà un de roulé.

— Merci, dit Anthony.

Celui-ci s'installa dans l'herbe et se mit au travail.

— Putain, j'en avais bien besoin, lâcha-t-il à voix basse. Cet enfoiré de conseiller d'orientation m'a tenu la grappe pendant une heure.

— M'en parle pas, acquiesça Jeremy.

Jenny se mit à se ronger les ongles, elle se sentait un peu exclue. Elle jeta un coup d'œil vers Nate, mais il avait attrapé le ballon de Jeremy et il était en plein dribble sur place.

— C'est rien, ça. Moi, mon père me fait chier depuis la quatrième, dit Charlie. Il a déjà discuté avec le doyen de la fac de droit de Yale, pour les préparer à m'accueillir, quoi. Moi je suis là, hé, papa, du calme !

— Alors ça tient toujours pour Brown, ce week-end, au fait ? demanda Jeremy.

Brown. Jenny tendit l'oreille. C'était là que Dan et Serena allaient aussi, ce week-end.

— C'est clair, dit Nate.

Il lança le ballon à Jenny et elle le lui renvoya doucement, en souriant, pour lui faire comprendre que cela ne la dérangeait pas du tout que ses amis soient venus, ni qu'ils parlent tous de l'université alors qu'elle n'était qu'en troisième. Elle aimait savoir qu'il n'était pas gravement défoncé en fait, et qu'il lui ait confié qu'il avait envie de prendre une année sabbatique avant de continuer ses études. Elle en savait déjà plus sur lui que ses meilleurs amis !

— Allez, dit Nate, on se fait un foot.

Elle aurait juste aimé que Nate l'embrasse, après tout, qu'il ne se soit pas arrêté à l'arrivée de ses copains.

Dan était assis sur un banc, il attendait Zeke et Serena. Enfin, au moins Zeke, ça, c'était sûr. Et si Serena venait aussi, il dirait à Zeke de se barrer et de les laisser seuls.

Les copains, c'était fait pour ça.

Il sortit une Camel de sa poche et la planta entre ses lèvres. Ses mains tremblaient, en partie parce qu'il avait bu six tasses de café depuis le déjeuner, et en partie parce qu'il était tendu à l'idée de revoir Serena, surtout si elle avait lu son poème. Il sortit son calepin de sa poche et fixa les derniers vers de son texte sans les voir. À tout moment, Serena pouvait surgir et lancer ses bras autour de son cou, l'embrasser fougueusement en pleurant parce qu'elle s'était montrée si cruelle en ne venant pas dimanche, et lui répétant encore et encore qu'elle aimait son poème. Qu'elle l'aimait, *lui*.

Ou pas.

Dan inspira trop rapidement et faillit cracher un poumon. Puis il alluma une deuxième cigarette avec celle qu'il fumait déjà. Il allait fumer clope sur clope jusqu'à ce qu'elle soit là. Il serait peut-être mort quand elle arriverait, mais au moins ils seraient réunis.

Tirant sur sa cigarette, il parcourut la pelouse du regard. Une fille petite, avec des gros seins et des cheveux bruns bouclés, jouait au foot avec quatre garçons qu'il reconnaissait vaguement. C'était sa sœur, Jenny. Depuis quand traînait-elle au parc avec ces connards de bourges de l'Upper East Side ? Et ce type, là, Chuck le pervers, il était avec eux ? Voulant se montrer protecteur, Dan était sur le point de se lever, mais il se força à ne pas quitter sa place. Jenny semblait s'amuser et il voyait bien que Chuck n'était pas là. S'il avait vraiment envie d'être un grand frère très con, il pouvait y aller et tout gâcher, mais il pouvait aussi rester assis bien tranquillement et laisser Jenny en profiter. De toute façon, il pouvait la voir de là où il se tenait. Et puis il fallait que Jenny fasse de nouvelles rencontres, surtout maintenant qu'il voyait Serena et avait moins de temps à lui accorder.

Enfin… voyait Serena, façon de parler. Si elle voulait bien se montrer.

*
* *

— Bon, il vaut mieux que je rentre, dit Jenny en lançant le ballon à Nate.

— D'accord, je t'appelle bientôt.

Il glissa sa main derrière sa tête et l'embrassa sur la joue.

Jenny faillit tomber à la renverse.

— Salut, gazouilla-t-elle en faisant un signe de la main aux autres garçons.

Puis elle fit demi-tour et marcha très vite en direction de Central Park West, avant de faire pipi dans sa culotte. Elle était pressée de revoir Nate. Seul.

— Hé, vieux, Olivia en dit quoi de ta nouvelle petite copine ? demanda Anthony à Nate, une fois Jenny partie.

Il alluma un autre joint, prit une taffe et le passa à Jeremy.

— Ce n'est pas ma copine, *man*, dit Nate. C'est juste une petite sympa que j'ai rencontrée.

Il haussa les épaules.

— Je l'aime bien, conclut-il.

— Moi aussi, je l'aime bien, dit Jeremy en passant le joint à Nate. Mais Olivia ne serait pas franchement ravie si elle apprenait que tu passes ton temps avec une fille de troisième au lieu de le passer avec elle. Non ?

Nate prit le joint et inspira une grande bouffée.

— Elle n'a pas besoin de le savoir, grogna-t-il en retenant puis en relâchant la fumée. Attends, mec, c'est pas comme si j'allais larguer Olivia pour Jennifer. C'est pas grave.

— Pas grave, acquiesça Charlie en prenant le joint.

Nate regardait la braise au bout du joint. Il savait que ce qu'il venait de dire n'était pas vrai. *C'était* grave. Mais il n'était pas très sûr de ce qu'il devait faire.

Il faut se montrer prudent quand on a affaire à une fille comme Olivia. Il avait vu ce dont elle était capable, et ce n'était pas joli-joli.

— Pardon pour le retard, gros naze, dit Zeke en faisant rebondir le ballon de basket sur la tête de Dan. Allez, viens, on joue.

Dan leva les yeux de son carnet. Il venait de commencer un nouveau poème : « Pieds cassés » :

Bois rompu, pneus crevés, verre brisé,
Le destin brandit sa hache injuste.
Effondrement.

Ça parlait du désir de rejoindre quelqu'un et de ne pas y parvenir. À l'évidence, Serena était coincée quelque part où elle ne voulait pas être, elle se languissait de Dan, elle souhaitait tellement être avec lui. Peut-être dans une rame de métro, bloquée entre deux stations. Et lui était coincé au parc, avec Zeke.

— Salut. J'ai failli attendre, répondit Dan, qui se leva après avoir rangé son carnet dans son sac.

— Je t'emmerde. Tu sais bien que j'ai soutien de math, dit Zeke en tapant sur la balle.

Ils se dirigèrent vers le terrain de basket.

— Tu n'as qu'à travailler plus, dit Dan. Tu n'aurais pas besoin de soutien.

— Et toi, va donc te faire foutre. De toute façon, t'es trop chiant.

— Ça veut dire quoi, ça ? demanda Dan.

Il laissa tomber son sac près du grillage qui entourait le terrain et enleva son manteau.

Zeke dansait avec la balle. Il avait un peu de poids et des hanches larges comme les filles, mais il était le meilleur joueur de basket de Riverside Prep. Allez comprendre.

— T'as tout le temps des trucs à faire en ce moment, et tu es toujours de mauvaise humeur, dit-il. Tu deviens de plus en plus chiant.

Dan haussa les épaules et plongea en avant pour piquer le ballon à Zeke.

— Que veux-tu que je te dise ? J'ai une copine, dit-il en reculant et en faisant rebondir la balle vers l'autre côté du terrain.

Il visa et manqua le panier d'une trentaine de centimètres.

— Joli, crétin.

Zeke fit un sprint et attrapa la balle sur le rebond.

— Une copine ? répéta-t-il en tapant sur le ballon sans se déplacer.

Son ventre gigotait sous son T-shirt blanc.

— Qui ça, Vanessa ?

Dan secoua la tête.

— Elle s'appelle Serena. Tu la connais pas. On va visiter une université tous les deux ce week-end.

— Waouh, dit Zeke en faisant un tour sur lui-même pour dribbler la balle jusqu'à l'autre panier.

Il n'avait pas l'air si impressionné que ça.

Dan regarda son ami exécuter un tir en suspension parfait. Il attendit sans bouger que Zeke ramène le ballon vers lui.

— Alors c'est du sérieux ? dit Zeke en lui lançant la balle.

Dan l'attrapa et resta sur place. Il ne savait pas trop quoi répondre. C'était du sérieux pour lui, ça, c'était sûr. Mais au même moment, Serena était-elle en train de soûler ses amis à propos de Dan, son nouveau copain ? Est-ce qu'elle s'imaginait leur week-end tous les deux ?

Pas vraiment.

À ce moment précis, Serena était chez le dentiste, pour un plombage. Elle avait faim et était un peu contrariée de devoir attendre que la novocaïne cesse de faire effet pour avaler quelque chose.

Pas franchement de quoi en faire un poème.

Elle avait aussi lu le texte de Dan et n'était pas très sûre de savoir quoi en faire. Elle était habituée à attirer l'attention des garçons, mais pas dans ce genre. Celle de Dan était en train de virer au harcèlement ; elle commençait à se poser de sérieuses questions à son sujet.

o a un frère de plus

— Quel genre de questions avez-vous préparé ? demanda Mme Glos à Olivia.

On était mercredi après-midi et Mme Glos préparait Olivia à son entretien de samedi à Yale.

— Il va falloir leur montrer que vous vous intéressez à des domaines spécifiques à Yale, pas seulement que vous vous inscrivez là parce que c'est une bonne école et que vous êtes la digne héritière de votre père.

Olivia acquiesça avec impatience. Elle la prenait pour une débile ou quoi ?

Mme Glos décroisa les jambes et enleva une peluche à son collant couleur chair. Elle avait un buste épais et carré, comme un homme, mais Olivia remarqua qu'elle avait des jambes remarquables pour une conseillère pédagogique de cinquante ans.

— Je vais me renseigner sur les possibilités de voyager en France pendant la deuxième année. Je vais leur demander des précisions sur les équipements sportifs et le logement. Sur les possibilités de participation aux associations étudiantes. Oh, et je vais leur demander des statistiques sur les propositions d'embauche, dit Olivia.

Elle ouvrit son PalmPilot et le nota pour ne pas oublier.

— Très bien. Cela leur montrera que vous ne vous intéressez pas seulement aux études, mais que vous avez de nombreux centres d'intérêt et que vous voulez vous impliquer.

Mme Glos referma le dossier d'Olivia et le glissa dans un des tiroirs de son bureau.

— Vous allez vous en sortir, dit-elle à Olivia. Vous êtes plus que prête.

Olivia se leva. Elle savait déjà qu'elle était prête. Elle s'était préparée à ce moment toute sa vie.

— Merci, madame Glos, dit-elle en mettant la main sur la poignée de la porte. Si tout se passe bien, je peux prendre une décision anticipée et laisser tomber les autres universités, non ?

— Eh bien, ça ne peut pas faire de mal de jeter un œil à quelques autres facultés – vous trouverez peut-être un endroit qui vous plaît mieux, dit Mme Glos en se tapotant le nez avec un Kleenex. Mais je ne vois pas pourquoi Yale ne voudrait pas de vous.

Olivia sourit.

— Bien.

Puis elle ouvrit la porte et la referma derrière elle, satisfaite.

En arrivant dans son appartement de grand standing de la 72e Rue, Olivia remarqua immédiatement que quelque chose avait changé. Il y avait des valises et des cartons partout dans l'entrée. MTV beuglait sur la télé écran géant de la bibliothèque. Elle entendait des griffes de chien gratter sur le parquet et une laisse pendait à la poignée de la porte.

Olivia entra et laissa tomber son sac à dos par terre. Elle fut accueillie par un énorme boxer marron qui trottina jusqu'à elle et vint carrer sa truffe entre ses cuisses.

— Hé, fous le camp ! dit-elle en donnant un coup sur le museau de l'animal.

Elle parcourut des yeux le long couloir de l'appartement.

— Maman ?

La porte de la chambre de sa mère s'ouvrit sur Cyrus Rose, vêtu de son peignoir préféré, un Versace en soie rouge, et de sandales de thalasso à semelles de bambou. Il avait l'air très détendu.

— Salut, Olivia ! brailla-t-il.

Il s'approcha d'elle en traînant des savates et la serra dans ses bras.

— Ta mère est dans la baignoire. Mais ça y est, c'est officiel : j'ai emménagé pour de bon ! Aaron et Mookie aussi !

— Mookie ? dit Olivia en se dégageant.

Elle n'aimait pas se tenir aussi près de Cyrus alors qu'il était fort possible qu'il ne portât rien du tout sous son peignoir.

— Le chien d'Aaron ! Il est tout mou. Haha ! Mookie le mou, ricana Cyrus en faisant claquer ses doigts grassouillets et bagués d'or. La mère d'Aaron voyage beaucoup et lui s'ennuyait comme un rat mort dans cette grande maison à Scarsdale, où il n'avait que Mookie à qui parler, alors il a décidé d'emménager avec nous. Comme dit ta mère, plus on est de fous, plus on rit !

Olivia, stupéfaite, n'arrivait pas à en croire ses

oreilles. Le chien, Mookie, s'approcha d'elle par-derrière et lui renifla les fesses.

— Mookie, non ! dit Cyrus en riant. Viens par là, tu vas m'aider à présenter Olivia à Aaron. Viens.

Il attrapa le chien par le collier et l'emmena dans la bibliothèque.

Olivia sentait bien qu'elle était censée les suivre, mais elle resta plantée là, encore sous le choc.

Un instant plus tard, une tête couverte de courtes dreadlocks brunes surgit de derrière la porte de la bibliothèque. La tête appartenait à un garçon de l'âge d'Olivia, qui avait de grands yeux marron, le teint pâle et des lèvres rouges sur lesquelles se dessinait un sourire.

— Salut, dit le garçon, moi c'est Aaron.

Il se déplaça, bruyamment à cause de ses rangers, et tendit la main à Olivia. Il portait un T-shirt déchiré et délavé à l'effigie de Bob Marley. Olivia apercevait le haut de son caleçon au-dessus de la ceinture de son pantalon baggy.

Pardon ?!

Olivia toucha sa main le moins possible et la retira.

— Alors on est coloc', si j'ai bien compris ? dit Aaron, sans cesser de sourire.

Non mais je rêve ?!!

— J'espère que tu ne m'en voudras pas, j'ai enfermé ta chatte dans ta chambre. Elle flippait un peu à cause de Mookie. Sa queue devenait énorme, dit-il.

Il rit en secouant ses dreadlocks.

Olivia le fusilla du regard.

— J'ai du travail, lança-t-elle avant de partir dans sa chambre, claquant la porte au nez d'Aaron.

Enfin seule, elle attrapa la chatte et se jeta sur le lit. Kitty Minky enfonça ses griffes dans son pull.

— Ça va aller, ma puce, murmura Olivia en la serrant contre sa poitrine.

Elle ferma les yeux très fort et enfonça la tête dans sa douce fourrure, en souhaitant que le monde entier disparaisse.

Elle demeura les yeux fermés, le corps immobile. Si elle restait ainsi suffisamment longtemps, tout le monde finirait peut-être par l'oublier et elle n'aurait plus besoin de continuer à être Olivia Waldorf, ni à vivre cette vie toujours plus absurde. Elle pourrait devenir quelqu'un d'autre et quand même aller à Yale. Finalement, après des années et des années de recherches, sans jamais abandonner, Nate la retrouverait. Ce serait comme dans un vieux film en noir et blanc où l'héroïne amnésique recommence une nouvelle vie et tombe amoureuse d'un autre homme. Mais pendant tout ce temps, l'homme qui l'aimait à l'origine n'aurait jamais cessé de la chercher jusqu'à ce qu'il la retrouve et lui demande de l'épouser, même si elle ne pouvait pas se souvenir de son nom. Puis il lui donnerait une vieille écharpe à lui, pleine d'odeurs et de temps passé ensemble, sa mémoire reviendrait et elle dirait « oui ». Et ils vivraient heureux jusqu'à la fin de leurs jours.

Le générique du film se déroulait dans sa tête sur fond de violons.

Quand plus rien n'allait, Olivia pouvait toujours se faire son cinéma. Cela dit, il fallait éviter d'en parler au bureau des admissions à Yale. Ils lui colleraient peut-être un P comme psychotique.

Olivia relâcha enfin Kitty Minky et s'assit. Elle

attrapa la télécommande et appuya sur « lecture ». Aussitôt, le magnétoscope ronronna et bientôt, la première scène de *Diamants sur canapé* apparut, puis se répéta encore et encore : Audrey Hepburn, toujours en robe du soir après une longue nuit dehors, dégustant des croissants devant chez Tiffany's, à l'aube. C'était avec ce film qu'Olivia participait au festival de cinéma de Constance Billard. Audrey qui mange ses croissants en admirant les diamants en vitrine de chez Tiffany's avec en fond le thème de *L'Apprenti sorcier*. Et encore, avec en fond une vieille chanson de Duran Duran – « Girls on Film ». Et encore, avec en fond « Rocketboy » de Liz Phair. Et encore, avec en fond d'autres musiques. À chaque fois, Olivia voyait cette scène sous un nouvel angle. Elle ne s'en lassait jamais. Avec un peu de chance, le jury du festival, lundi prochain, ressentirait la même chose.

On frappa à la porte et Olivia roula sur le lit pour voir qui pouvait bien avoir le culot de venir la déranger. La porte s'ouvrit largement. C'était Aaron. Mookie fourra son nez entre ses jambes et se fraya un passage dans la chambre. Kitty Minky miaula et fila dans le placard.

— Mookie, non ! gronda Aaron, attrapant le chien par le collier. Désolé.

Il lança à Olivia un regard contrit, traîna Mookie jusqu'à la porte et lui donna une tape sur le derrière.

— C'est mal, le réprimanda-t-il.

Olivia l'observa, menton sur les mains, le détestant un peu plus à chaque seconde.

— Écoute, dit Aaron. Tu veux une bière, quelque chose ?

Olivia ne répondit pas. Elle détestait la bière.

Les yeux bruns foncés d'Aaron vinrent se poser sur l'écran de télé.

— Tu aimes cette vieille merde, toi ? dit-il.

Olivia attrapa la télécommande et éteignit le poste. Pas question de laisser Aaron insulter son film. Comme s'il n'avait pas déjà fait suffisamment de mal.

— J'imagine que ça doit être un peu zarb' pour toi de nous voir débarquer tout d'un coup, le mariage et tout ça. Je me disais que si t'avais envie d'en parler ou je sais pas… Enfin, c'est sans problème, quoi, dit Aaron.

Olivia continua à l'observer froidement, en souhaitant très fort qu'il aille se faire foutre.

Aaron se racla la gorge.

— J'étais avec ton petit frère Tyler, on matait la télé en buvant une bière. Enfin, moi j'étais à la bière – lui il a pris un Coca. Enfin bref, ça a pas l'air de lui poser de problème. C'est un gamin sympa.

Olivia le regarda, éberluée. Ce connard ne comptait quand même pas lui faire la conversation ?

— Bon, dit Aaron. Heu… On va dîner tous ensemble ce soir. Comme je suis végétalien, on va dans un restau végétarien, j'espère que ça te va.

Il recula, attendant un moment qu'Olivia réagisse. Comme elle ne disait rien, il esquissa un sourire résigné et referma la porte.

Olivia roula de nouveau sur son lit et tint un oreiller contre son ventre. Et bien sûr, il était végétalien. Ça l'aurait étonnée. Si seulement elle avait un morceau de viande crue à lui balancer en pleine face…

Quoi ? Tout le monde croyait peut-être qu'elle

allait accueillir chaleureusement son nouveau demi-frère pseudo-hippie, tout ça parce qu'il vivait chez elle, buvait de la bière comme s'il était dans ses meubles et traînait avec Tyler comme s'il était Mister Sensible ? Eh bien qu'ils ne comptent pas dessus et aillent se faire mettre, bien profond.

Heureusement, elle n'était pas là ce week-end, et très bientôt, elle serait à Yale, loin de cette maison de fous pour toujours. Et si elle racontait à Nate ce qui s'était passé, il serait peut-être désolé pour elle et déciderait finalement de l'accompagner à New Haven ?

Elle s'empara du téléphone à côté de son lit et composa le numéro de Nate.

— Yo, répondit-il, au bout de la cinquième sonnerie.

Il avait l'air défoncé.

— Salut, c'est moi, dit Olivia, la voix un peu tremblante.

Tout à coup, elle avait envie de pleurer.

— Salut.

Olivia roula sur le dos et fixa les yeux au plafond. Kitty Minky passa la tête hors du placard, ses yeux jaunes luisaient.

— Heu... Je me demandais si tu avais changé d'avis et si tu ne voulais pas venir à Yale avec moi...

La voix d'Olivia se brisa. Elle était vraiment sur le point de pleurer.

— Nan, les potes sont tout fous à l'idée de notre virée..., dit Nate.

— D'accord, dit Olivia. C'est juste que... Ce mariage... Et maintenant...

Elle s'interrompit. Des larmes roulaient au coin de ses yeux et descendaient le long de ses joues.

— Hé, tu pleures ? demanda Nate.

Nouvelles larmes aux yeux d'Olivia. Nate semblait être à des milliers de kilomètres. Elle était trop bouleversée pour lui expliquer toute l'histoire. Il ne l'avait même pas remerciée pour son cadeau. *Merde, quoi.*

— Faut que j'y aille, renifla Olivia. Appelle-moi demain, d'accord ?

— Sans faute, répondit Nate.

Mais elle savait très bien qu'il ne le ferait pas. Il ne se rappellerait sûrement même pas du coup de fil. Il était trop défoncé.

— Salut, dit Olivia avant de raccrocher.

Elle lança le combiné sur son lit et gratta la couette avec ses ongles. Kitty Minky se faufila hors du placard et bondit à côté d'elle.

— Tout va bien, ma chérie, lui dit Olivia en lui caressant la tête.

Elle prit la chatte dans ses bras et la posa sur son ventre.

— Tout va bien.

Kitty Minky ferma les yeux et s'installa dans les plis confortables de son pull, en ronronnant de plaisir. Olivia avait tellement envie de trouver quelqu'un qui la satisfasse autant. Elle avait cru que Nate était cette personne, mais il était aussi à chier et décevant que tout le reste de sa vie pourrie.

gossipgirl.net

thèmes ◀ précédent suivant ▶ envoyer une question répondre

Avertissement : tous les noms de lieux, personnes et événements ont été modifiés ou abrégés afin de protéger les innocents. En l'occurrence, moi.

salut à tous !

AFFAIRES DE FAMILLE

Je sais que la haine est un mot très fort, etc., mais ce n'est pas grave : nous sommes des ados. Nous sommes censés haïr nos parents de temps à autre. Nous avons également le droit de haïr tout frère ou sœur, cadet ou aîné, qui nous agace, surtout ceux qui ne nous sont pas apparentés et que nous n'avons jamais souhaité avoir.

Cela dit, s'il se trouve que l'un de ces frères ou sœurs non désirés est un mec plutôt mignon avec des dreadlocks, dont je sais qu'il joue très bien de la guitare et qu'il est, franchement, le garçon le plus adorable de la Terre, il serait conseillé d'être sympa. Un petit flirt innocent avec son futur-demi-frère n'est ni glauque ni illégal. En fait, c'est même plutôt rigolo et carrément pratique si vous vivez dans la même maison ! Juste une idée, en passant. Bien qu'apparemment, ***O*** n'ait pas considéré cette option.

Vos e-mails

Q: Chère Gossip Girl,

Il paraît que ***O*** est complètement klepto. Même qu'en maternelle, elle volait les gommes et les

crayons Barbie des autres filles et tout ça. Et on pouvait pas l'inviter à dormir parce que sinon elle volait vos vêtements. J'ai entendu dire aussi qu'elle avait volé une montre chez Tiffany's.
Coucou

R: Cher Coucou
O porte une Rolex depuis l'année de première, alors je ne suis pas très sûre de cette info. Mais merci pour le scoop.
Gossip Girl

Q: Salut Gossip Girl,
Je suis sûre d'avoir vu ***N*** discuter avec la fille de troisième devant chez Gap sur la 86e .
Chouette99

R: Chère Chouette99,
Et… ?? Rien de neuf, que du vieux ! Il va falloir trouver mieux.
Gossip Girl

ON A VU

N achetant un sachet d'herbe taille familiale à sa fidèle pizzeria du coin de la 80e et de Madison. Des provisions pour la route, sûrement. ***O*** en famille, nouvelle et augmentée, chez **Saks** pour un joyeux shopping mariage. En fait, ***O*** a passé le plus clair de son temps à bouder aux toilettes. ***S*** errant au rayon cosmétiques chez **Barneys**, encore, se rongeant les ongles. ***D*** se languissant sur un banc à **Riverside Park**, fumant cigarette sur cigarette. ***J*** griffonnant le nom de ***N*** dans des endroits discrets un peu partout en ville, de sa plus belle écriture. Mon set de table au **Jackson Hole** en était entièrement recouvert.

VISITES D'UNIVERSITÉ : MATÉRIEL INDISPENSABLE

Une voiture.

Des amis. De préférence pas trop surexcités à l'idée d'entrer à la fac, sinon ils vont piquer une crise si vous décidez de zapper la visite du campus pour mater des films et jouer à des jeux pour boire dans la chambre du motel, à la place.

Des fringues auxquelles vous ne tenez pas trop, pour pouvoir dormir avec ou les abandonner dans les chambres de motel que vous allez sûrement saccager en route.

Des fringues présentables pour votre entretien. Conseil : évitez de donner dans le sublime, vous risquez de filer un complexe d'infériorité à la personne en face de vous. La plupart d'entre elles ne connaissent pas la différence entre **Barneys** et un supermarché.

Divers : Budweiser en cannettes, donuts glaçage chocolat, Pringles, etc.

Vous m'adorez, ne dites pas le contraire.

gossip girl

o se tire de là

— Tu ne trouves pas que ça fait un peu trop « il était une bergère » ? demanda la mère d'Olivia.

Elle virevolta sur l'estrade surélevée du rayon mariage de chez Saks, sur la 5e Avenue, la jupe blanche en satin et dentelle tournoyant autour de ses pieds.

Olivia secoua la tête. La vision de sa mère toute pomponnée, dans une robe de mariée blanche décolletée, style meringue, lui donnait envie de vomir, mais plus tôt elles sortiraient de là, mieux ce serait. Il fallait qu'elle se prépare, son entretien pour Yale avait lieu le lendemain.

— C'est joli, mentit-elle.

— J'ai un peu honte de porter du blanc, commenta Mme Waldorf. C'est vrai, j'ai déjà eu mon mariage en blanc.

Elle se tourna vers Olivia.

— Et si je la faisais teindre ? Ce serait peut-être super mignon dans un joli beige doré ou un lilas pâle.

Olivia haussa les épaules et se tortilla inconfortablement sur le confident faussement ancien sur lequel elle était assise.

— Le blanc ne me dérange pas.

Elle avait l'impression que cette histoire de teinture prendrait encore plus de temps.

— On peut toujours la teindre après fabrication, suggéra la vendeuse. Est-ce que je prends vos mesures pour celle-là, alors ?

Même elle commençait à s'impatienter. Elles avaient déjà vu sept robes et trois tailleurs. Si Mme Waldorf voulait que sa tenue soit prête en seulement deux semaines, il allait falloir qu'elle se magne le cul.

La mère d'Olivia arrêta de virevolter et s'examina d'un œil critique dans le miroir à quatre faces.

— Je crois vraiment que c'est la plus flatteuse que j'aie essayée jusqu'à présent, dit-elle. Qu'en dis-tu, Olivia ?

Cette dernière acquiesça avec enthousiasme.

— C'est sûr, maman. Tu fais toute menue avec celle-là.

Sa mère sourit, aux anges.

Voilà ce qu'il faut dire pour aller droit au cœur d'une fille. Les filles pourraient tuer pour être menues.

— Bon, allez, dit-elle, rayonnante. Je la prends.

La vendeuse se mit à plisser, épingler la robe, à mesurer des choses et à les noter sur un morceau de papier. Olivia regarda sa montre. Déjà quinze heures trente. Non seulement c'était *chiant*, mais en plus ça durait depuis des heures, *merde*.

— Tu as déjà trouvé quelque chose qui te plaît pour les demoiselles d'honneur ? lui lança sa mère.

— Pas encore, dit Olivia, qui n'avait même pas cherché.

Sa mère lui avait demandé de trouver une robe de

prêt-à-porter qu'elle adore absolument, pour l'acheter à toutes les demoiselles d'honneur. Olivia adorait faire les boutiques, mais elle avait du mal à se motiver pour acheter cette robe en particulier. Elle détestait porter la même chose que les autres. Après tout, elle avait passé la plus grande partie de sa vie à porter un uniforme pour l'école, merde.

— J'en ai vue une sublime chez Barneys. Chloé, je crois. Soie chocolat brodée de perles, à fines bretelles. Longue, coupée dans le biais. Très sophistiquée. Elle serait sublime sur Serena, avec ses jambes fines et sa blondeur. Mais je ne sais pas trop – ça te donnerait peut-être l'air un peu… hippie.

Sidérée, Olivia jeta un regard assassin en direction du reflet de sa mère dans le miroir, sans dire un mot. Suggérait-elle qu'Olivia était *grosse* ? Plus grosse que Serena ?

Elle se leva et prit son sac.

— Je rentre, maman, dit-elle avec colère. Je n'ai plus le temps de discuter chiffon. Au cas où tu l'aurais oublié, j'ai mon entretien pour Yale demain et c'est un peu plus important pour moi, figure-toi.

Sa mère pirouetta sur elle-même, la vendeuse en laissa tomber sa pelote à épingles.

— J'ai failli oublier ! s'écria Mme Waldorf sans remarquer le ton blessé d'Olivia. Quand Cyrus a su que tu prévoyais de prendre le train pour New Haven demain, il a eu une illumination.

Oh-oh.

Une illumination de Cyrus – l'enfer. Olivia pencha la tête, se préparant au pire.

— Tout est arrangé – Aaron va t'accompagner ! Il veut aller jeter un coup d'œil à Yale, lui aussi, et il a une voiture dans un garage de Lexington, lui expliqua sa mère à toute vitesse. C'est *l'idéal*, non ?

Olivia crut qu'elle allait se remettre à pleurer. *Non !* avait-elle envie de crier. *Ce n'est pas l'idéal, maman, ça fait chier !* Mais elle n'allait quand même pas s'effondrer en larmes au rayon mariage chez Saks. Ce serait au-delà du pathétique.

— À plus, dit-elle brusquement, en tournant les talons.

Sa mère fronça les sourcils en la regardant partir. *Pauvre Olivia*, pensa-t-elle. *Elle angoisse à cause de son entretien.*

Olivia parcourut à pied les vingt-deux blocs qui la séparaient de chez elle en refoulant des larmes outragées. Elle songea un moment à prendre une chambre à l'hôtel Pierre pour marquer la première étape de sa disparition. Elle pouvait appeler son père et lui demander de venir vivre avec lui et son petit ami dans leur château, en France. Elle pouvait tout à fait apprendre à écraser le raisin avec les pieds, si c'était le genre de choses qui se faisait là-bas.

Mais il fallait qu'elle finisse sa terminale à Constance. Il fallait qu'elle couche enfin avec Nate. Et il fallait qu'elle entre à Yale.

Elle allait être obligée de se la fermer.

Quand elle arriva à l'appartement, Mookie déboula du couloir ventre à terre et se jeta sur elle pour lui lécher le visage en remuant joyeusement son derrière. Olivia laissa tomber son sac et s'assit sur le sol, laissant le chien la piétiner tandis que les larmes roulaient sur ses joues. Mookie avait une haleine de chacal.

Cette fois, elle avait vraiment touché le fond.

Aaron sortit la tête de la bibliothèque.

— Salut, ça va ? Mookie, non ! hurla-t-il en éloignant le chien. Il ne faut pas lui laisser faire ça. Sinon il va tomber amoureux de toi et il va commencer à se frotter contre ta jambe, et tout.

Olivia étouffa un sanglot et s'essuya le nez d'un revers de la main.

— Alors, prête à tailler la route pour Yale, demain ? demanda Aaron en lui tendant la main pour l'aider à se relever.

Elle l'ignora. Elle avait sérieusement besoin d'un verre.

— Vivement que je me casse d'ici, marmonna-t-elle d'un air malheureux.

— On peut partir maintenant, si tu veux, proposa Aaron. C'est plus sympa si on n'a pas besoin de se lever tôt pour arriver à l'heure à ton entretien.

Il repoussa ses dreadlocks derrière ses oreilles. C'était la première fois qu'Olivia voyait quelqu'un faire ça.

— Maintenant ?

Elle accepta la main d'Aaron et se remit debout en tremblant. Ce n'était pas ce qu'elle avait prévu. Mais pourquoi pas, après tout ? Comme ça, Aaron et elle feraient la route de nuit. Ils seraient obligés de s'arrêter dans un hôtel, quelque part. Ils auraient une voiture. Ils pourraient aller n'importe où. N'importe où sauf ici.

Pour une fois, elle allait faire preuve de spontanéité.

— D'accord, dit-elle en reniflant. Je vais juste préparer mes affaires.

— Cool. Moi aussi. Hé, Tyler ! cria Aaron.

Tyler, en chaussettes, sortit de la bibliothèque en traînant des pieds. Il portait un T-shirt d'Aaron qui disait « Légalisation du cannabis » et avait le visage barbouillé de chocolat.

— Désolé, *man*, je ne peux pas finir de regarder *Matrix 2* avec toi, lui dit Aaron. Olivia et moi on part en virée.

— C'est cool, dit Tyler. De toute façon, les suites, c'est naze.

Olivia poussa son frère du chemin et se dépêcha d'aller dans sa chambre pour se préparer. Son cœur battait à cent à l'heure. D'accord, elle détestait Aaron, mais elle avait tellement envie de se tirer de là, qu'elle se foutait pas mal que ce soit avec lui. Tant qu'il n'essayait pas de jouer au grand frère, à l'écolo et tout le bordel.

rendez-vous à grand central*

Quand Serena arriva au bar, à l'étage de la gare de Grand Central, Dan était déjà là ; il fumait en buvant un gin tonic. Il avait l'air nerveux.

— Salut, dit Serena, hors d'haleine.

Elle était essoufflée parce qu'elle était toujours en retard. Dan aimait à l'imaginer descendant du ciel pour venir jusque-là. Ça faisait un sacré vol.

— La cuisinière m'a préparé des sandwiches au cas où on aurait un petit creux, dit-elle.

Sa cuisinière ! Eh oui, quoi de plus normal pour une princesse de conte de fées – bien sûr qu'elle avait une cuisinière.

Dan fit tourner les glaçons dans son verre. Serena portait un pull bleu qui rendait ses yeux plus grands et plus bleus qu'il ne les avait encore jamais vus.

— Et moi, j'ai apporté une bouteille de vin, lui répondit-il. On pourra faire un pique-nique.

Serena se glissa sur le tabouret à côté de lui, au bar. Le barman posa un kir royal couleur lavande, plein de bulles, sur le sous-verre placé devant elle.

— J'adore cet endroit, dit-elle en prenant sa flûte.

Le serveur savait déjà ce qu'elle voulait. Ça, c'était la grande classe.

Dan lui proposa une cigarette, en prit une et alluma les deux. Il se sentait incroyablement raffiné.

Serena expira, envoyant la fumée vers le plafond décoré de la gare.

— Ce que je préfère, quand je vais quelque part, ce sont les gares, les aéroports, les taxis. C'est tellement… sexy, dit-elle.

Dan tira sur sa cigarette.

— Ouais, dit-il, bien qu'il ne fût franchement pas d'accord.

Il était impatient d'arriver, au contraire. Dès que Serena et lui seraient seuls, il…

Mais encore ?

Il ne savait pas trop ce qui allait se passer, mais il était sûr que ce serait quelque chose.

— Mon frère, Erik, il te plaira, dit Serena en sirotant son kir royal. Il aime philosopher. Mais c'est un sacré fêtard, aussi.

Dan hocha la tête et tira sur ses boucles brunes. Il avait oublié son frère. Avec un peu de chance, Erik ferait la fête avec ses copains pendant qu'ils seraient là. Et Dan aurait Serena rien que pour lui.

Le panneau des départs et des arrivées clignotait, palpitait à chaque nouvel horaire annoncé, à chaque train arrivé ou parti. La gare était animée, c'était la grande ruée du week-end. Les gens se pressaient pour ne pas manquer leur train ou patientaient, attendant l'arrivée d'amis.

Serena plissa les yeux en direction du panneau des départs.

— Notre train part dans quinze minutes, dit-elle. Une dernière pour la route et on y va.

Dan sortit deux cigarettes de son paquet et pivota sur son tabouret pour aller chercher son briquet.

— Au fait, dit Serena. J'ai lu ton poème.

Il fallait bien qu'elle finisse par en parler, à un moment ou un autre, alors pourquoi pas maintenant. Le texte était bien, mais ça lui fichait quand même la trouille.

Dan se figea.

Du coin de l'œil, il aperçut quatre garçons à l'allure vaguement familière, qui faisaient leur entrée dans la gare d'un pas nonchalant, par l'avenue Vanderbilt. L'un d'entre eux s'arrêta et dévisagea Serena.

Nate était défoncé, mais il n'hallucinait pas. Serena van der Woodsen était assise là, au bar de Grand Central, vêtue d'un pantalon pattes d'éléphant en velours côtelé blanc, d'un pull bleu, col en V et de sa paire de bottes préférée, en daim marron. Ce pull rendait ses yeux plus profonds et plus sombres qu'il ne les avait jamais vus.

Olivia lui avait fait promettre d'oublier Serena, mais il n'avait jamais été bien certain d'avoir réussi. Il avait essayé de l'éviter, parce que la voir le faisait souffrir.

Mais pas cette fois. Cette fois, il y avait quelque chose de différent. Quand il regarda Serena, tout ce qu'il vit fut une vieille copine, d'une grande beauté.

— Hé, je les connais ! s'exclama Serena en sautant de son tabouret.

Elle laissa sa cigarette non allumée sur le bar et se dirigea vers Nate.

— Attends, dit Dan.

Elle ne lui avait pas dit ce qu'elle pensait de son poème.

Il regarda Serena s'approcher du garçon qui l'avait dévisagée, et l'embrasser sur la joue. Tout à coup, Dan se souvint pourquoi ces garçons ne lui étaient pas inconnus. C'étaient ceux qu'il avait vus jouer au ballon avec sa sœur dans le parc.

— Salut, les garçons, fit Serena en leur décochant son inimitable sourire. Vous allez où ?

C'était tout Serena, ça. Venir vers eux, embrasser Nate et dire : « Salut », comme si elle n'avait pas remarqué que Nate l'ignorait depuis qu'elle était revenue à New York le mois dernier.

Elle n'était pas du genre rancunier. Pas comme certaines.

— On va à Brown, dit Anthony. Mais d'abord, on doit passer prendre la voiture de la mère de Jeremy à New Canaan.

Les yeux de Serena se mirent à briller.

— Tu veux rire ? Nous aussi ! Mon frère est étudiant là-bas, on dort chez lui. On y va ensemble ?

Nate fronça les sourcils. Aller à Brown avec Serena ne faisait pas franchement partie des choses permises par le manuel du parfait petit ami d'Olivia Waldorf. Mais qui avait dit qu'il devait se plier à ses exigences ?

— Ça marche, dit Jeremy. Ça s'annonce bien.

— Cool, dit Serena. Vous pourrez sûrement dormir avec nous chez mon frère.

Elle se retourna et fit un signe au garçon pâle et débraillé qui était avachi au bar.

— Hé, Dan, viens voir.

Il se leva et s'approcha. Serena remarqua qu'il avait l'air un peu triste.

— Les garçons, voici Dan. Dan, je te présente Nate, Charlie, Jeremy et Anthony. On va faire la route ensemble jusqu'à Brown.

Serena fit un sourire radieux à Dan, il essaya de le lui rendre – et il y réussit, non sans mal. Pourquoi n'étaient-ils pas montés dans le train plus tôt ? Ils auraient déjà commencé à se partager joyeusement leur bouteille de vin en mangeant les sandwiches de la cuisinière de Serena, au lieu de se retrouver en compagnie de quatre types de St. Jude pourris gâtés qui allaient monopoliser Serena et complètement changer la tonalité du voyage. Il n'y aurait pas de murmures échangés en se tenant la main sous la table, lors de dîners qui s'éterniseraient. Pas de nuit passée tous les deux par terre dans la chambre de son frère. Ce n'était plus un week-end romantique : c'était la tournée des facs, une fiesta sans importance.

Yahou !

Dan ne s'était jamais senti aussi déçu.

— Cool, lâcha-t-il.

Si seulement il pouvait se retrouver dans sa chambre, à écrire sur ce qu'aurait pu être ce week-end.

— Allez, c'est parti. On ferait mieux de ne pas rater ce train, dit Charlie.

Serena glissa son bras sous celui de Dan et l'entraîna dans la montée d'escaliers.

— Allez ! cria-t-elle en courant.

Dan trébucha à sa suite. Il n'avait pas le choix.

Nate leur emboîta le pas, il se sentait lui aussi un peu triste. Si seulement il était venu accompagné. Et ce n'était pas à Olivia qu'il pensait.

best western contre motel 6

— On devrait peut-être passer à Middletown, sur la route, et jeter un coup d'œil à l'université de Wesleyan, suggéra Aaron.

Il appuya sur l'allume-cigare et fit glisser le toit ouvrant de la Saab.

Ils venaient d'entrer sur l'I-95, dans le Connecticut. Olivia n'avait pas ouvert la bouche depuis qu'Aaron avait réussi, tant bien que mal, à les faire sortir de New York. La stéréo diffusait un genre de reggae hippie joyeux dont elle n'avait jamais entendu parler.

« *You want to lively up yourself*[1]. »

Olivia se mit en chaussettes et posa ses pieds sur le tableau de bord.

— Je ne postule qu'à Yale, dit-elle. Mais on peut passer par Wesleyan si tu veux.

Aaron sortit une cigarette d'une drôle de petite boîte en fer blanc et l'alluma. Il pencha la tête vers Olivia.

— Qu'est-ce qui te fait croire que tu vas être acceptée ? demanda-t-il.

1. « Il faut t'éclater. » *(N.d.T.)*

Olivia haussa les épaules.

— Depuis que je suis toute petite, j'ai prévu d'y aller, dit-elle en guise d'explication. C'est de l'herbe ?

— Mais non ! dit Aaron en souriant. C'est des cigarettes à base de plantes. Tu veux essayer ?

Olivia fit une grimace et sortit de son sac un paquet de menthols ultra lights.

— Je préfère ça, dit-elle.

— Ça te tuera, fit remarquer Aaron.

Il fit glisser la voiture dans la voie centrale et tira profondément sur sa cigarette.

— Alors que celles-ci sont 100 % naturelles.

Olivia tourna le regard vers la fenêtre. Elle n'avait vraiment pas envie de se prendre un sermon sur les vertus holistiques des cigarettes spéciales d'Aaron.

— Merci, mais non merci, dit-elle en espérant ainsi mettre un terme à la conversation.

— Voyons… J'essaie de m'imaginer si tu es une grosse fêtarde ou non, dit Aaron. Quelque chose me dit que quand tu te lâches, tu peux faire des trucs complètement dingues.

Olivia ne quitta pas la fenêtre du regard. D'accord, il avait raison, mais elle se foutait totalement de ce qu'Aaron pouvait bien penser. Qu'il pense ce qu'il voulait.

— Pas vraiment, dit-elle en tirant une bouffée de sa cigarette.

— Tu as un copain ?

— Oui.

— Mais il ne veut pas aller à Yale ?

— Non. Enfin, si, il veut bien, rectifia Olivia, mais il est parti faire un tour à Brown ce week-end. Avec des copains.

Aaron hocha la tête.

— Je vois.

Il y avait quelque chose dans sa façon de dire ça, qui exaspéra Olivia au plus haut point. C'était comme s'il avait tout compris pour Nate et elle, comme s'il savait qu'elle l'avait quasiment supplié à genoux de venir à New Haven avec elle, mais qu'il avait refusé.

Aaron pouvait aller se faire foutre. À cause de lui, maintenant, elle avait l'impression d'être une merde.

— De toute façon, ça ne te regarde pas, balança Olivia avec hargne. On roule et c'est tout, d'accord ?

Aaron secoua la tête et désigna la boîte de cigarettes à base de plantes, qu'il avait mise sur le tableau de bord.

— Tu es sûre que t'en veux pas une ? Ça te détendrait.

Olivia fit non de la tête.

— Très bien, dit Aaron.

Il passa sur la file de gauche et fit monter le moteur à cent quarante.

Olivia jeta un coup d'œil à la main qu'il laissait posée sur le levier de vitesses. Il portait une bague en argent en forme de serpent au pouce, dont l'ongle était noir violacé à cause d'une blessure. S'il n'avait pas été quasiment son demi-frère, ça aurait été plutôt sexy.

Sauf qu'il l'était, alors oublie.

Dan était tellement déprimé qu'il ne pensait même pas à fumer avec les copains de Nate, à l'arrière. Pendant tout le trajet de train jusqu'à Ridgefield, Serena, Nate et ses amis avaient parlé de choses que Dan ne connaissait pas. De bars dont il n'avait jamais entendu parler, d'endroits à la campagne où il n'était jamais allé faire de voile ni jouer au tennis. Dan avait passé l'été précédent à travailler, la moitié du temps dans une librairie de Broadway et l'autre, dans une brasserie. Il avait droit à des livres gratuits à la librairie et pouvait boire du café à volonté à la brasserie. Génial. Mais il avait gardé pour lui ce petit fait insolite. C'était tout sauf glamour.

Dan savait que Serena n'essayait pas d'être snob. Elle n'était pas comme ça. Elle n'avait pas besoin de gravir l'échelle sociale – elle était déjà tout en haut. Ce qui le déprimait, c'était qu'elle n'ait pas envie de se retrouver seule avec lui, comme lui en avait envie. Sinon, elle n'aurait pas transformé leur week-end en amoureux en soirée pyjama déjantée.

— Qui en veut une ? lança Serena depuis le siège avant.

Elle se tourna et tint en suspension un pack de six Bud' au-dessus du siège arrière.

— Moi ! s'exclamèrent goulûment les quatre autres garçons, y compris Nate, qui était au volant.

— N'y compte pas, Nate, dit Serena. Tu devras attendre qu'on arrive.

— Allez, arrête, soupira-t-il. De toute façon, j'étais défoncé quand j'ai passé mon permis.

— Désolée, lui dit Serena en passant une bière à Charlie. T'as voulu jouer au papa qui conduit, maintenant, tu assumes.

Anthony gloussa et donna un coup de genou à l'arrière du siège du conducteur.

— Papa, quand est-ce qu'on arrive ?

— Taisez-vous, derrière, cria Nate d'un ton

bourru. Sinon, je m'arrête et c'est la fessée pour tout le monde.

Le siège arrière explosa de rire.

Voûté, près de la vitre, Dan regardait défiler les panneaux sur l'I-95 ; il détestait Nate et ses amis. D'abord, ils avaient pris sa sœur et maintenant, sa copine. Eux qui avaient déjà tout ce qu'ils voulaient, servi sur un putain de plateau d'argent. Dan savait que ce n'était pas très juste, mais il n'avait pas envie d'être juste. Il était énervé.

Il alla chercher une Camel dans sa poche, en tremblant plus que jamais.

Une chose était sûre. Il ne serait pas venu pour rien. Demain, il allait réussir son putain d'entretien d'entrée à Brown.

Aaron vit un panneau indiquant un Motel 6 une trentaine de kilomètres avant New Haven et bifurqua dans cette direction.

— Qu'est-ce que tu fais ? dit Olivia. On n'est pas encore arrivés.

— Je sais, mais c'est un Motel 6. On est assez près, dit Aaron, comme si ça expliquait tout.

— Qu'est-ce qu'ils ont de si particulier, les Motels 6 ?

— Propres, pas chers, câblés. Et des distributeurs automatiques d'enfer.

— Moi qui croyais qu'on irait dans un endroit sympa avec service d'étage, dit Olivia.

Elle n'avait jamais passé la nuit dans un motel.

— Fais-moi confiance, dit Aaron en se garant devant la réception.

Olivia resta dans la voiture, bras croisés, l'air boudeur, pendant qu'Aaron allait chercher les clefs. Il essayait de se mettre au niveau des gens, il faisait semblant de ne pas être un gosse de riche. C'était vraiment agaçant. En plus, elle trouvait un peu glauque de débarquer dans un motel dans une Saab rouge avec un mec à dreadlocks. Le parking était sombre, les chambres avaient toutes les rideaux tirés. On aurait dit le genre d'endroit où l'on vient pour disparaître.

Aaron revint avec une clé.

— Il ne leur restait qu'une seule chambre. Avec un grand lit. Ça te va ?

Olivia était sûre qu'Aaron s'attendait à ce qu'elle pique sa crise et exige sa propre chambre.

— D'accord, lâcha-t-elle.

Elle ferait avec.

Aaron remonta dans la voiture, fit crisser les pneus au démarrage et quitta le parking pour rejoindre la route principale.

— Et où on va, maintenant ? s'insurgea Olivia.

Elle détestait la façon qu'avait Aaron de faire exactement ce qui lui chantait, sans jamais se préoccuper de ce qu'elle voulait.

— Ce qui est génial, avec les Motels 6, c'est qu'ils sont toujours situés pas loin de centres commerciaux bien nazes, où on trouve tout ce dont on a besoin, expliqua-t-il.

Il entra sur le parking d'un supermarché Shop'n' Save et sortit de son portefeuille la carte de crédit de sa mère.

— Allez, on va claquer du fric, dit-il.

Olivia leva les yeux au ciel.

Au moins, il savait faire chauffer la carte de crédit.

Nate conduisit jusqu'à ce qu'il n'en puisse plus. Ses amis gloussaient sur le siège arrière depuis deux heures et demie et il avait besoin d'une bière.

— Je me gare, dit-il. Je viens de voir une enseigne Best Western. C'est bien, non ?

— Avec ma famille, on a passé la nuit dans une suite Best Western, dans le Nord, quand on est allé déposer ma sœur en camp. C'était bien, dit Dan.

— Ils ont des suites ? dit Jeremy. Moi je croyais que c'était un genre de motels.

— Il y avait le service d'étage, dit Dan, un peu sur la défensive. Et un frigo plein de boissons.

— Allez, c'est décidé, on prend une suite, dit Charlie.

Dan ferma les yeux et pria pour qu'il n'y ait pas de suites dans ce Best Western-là. Il restait un espoir pour que Serena et lui partagent une chambre tous les deux. Et que tout finisse par être presque mieux que ce qu'il avait espéré.

Le lit du Motel 6 était couvert de provisions. Des cookies aux pépites de chocolat, des Doritos, des chips, de la bouffe bio, un pudding au chocolat sans lactose, du Minute Maid goût fruits exotiques, du gruyère de soja, des crackers et, bien sûr, des canettes de bière.

— Je te parie que je vais trouver un bon film sur le câble, dit Aaron en se vautrant sur un côté du lit.

Il ouvrit une Bud' et prit une de ses cigarettes spéciales.

Olivia redonna du volume à un oreiller et s'adossa à la tête de lit, genoux soigneusement repliés sous le menton. Elle n'avait jamais vraiment fait ça – mangé des cochonneries et bu de la bière dans un motel avec un garçon qu'elle ne connaissait pas très bien, en regardant des conneries à la télé. C'était, comment dire… différent.

— J'en veux bien une, dit-elle calmement.

Aaron ne quitta pas l'écran des yeux et lui tendit une cannette – sa bague en argent à motif de serpent scintilla.

— Tu vois, je te l'avais dit. *Piège de cristal.* Excellent.

— Et puis une de ça aussi, dit Olivia en montrant du doigt sa cigarette.

Aaron se tourna vers elle et lui fit un petit sourire en coin.

— Je te préviens, tu te sens ultra détendu, après, l'avertit-il.

— D'accord, dit Olivia sur un ton égal.

Elle avait été plutôt stressée ces derniers temps. Pourquoi ne pas se lâcher un peu ?

Aaron lui lança une cigarette et une boîte d'allumettes.

— Fais attention à ne pas inspirer trop vite, tu vas te griller les poumons.

Olivia leva les yeux au ciel, agacée. Elle savait fumer. Dans le dos du T-shirt d'Aaron, il était écrit LE POUVOIR AU PEUPLE, ce qui l'énervait aussi. Il se prenait pour un mec trop cool, hyper gauchiste et politisé. Elle approcha la flamme de l'allumette de sa cigarette. Une petite clope, quelques gorgées de bière, un donut peut-être, et elle se coucherait tôt.

Demain, elle devait affronter son avenir.

La suite Best Western avait deux lits doubles et un canapé convertible. Il y avait des scènes de chasse au mur et la grande fenêtre rectangulaire donnait sur la fête foraine locale, fermée pour l'hiver. La grande roue vacillait dans l'air nocturne comme un squelette obèse. Dan ne parvenait pas à en détacher ses yeux.

Nate et ses copains avaient commandé tout un tas de pizzas et une caisse de bières ; ils étaient allongés en travers des lits, à se battre pour la télécommande. Jeremy voulait regarder des pornos sur la chaîne payante. Nate voulait voir un vieux western-spaghetti sur Bravo. Charlie voulait éteindre toutes les lumières, ouvrir grand les fenêtres et écouter Radiohead sur le lecteur CD.

Serena prenait une douche. Dan sentait la vapeur qui passait sous la porte de la salle de bains, un parfum de lavande et de cire de bougie. Serena chantait. « *Voulez-vous coucher avec moi, ce soir** ? »

Oui. Dan voulait coucher avec elle ce soir. Sérieusement, même. Mais apparemment, c'était mal parti.

— Hé, les gars, vous n'avez pas intérêt à mettre du gras sur mon lit, prévint Serena en ouvrant la porte de la salle de bains, le corps enveloppé d'une grande serviette d'hôtel blanche.

— C'est lequel, ton lit ? demanda Anthony en rotant bruyamment.

— Je n'ai pas encore décidé, répondit Serena. Mais si tu rotes et pètes sur celui-là, je vais sûrement dormir dans l'autre.

Elle traversa la chambre, ouvrit son sac et en sortit un sweat-shirt gris et un caleçon en pilou écossais.

Tous les garçons, sans exception, la suivirent des yeux. Il était difficile de faire autrement.

— Et ne mangez pas toute la pizza non plus, lança-t-elle en repartant vers la salle de bains, pour se changer. Je meurs de faim.

Dan s'alluma une cigarette, les mains plus tremblantes que jamais. Il quitta la chaise à côté de la fenêtre, attrapa une bière sur le lit et s'installa sur le canapé. Il n'avait rien de mieux à faire. Autant se prendre une bonne cuite.

Serena ressortit de la salle de bains vêtue de son sweat et de son caleçon. Elle prit une canette, une part de pizza et vint s'installer sur le canapé, à côté de Dan. C'était un tel soulagement, d'être avec les quatre autres garçons pour ce voyage. Le poème que Dan lui avait envoyé parlait d'amour, de mort, il disait que s'il voulait continuer à vivre, c'était pour elle. Serena aimait beaucoup Dan, mais il avait vraiment besoin de se détendre.

— Allez, à l'université ! dit-elle en trinquant de sa part de pizza contre la canette de Dan. Ce serait marrant si on se retrouvait à Brown tous ensemble, non ?

Dan acquiesça, termina sa bière et se leva pour aller s'en chercher une autre. *Oh oui, ce serait vraiment marrant*, pensa-t-il.

Hilarant, même.

Olivia, allongée sur le lit, tenait un cracker devant son œil gauche et plissait le droit en direction du plafond. Une minuscule araignée se dirigeait vers le lustre.

— Dégueu. Y a une araignée au plafond, dit-elle à Aaron.

Elle avait bu trois bières, mangé quatre donuts. Elle en était au dessert : crackers tartinés de cheddar en spray.

— Tu sais ce qu'on a oublié ? dit Aaron en poussant du pied les canettes de bière vides hors du lit et en enfournant une poignée de Doritos dans sa bouche.

— L'eau ? dit Olivia.

Elle avait ingurgité tellement de sucre, de sel, de gras qu'elle mourait de soif.

Et les trois cigarettes à base de plantes qu'elle avait fumées n'avaient rien arrangé.

— Non, dit Aaron. Les bonbons.

Olivia sourit. Un Kit Kat, ce serait bien.

— D'accord, admit-elle.

Ils sortirent de leur chambre sur la pointe des pieds et empruntèrent le couloir, vers le distributeur automatique. Olivia éclata de rire en voyant la moquette dans le hall. Marron avec des spirales rouges. Mais qui pouvait bien décorer ce genre d'endroit ?

Aaron se tenait devant le distributeur, sourcils froncés.

— Je n'arrive pas à me décider, dit-il.

Olivia se mit à côté de lui. Il y avait des Kit Kat, mais aussi des Twix, des Snickers et des Mars. Une décision difficile.

— On a combien en monnaie ? demanda-t-elle avec sérieux.

Aaron tendit la main. Ils avaient assez pour exactement deux barres chocolatées et demie. Ou deux barres chocolatées et des chewing-gums.

Olivia éclata de rire à nouveau.

— J'ai les meilleures notes en math et je ne suis même pas capable de choisir des bonbons, dit-elle.

Aaron prit trois pièces et les mit dans la fente. Puis il saisit la main d'Olivia.

— Allez, ferme les yeux et appuie au hasard.

Il guida sa main vers la machine jusqu'à ce que ses doigts frôlent les boutons. Elle appuya sur l'un d'entre eux et entendit quelque chose tomber. Elle se baissa pour voir ce que c'était.

— Attends ! s'écria Aaron, en l'arrêtant. On en fait un autre et, ensuite, on verra ce qu'on a.

Il glissa trois autres pièces dans la fente.

Olivia essaya de se rappeler où étaient les Kit Kat, sans y parvenir. Elle appuya sur un deuxième bouton et quelque chose d'autre tomba dans la machine. Elle ouvrit les yeux et se précipita pour mettre la main sur leur butin. Un Mars et une boîte de Tic-Tac.

— Des Tic-Tac ? Ah non ! s'écria-t-elle.

— Oh si ! dit Aaron en lui arrachant le Mars des mains et en s'enfuyant à toutes jambes dans le couloir.

— Attends, c'est à moi, ça ! hurla Olivia en cavalant derrière lui, ses chaussettes glissant sur la fine moquette.

Il était un peu plus de deux heures du matin. Son entretien était dans moins de neuf heures et elle devait reconnaître, quoique à contrecœur, qu'elle s'amusait plutôt bien.

Yale ? Rien à battre.

Dan était allongé sur le canapé, il écoutait Charlie ronfler à côté de lui. À l'autre bout de la chambre, Serena dormait dans un des lits doubles avec Anthony ou Nate, peut-être ? Il n'arrivait pas à savoir.

La bouche entrouverte de Serena laissait apparaître ses dents de devant, qui luisaient au clair de lune. Dehors, la grande roue, menaçante, les observait tel un œil gigantesque. Dan se retourna, pour se trouver face au mur. Il voulait se lever pour écrire un poème, mais il avait oublié son carnet. Il avait cru qu'il passerait de si bons moments avec Serena qu'il n'aurait pas envie d'écrire de choses sérieuses ce week-end. Il commençait à peine à apprendre que rien ne se passe jamais comme on l'imagine.

La vie, c'est nul et après on meurt. C'est peut-être ce que Sartre avait voulu dire, en fait, dans *Huis clos*.

Il repoussa les couvertures et se leva. En allant vers la salle de bains pour prendre un verre d'eau, il passa à côté du lit où dormaient Serena et Nate. C'était bien Nate – il le voyait, maintenant. Et sur l'oreiller entre eux, il y avait leurs mains… étroitement jointes.

Ils se tenaient la main dans leur sommeil.

Dan s'éloigna, prit un stylo sur la table de nuit et s'enferma dans la salle de bains.

Quand on éprouve le besoin incontrôlable d'écrire un poème à fendre le cœur sur l'absurdité de l'existence humaine, le papier toilette peut toujours faire l'affaire, à la rigueur.

Olivia sentait bien qu'elle était plongée dans un drôle de sommeil. Le paquet de cookies était très près de son visage et elle avait gardé son soutien-gorge, mais elle s'occuperait de ça demain matin. Son ventre était plein et chaud, elle aurait vraiment dû essayer de se faire vomir si elle voulait encore rentrer dans son pantalon en cuir préféré, mais ça aussi, ça pouvait attendre demain matin. À côté d'elle, Aaron riait dans son sommeil, en battant des mains, comme s'il essayait d'appeler son chien. *Woofie ?* C'était ça, le nom de son chien ? Olivia se concentra, mais ça ne lui revenait pas. Elle n'arrivait même pas à se souvenir pourquoi elle était là, dans cette chambre de motel bizarre, avec Aaron et ses dreadlocks. Mais c'était agréable de s'endormir dans une odeur de cookies au chocolat et de fumée à l'odeur de pin des cigarettes cent pour cent naturelles. Ça lui rappelait Nate.

Hmm. En voilà une qui s'est lâchée, on dirait. Et on dirait bien aussi qu'elle a oublié de demander à se faire réveiller par la réception.

gossipgirl.net

thèmes ◀ précédent suivant ▶ envoyer une question répondre

Avertissement : tous les noms de lieux, personnes et événements ont été modifiés ou abrégés afin de protéger les innocents. En l'occurrence, moi.

salut à tous !

LES DERNIERS EN VILLE

Bon, où êtes-vous tous passés ? Je suis une grosse naze parce que je reste à New York ce week-end, c'est ça ? J'ai visité toutes les universités cet été, moi – d'accord, je suis naze. De toute façon, je les connais, celles où il faut aller, et celles à éviter. Et ce que je ne sais pas, je le trouve dans les brochures. Si j'allais faire la tournée des facs maintenant, ce serait seulement pour m'éclater avec les copains et franchement, je trouve que pour la fête, New York est numéro un au classement.
Enfin… Il n'y a peut-être personne en ville, mais on reste en contact. Jetez un œil à ces e-mails que je viens de recevoir…

Vos e-mails :

Q: Yo, Gossip Girl,
Je travaille au Motel 6 près d'Orange, dans le Connecticut. Alors voilà que débarque un mec super mignon avec une jolie petite Saab rouge immatriculée à New York. J'ai voulu voir avec qui il se pointait. Franchement, la fille avait l'air d'une pétasse, pas du

tout son genre. Bref, j'ai quitté le boulot, je suis rentrée chez moi, mais je sais qu'ils ont carrément fait la fête toute la nuit dans leur chambre, parce que dans tout le couloir il y avait une odeur de fumée bizarre. Quand je suis partie, les phares de leur voiture étaient allumés. J'espère qu'ils les ont éteints sinon la batterie sera morte aujourd'hui.
Kiera3

R: Chère Kiera3,
Mince, ***O*** risque d'avoir une matinée difficile.
GG

Q: Salut Gossip Girl,
Je suis allée à Yale vendredi, moi aussi, et j'ai dormi au Motel 6. Bon. Je sais que ***O*** et son demi-frère sont presque de la même famille, et tout. Mais je jure que je les ai vus batifoler sur le parking. Franchement, c'est pas dégueu, ça ?
MissPink

R: Chère MissPink,
Je préfère ne pas te croire parce que, si, c'est dégueu.
GG

Q: Chère Gossip Girl,
J'ai entendu dire que les flics se sont pointés dans un Best Western, quelque part dans le Massachusetts et ils ont embarqué tout un groupe de jeunes. Apparemment toutes les personnes impliquées ont passé la nuit en prison. Je pensais que ça t'intéresserait.
Libellule

R: Chère Libellule,

Je ne sais pas si nos amis sont assez idiots pour se faire pincer… J'espère que non !

GG

ON A VU

Restons en ville, voulez-vous ? ***J*** se morfondant à **Central Park**, vendredi après l'école. J'imagine que ***N*** lui manque terriblement. ***V*** mettant la touche finale à son film. Elle organise une avant-première au **Five and Dime** ce week-end. Plutôt impudent de sa part, si vous voulez mon avis. ***D*** achetant des rasoirs neufs dans une pharmacie sur la 42e, avant de rallier la gare de **Grand Central**, vendredi. J'imagine qu'il voulait être tout beau et rasé de frais pour ***S***. ***A*** achetant une carte Hallmark cucul la praline dans une papeterie vendredi, en allant chercher sa voiture. Je me demande bien pour qui ?

Et voilà, c'est tout pour aujourd'hui. Mais je suis sûre qu'on aura du nouveau dès que tout le monde sera rentré.

Continuez comme ça.

Vous m'adorez, ne dites pas le contraire.

gossip girl

le lendemain matin

Le soleil se déversait par la fenêtre, frappant le paquet de cookies assez fort pour faire fondre les pépites de chocolat. Olivia fut réveillée par l'odeur de chocolat gluant. Elle se tourna d'un côté, cogna dans Aaron, roula de l'autre côté et écrasa le paquet de Doritos à demi vide.

— Merde, marmonna-t-elle à voix basse.

Elle approcha sa montre de son visage et la fixa. Son entretien à Yale avait lieu à onze heures. Elle avait le nez dans un sac de Doritos, dans une chambre de motel à Trou du Cul City, Connecticut, et il était déjà *dix heures*.

— Putain ! cria Olivia, en bondissant hors du lit. Aaron, réveille-toi. Tout de suite !

Il était plutôt difficile de ne pas remarquer la panique dans sa voix.

— Quelle heure il est ? bafouilla-t-il.

Il se mit en position assise, en secouant sa tête d'avant en arrière d'un air endormi.

— Dix heures et trois minutes ! lui brailla Olivia, en fouillant dans son sac.

Elle ne s'était même pas donné la peine de suspendre ses vêtements, sa jupe pour l'entretien était toute froissée. Elle était folle ou quoi ? C'était quand même le jour le plus important de sa vie, non ?

— T'en fais pas, dit Aaron.

La chose à ne pas dire.

— *La ferme !* hurla Olivia, en lui envoyant un mocassin Gucci noir à la figure. Tout ça c'est ta faute !

Aaron passa la main sous les couvertures pour se gratter les fesses.

— Qu'est-ce qui est ma faute ?

— Tais-toi, c'est tout, dit Olivia.

Elle entassa ses vêtements, se dirigea d'un pas menaçant vers la salle de bains, et claqua la porte.

— Je vais voir s'ils ont du café à la réception, lui lança Aaron. Je règle la chambre et je t'attends à côté de la voiture.

Il posa ses pieds sur le sol et enfila son jean. Puis il se mit debout et examina son reflet dans le miroir de la chambre. Une dreadlock rebelle se dressait au milieu de son crâne. Il y avait une tache de chocolat sur son T-shirt. Aaron haussa les épaules. Ce n'était pas lui qui passait l'entretien. Il attrapa sa veste et la clef de la chambre. Pas question qu'Olivia l'accuse d'avoir foutu sa vie en l'air. Il allait l'emmener là-bas à temps.

Sous la douche, Olivia se frictionna furieusement tout en revenant mentalement sur les questions posées pendant la préparation à l'entretien.

Pourquoi Yale ? Parce que c'est la meilleure université. Je ne fais pas des études pour m'amuser. Je veux les meilleurs professeurs, les meilleurs cursus et les meilleurs équipements. Je ne veux pas me tourner les pouces ces quatre prochaines années. Je veux des défis.

Parlez-moi de vous. Quel genre de personne êtes-vous ? Je suis très organisée (petit rire). Mes amis me trouvent tatillonne. Je suis ambitieuse. Je ne supporte pas de n'être que moyenne dans quoi que ce soit. Je suis déterminée. Je me pousse à faire du mieux que je peux. Je pense que je suis un peu obstinée. Je suis très sociable. J'organise des soirées et des galas de bienfaisance. J'essaie de me tenir au courant de l'actualité, mais avec toute la lecture pour l'école, je dois admettre que je ne lis pas le journal tous les jours. J'adore les animaux. J'essaie de bien me comporter vis-à-vis de ma famille et de faire des choses pour eux sans qu'ils aient besoin de me le demander.

Qui est votre modèle ? J'en ai deux. Jacqueline Kennedy Onassis et Audrey Hepburn. Toutes deux étaient des femmes remarquables, fortes, respectées, superbes. Pleines de grâce.

Olivia referma le robinet et attrapa une serviette. Elle n'avait pas le temps de se laver les cheveux. Elle espérait qu'ils ne puaient pas trop la fumée. Elle observa son visage dans le miroir. Elle avait les yeux bouffis et un petit bouton rose luisait au-dessus de son sourcil gauche. Elle se vaporisa le visage de tonique au concombre et appliqua un peu d'anti-cernes « La Mer » sous ses yeux. Yale ne la choisirait pas sur son physique, de toute façon. Elle enfila sa chemise bleu clair Calvin Klein, sa jupe noire plissée DKNY et des collants noirs. Puis elle se brossa les cheveux et se fit une queue-de-cheval lâche. Voilà. Elle avait l'air du genre qui aime traîner dans les librairies pour lire de la poésie. Elle avait l'air sérieuse et intelligente.

Olivia fouilla dans sa trousse à maquillage, à la recherche de son poudrier Stila. D'un coup de pinceau, elle rosit légèrement ses joues, l'arête de son nez et son front. Puis elle étala un peu de gloss transparent sur ses lèvres. Elle ne pouvait pas être plus prête.

Ignorant les nœuds dans son estomac ballonné, barbouillé, Olivia fourra ses affaires dans son sac, enfila ses mocassins Gucci, son manteau en laine noir et sortit de la chambre au pas de charge. Elle était organisée, ambitieuse, déterminée, au fait de l'actualité… Elle atteignit le bas de l'escalier et ouvrit la porte donnant sur le parking. Le capot de la Saab était ouvert. Aaron était penché au-dessus du moteur, en train d'attacher une sorte de pince à la batterie. Olivia s'arrêta et retint sa respiration. Putain, qu'est-ce qui se passait avec cette foutue bagnole ?

Aaron se retourna et la regarda en plissant des yeux.

— La batterie est morte, dit-il. On a dû laisser les phares allumés toute la nuit.

— Comment ça, « on » ?

Olivia laissa tomber son sac et tapa du pied avec colère.

— Et maintenant, comment je vais faire ? gémit-elle.

— La patronne de l'hôtel va nous aider à démarrer, dit Aaron en repoussant ses dreadlocks derrière ses oreilles. C'est cool.

— Excuse-moi, mais ce n'est *pas cool* ! On devrait

déjà y être ! hurla Olivia, bien qu'Aaron se trouvât juste devant elle.

Une blonde décolorée d'une quarantaine d'années vint garer un vieux break marron à côté de la Saab. Elle laissa le moteur tourner et sortit.

— Allez, on se dépêche, dit-elle à Aaron. Je n'aime pas laisser sonner le téléphone.

Elle souleva le capot de son break.

Olivia jeta un nouveau coup d'œil à sa montre. Dix heures trente.

— On est loin de Yale ? demanda-t-elle.

— L'université ? À quarante kilomètres, répondit la femme. Mon fils y va. Il met une vingtaine de minutes.

Olivia fronça les sourcils. Il ne lui était jamais venu à l'idée que les fils de gérants de Motels 6 pouvaient aller à Yale.

— Il va nous falloir combien de temps pour la faire redémarrer ?

Aaron tendit les câbles à la femme. Il éclata de rire.

— Oh, entre cinq minutes et deux heures, dit-il en faisant un clin d'œil à la patronne de l'hôtel.

Olivia croisa les bras sur sa poitrine.

— On n'a pas deux heures !

Aaron ouvrit la portière de la Saab et démarra, en faisant rugir le moteur plusieurs fois, pour être sûr qu'elle était bel et bien prête à partir. Il laissa la voiture tourner et fit signe à Olivia de monter.

— Tu as de la chance, dit-il en faisant un autre clin d'œil à la femme.

Celle-ci arrêta sa voiture et Aaron retira les câbles, referma le capot de la Saab puis monta à côté d'Olivia. Il sortit une enveloppe de la poche de sa veste et la lui tendit.

Olivia l'ouvrit. C'était une carte Hallmark cucul la praline avec une petite fille dessinée dessus. Il était écrit : À MA SŒUR, POUR SA JOURNÉE TRÈS SPÉCIALE.

— Prête ? dit Aaron.

Olivia referma la carte.

— Conduis, s'il te plaît, ordonna-t-elle.

Elle toucha le bouton sur son front. Elle avait l'impression qu'il grossissait de manière exponentielle à chaque minute qui passait.

Quelle est votre plus grande force ?

Je n'abandonne jamais.

Et votre plus grande faiblesse ?

Je suis un peu impatiente. Mais rien qu'un peu.

Ouais, tu parles.

j est sympa

— Pourquoi tu n'irais pas faire un jogging, tiens ? suggéra Rufus Humphrey à sa fille le samedi matin.

Il gratta les poils gris et raides qui surgissaient en touffes du col de son maillot de corps jauni.

— Ta mère aimait bien courir.

Jenny prit un air renfrogné. Elle détestait parler de sa mère.

— Maman courait uniquement avec son coach personnel. Ils couchaient ensemble, je te rappelle.

Son père haussa les épaules.

— Tu as l'air de t'ennuyer, c'est tout. Tu veux venir au ciné avec moi ? proposa-t-il.

— Non.

Jenny but une gorgée de son thé.

— Je préfère encore rester ici à regarder la télé.

— Bon, dit son père. Mais quelque chose d'éducatif, alors. Je ne sais pas, *1 rue Sésame*, par exemple.

Il donna une tape sur la tête de Jenny avec son *Times* et se dirigea vers la salle de bains.

Jenny resta assise à la table de la cuisine, les yeux perdus dans son bol. Marx, leur chat tigré obèse, sauta sur la table et vint lui renifler l'oreille.

— Je m'ennuie, lui dit-elle. Et toi, tu t'ennuies aussi ?

Marx s'assit et entreprit de lécher son énorme ventre. Puis il sauta de la table et se dirigea vers sa gamelle pleine de nourriture pour chat.

Dans le doute, mangeons.

Jenny se leva, ouvrit le frigo et resta plantée devant pendant un moment, à en observer le contenu. Du gruyère. Un pamplemousse. Du lait caillé. Une boîte de cornflakes rangée là à l'abri des cafards. Un muffin anglais solitaire.

Le téléphone sonna.

Jenny ne bougea pas. Ça ne pouvait pas être pour elle, de toute façon. Nate, Dan, Serena – ils étaient tous partis.

Il sonna, sonna, sonna.

— Jenny, merde à la fin ! entendit-elle son père hurler depuis la salle de bains.

Elle claqua la porte du frigo et décrocha.

— Allô ?

— Salut, Jennifer, c'est Vanessa.

— Salut, fit Jenny.

— Dan est dans le coin ?

— Non. Il est allé passer le week-end à Brown avec Serena. Il ne t'en a pas parlé ?

— Non.

— Bizarre.

— Ouais. On ne se parle pas tellement, ces derniers temps, dit Vanessa.

— Ah.

Jenny repartit vers le frigo et l'ouvrit à nouveau. Du gruyère. Elle pouvait faire fondre du gruyère sur le muffin anglais.

— Enfin, bon, s'il n'est pas là, il n'est pas là, dit Vanessa.

Elle avait l'air vraiment déçue. Déçue et blessée.

Jenny ne croyait pas une seconde à tout ce cinéma de Vanessa avec son copain plus âgé, super cool. Vanessa était raide dingue de Dan. Si Dan avait demandé Vanessa en mariage, à condition qu'elle se laisse pousser les cheveux, porte des couleurs vives et fasse un peu d'exercice, Vanessa l'aurait fait. Jenny avait de la peine pour elle.

Elle reposa le gruyère sur son rayon.

— Hé, j'ai une question un peu bizarre à te poser, dit-elle, décidant de se montrer sympa. T'aurais pas envie de faire quelque chose aujourd'hui ? Je veux dire, avec moi ?

Il y eut un petit instant de pause : Vanessa hésitait.

— D'accord, dit-elle. Je projette mon film à midi au Five and Dime. Tu n'as qu'à venir et après on ira se balader, genre.

Jenny referma le frigo et s'appuya contre. Vanessa n'était pas vraiment la personne qu'elle préférait au monde, mais qu'avait-elle de mieux à faire, puisque Nate était parti ?

— Très bien, fit-elle. Je te retrouve là-bas.

Comment savoir ? Avec un peu de chance, Vanessa et elle pourraient même finir par être amies.

l'entretien : c'est la première impression qui compte

— Merci d'avoir patienté, dit l'homme qui allait recevoir Olivia en entretien.

Il venait enfin de faire son entrée dans la glaciale salle d'attente bleue du service des inscriptions de Yale, où Olivia se tenait assise, raide, sur le bord d'un fauteuil bergère, depuis plus d'un quart d'heure.

Aaron avait failli renverser plusieurs personnes pour l'amener ici à temps et après ça, on l'avait fait attendre. Nerveusement, elle n'était plus qu'une épave.

— Bonjour ! Je suis Olivia Waldorf, couina-t-elle en se levant d'un bond, et en tendant brusquement la main.

L'homme, grand, le teint mat, aux tempes grisonnantes et yeux verts pétillants, lui serra la main.

— Ravi de vous rencontrer, je m'appelle Jason.

Il se tourna et conduisit Olivia dans son bureau. Son pantalon était un peu trop serré aux fesses, remarqua-t-elle.

— Asseyez-vous, dit-il en croisant les jambes et en désignant la chaise en velours bleu située en face de lui.

Il lui faisait penser à son père.

Olivia prit place et croisa les jambes. Elle avait envie de faire pipi. Sur sa jupe, elle aperçut des poils de chat qu'elle n'avait jamais remarqués avant.

— Alors, parlez-moi de vous, dit Jason en lui souriant, avec ses jolis yeux verts.

Verts, comme ceux de Nate.

— Hum, fit Olivia.

Elle n'arrivait pas à se souvenir si cela faisait partie des questions pour lesquelles elle s'était préparée, ou non. Ça lui paraissait tellement vague. *Parlez-moi de vous.* Mais encore ?

Elle fit tourner et retourner sa bague en rubis à son doigt. Elle avait vraiment, vraiment envie de faire pipi.

Elle prit une profonde inspiration et se lança.

— Je vis à New York. J'ai un petit frère. Mes parents sont divorcés. Je vis avec ma mère, qui va bientôt se remarier et mon père vit en France. Il est homo. Il adore faire les boutiques. J'ai un chat et mon nouveau demi-frère, Aaron, a un chien. Mon chat déteste le chien, alors je ne sais pas trop comment ça va se passer.

Elle s'arrêta pour reprendre sa respiration et leva la tête. Elle se rendit compte que pendant tout ce temps, elle avait gardé les yeux fixés sur les chaussures noires à lacets de Jason. Le truc à ne pas faire. Elle était censée le regarder dans les yeux. Elle était censée faire bonne impression.

— Je vois, dit aimablement Jason.

Il écrivit quelques mots sur son bloc.

— Qu'est-ce que vous marquez ? demanda Olivia en se penchant pour voir.

Mon Dieu, encore un truc à ne pas faire, c'était sûr.

— Je prends quelques notes, dit-il, en dissimulant de la main ce qu'il venait d'écrire. Alors, dites-moi pourquoi vous vous intéressez à Yale.

Celle-là, elle l'avait préparée.

— Je veux le meilleur. Je suis la meilleure. Et je mérite le meilleur, déclara-t-elle avec assurance.

Elle fronça les sourcils. Sa réponse lui paraissait bizarre. C'était quoi son problème, aujourd'hui ?

— Mon père est allé à Yale, vous savez, ajouta-t-elle précipitamment. Mais il n'était pas homo, à l'époque.

Plissant le front, Jason griffonna autre chose.

— Ah oui, n'est-ce pas ?

Olivia bâilla discrètement dans son poing. Elle était extrêmement fatiguée et elle avait super mal aux pieds. Elle décroisa les jambes, posa les coudes sur ses genoux et sortit le talon de ses chaussures. C'était mieux.

Sauf que maintenant, on aurait dit qu'elle était assise sur les toilettes.

Pendant que Jason écrivait, ses boutons de manchette en or monogrammés luisaient dans la froide lumière de novembre, qui se répandait par la fenêtre. Le père d'Olivia portait des boutons de manchette comme ceux-là le soir où il l'avait emmenée fêter son anniversaire. Le soir où tout avait basculé.

— Pouvez-vous me parler d'un ouvrage que vous avez lu récemment et que vous avez aimé ? demanda Jason en relevant la tête.

Olivia le regarda fixement. Elle se creusa la tête, à

la recherche d'un titre de livre – n'importe lequel – mais ne parvint pas à en trouver un seul.

Winnie l'Ourson ? La Bible ? Le *dictionnaire*, merde – ce n'était pourtant pas si dur.

Soudain, il y eut un déclic dans son cerveau. Ou plutôt, son cerveau se déconnecta complètement et quelque chose d'autre s'en empara.

Ce n'est pas recommandé lors d'un important entretien pour l'université.

— Je n'ai pas pu lire beaucoup ces derniers mois, confessa Olivia, la lèvre tremblante.

Elle ferma les yeux, comme si elle était souffrante.

— Rien ne va.

Elle était de retour – l'actrice principale de la tragédie de sa vie. Elle s'imagina, scrutant l'océan, sur une plage déserte, vêtue d'un petit imperméable noir, très mode. La pluie et l'eau salée fouettant son visage, se mêlant à ses larmes.

— J'ai volé un pyjama, poursuivit Olivia, théâtrale. Pour mon petit ami. Je ne sais pas ce qui m'a pris, mais je crois que c'est un signe, pas vous ?

Elle jeta un regard à Jason.

— Nate ne m'a même pas remerciée.

Jason, gêné, remua sur son siège.

— Nate ?

Olivia arracha un Kleenex à la boîte posée sur le bureau et se moucha bruyamment.

— J'ai pensé en finir, déclara-t-elle. Je suis sérieuse, c'est vrai. Mais j'essaie d'être forte et de tenir le coup.

Jason avait cessé d'écrire. Un garçon vêtu d'un sweat-shirt Yale passa en courant à toute vitesse devant la fenêtre.

— Et le sport ? Vous vous intéressez au sport ?

Olivia haussa les épaules.

— Je joue au tennis. Mais la seule chose qui m'intéresse pour l'instant, c'est de repartir à zéro. De commencer une nouvelle vie, dit-elle.

Elle ôta complètement sa chaussure droite, posa son pied droit sur son genou gauche et se mit à se masser les orteils.

— Ça a été une période tellement difficile, ajouta-t-elle, l'air épuisée.

Jason remit le capuchon sur son stylo, qu'il glissa dans sa poche de chemise.

— Heu… Vous avez des questions à me poser ? demanda-t-il.

Olivia cessa de se masser les orteils et reposa le pied sur le sol. Elle fit rouler sa chaise vers l'avant et vint poser sa main sur le genou de Jason.

— Promettez-moi d'accepter ma candidature anticipée et je vous jure que je serai la meilleure étudiante que l'université de Yale ait jamais eue, dit-elle avec sérieux. Pouvez-vous me le promettre, Jason ?

Oh non. C'est. Pas. Vrai. Bye-bye l'université de Yale, bienvenue à la fac de troisième zone !

Jason fouilla dans sa poche, en extirpa son stylo et griffonna quelque chose d'autre sur son bloc-notes, qu'il souligna deux fois.

Essayons de deviner ce qu'il venait d'écrire. COMPLÈTEMENT TARÉE ?

— Je vais voir ce que je peux faire, dit Jason.

Il se leva et, à nouveau, lui tendit la main.

— Merci beaucoup de vous être déplacée.

Il lui serra la main.

— Bonne chance.

Olivia renfila ses chaussures et, avec un sourire engageant, conclut :

— On se voit en septembre.

Et là, elle se mit sur la pointe des pieds et l'embrassa sur la joue.

Comme si la première impression n'avait pas suffi.

devinez qui va entrer à brown ?

— Je pensais que je serais plus nerveuse, dit Serena en donnant un coup de pied dans un tas de feuilles mortes devant le bâtiment Corliss-Brackett, petite construction en brique qui abritait le bureau des inscriptions de l'université de Brown.

À son réveil, à l'hôtel, elle tenait la main de Nate. Quand il avait ouvert les yeux, quelques instants plus tard, ils s'étaient souri et Serena avait su que tout se passerait bien entre eux. Il y avait toujours le problème d'Olivia et ils ne seraient plus jamais aussi proches qu'avant, les choses étaient différentes. Mais la méfiance avait quitté les yeux de Nate, le désir aussi. Elle était juste une vieille copine. Elle ne risquait rien.

— Je suis assez calme, moi aussi, dit Nate. C'est vrai, que peut-il m'arriver de pire ? Ne pas être accepté ? Et alors ?

— Ouais, convint Dan, pourtant franchement tendu, lui.

Il se sentait fébrile, tremblant, totalement surcaféiné. Il avait passé deux heures assis dans le hall de l'hôtel ce matin, à lire le journal en buvant café sur café, pendant que les autres prenaient leur temps pour émerger. Il tira une dernière bouffée de sa Camel avant de la jeter dans les buissons.

— Prêts ?

— J'ai l'impression qu'on devrait pousser une sorte de cri de guerre avant d'y aller, pour se motiver, suggéra Serena en resserrant son manteau autour d'elle.

— Ou pas, dit Nate en lui pinçant légèrement le bras.

— Aïe, gloussa Serena.

Elle se vengea d'un coup de poing.

— Crétin !

Dan regarda ses chaussures d'un air morose. Il détestait les voir aussi à l'aise tous les deux, maintenant.

Serena se retourna et embrassa Dan sur la joue.

— Bonne chance, murmura-t-elle.

Comme s'il n'était déjà pas assez nerveux.

Puis elle se tourna de l'autre côté et embrassa Nate à son tour.

— Je te dis merde ! lança celui-ci en ouvrant la porte.

L'homme chargé de recevoir Serena était un monsieur âgé avec des yeux bleus perçants et une épaisse barbe grise. Il ne se donna même pas la peine de se présenter ; il la fit asseoir et commença tout de suite l'interrogatoire.

— Vous vous êtes fait renvoyer de pension, dit-il, tapotant des doigts sur son solide bureau en chêne en parcourant son dossier.

Il releva la tête et enleva ses lunettes.

— Que s'est-il passé ?

Serena sourit poliment. Était-il vraiment obligé de commencer par le sujet qui fâche ?

— Je ne suis pas arrivée à temps pour la rentrée de terminale.

Elle décroisa ses jambes parfaites et les recroisa, en espérant qu'elle n'avait pas montré trop de cuisse. Sa jupe était un petit peu courte.

L'homme fronça ses sourcils gris d'un air sérieux.

— J'ai un peu rallongé mes vacances d'été, expliqua Serena. Ça n'a pas plu.

Elle mit son pouce dans sa bouche pour se ronger l'ongle et le retira précipitamment. Elle allait y arriver.

— Je vois. Et vous étiez où ? Coincée sur une île dans le Pacifique ? Bénévole dans une ONG ? aboya l'homme. Vous construisiez des latrines au Salvador ? Quoi ?

Serena secoua la tête, soudain honteuse.

— J'étais dans le Sud de la France, glapit-elle.

— Aha. Le français. Vous êtes douée au moins ? demanda-t-il.

Il remit ses lunettes et jeta un coup d'œil au dossier de Serena.

— Vous, les filles des écoles privées, à New York, vous apprenez toutes le français dès la maternelle, non ?

— À partir du CE2, corrigea Serena en glissant une mèche derrière son oreille.

Elle n'allait quand même pas se laisser intimider par ce type.

— Et votre ancienne école a accepté de vous reprendre quand l'Hanover Academy vous a envoyées promener ? C'était bien gentil de sa part, remarqua-t-il.

— Oui, dit Serena.

Sa voix était un peu plus humble qu'elle ne l'aurait souhaitée.

L'homme leva la tête.

— Et vous avez changé de comportement ?

Serena lui adressa son sourire le plus engageant.

— J'essaie.

La personne qui accueillit Nate s'appelait Brigid. Elle faisait partie de la promotion de l'année précédente et adorait tellement Brown qu'elle avait décroché un poste au bureau des inscriptions. Pour arrondir ses fins de mois, elle passait ses soirées au téléphone à faire de la recherche de fonds pour l'association des anciens élèves. Elle était excessivement enjouée.

— Alors, parlez-moi de vos passions, dit Brigid avec un sourire ravi, qui creusait des fossettes dans ses joues.

Elle avait des cheveux blonds très courts et une carrure de gymnaste. Perchée sur le rebord de son bureau, face à lui, elle tenait un petit bloc-notes blanc.

Nate tortilla des fesses sur l'inconfortable chaise en bois où il était installé. Il n'avait pas vraiment réfléchi à cette histoire d'entretien, parce qu'il n'était même pas certain de vouloir aller à l'université l'année prochaine. Il allait falloir improviser.

— Ma grande passion, c'est la voile, commença-t-il. Mon père et moi, on construit des bateaux, dans le Maine. Et l'été, je fais des courses. J'aimerais bien monter une équipe pour l'America's cup. C'est mon but.

Nate craignait d'avoir l'air d'un pauvre type obsédé par la voile, mais Brigid hocha la tête avec enthousiasme.

— Je suis impressionnée, dit-elle.

Il haussa les épaules.

— Je crois que je travaille plus pour la voile que pour l'école, reconnut-il.

— Eh bien, quand on est vraiment passionné par quelque chose, l'effort ne se sent pas. Le travail paraît amusant, dit Brigid.

Elle sourit joyeusement et écrivit quelque chose sur son bloc-notes. On aurait presque dit que Nate venait de confirmer une des explications de son air guilleret.

Nate se frotta le genou et se pencha en avant.

— Je veux juste dire que mes notes ne sont sûrement pas assez bonnes pour Brown.

Brigid rejeta la tête en arrière et éclata de rire, au point d'en perdre quasiment l'équilibre.

Nate tendit la main pour la retenir.

— Merci, dit-elle en se redressant. Je vais vous dire, j'ai complètement foiré les sciences nat' au lycée et ma candidature a été acceptée. Je sais que ça peut surprendre, mais Brown ne s'attache pas seulement aux résultats scolaires, loin de là. Ce qui nous intéresse, ce sont les personnes, pas des robots avec de bonnes notes partout.

Nate hocha la tête. Brigid était meilleure dans son travail qu'elle ne l'avait laissé paraître au début. Il avait l'impression de lui avoir quasiment dit ne pas être intéressé par Brown, mais elle n'allait pas le laisser s'en sortir comme ça. Elle voulait le forcer à essayer.

— Alors, il y a une équipe de voile, ici ? demanda-t-il.

Brigid hocha la tête avec enthousiasme.

— Une équipe d'enfer, même !

— Alors comme ça, vous êtes un gros lecteur, remarqua Marion, la femme émaciée chargée de recevoir Dan.

Elle était perchée sur le bord de sa chaise, ses jambes maigres entortillées l'une autour de l'autre, comme un bretzel, et gribouillait ses notes sur une fiche bristol.

— Vite, donnez-moi deux titres de livres et dites-moi pourquoi vous avez préféré l'un à l'autre.

Dan se racla la gorge et déglutit. Sa langue lui semblait si sèche et cassante qu'il la croyait sur le point de se briser et de tomber sur le sol. Il se demandait comment se passait l'entretien de Serena. Il espérait que ça allait.

— *Les Souffrances du jeune Werther*, de Goethe, dit-il enfin. Et *Hamlet*, de Shakespeare.

— Bien, dit Marion en inscrivant quelque chose. Allez-y.

— Je sais qu'Hamlet est censé être un prince soldat courageux, mais je le trouve pathétique, commença-t-il.

Les sourcils de Marion se soulevèrent.

— Je me sens plus proche de Werther, poursuivit Dan. C'est un poète. Il vit dans sa tête, mais c'est comme s'il... Comme s'il était amoureux du monde entier. Il ne peut pas s'empêcher d'écrire sur le monde.

— Vous trouvez vraiment le Werther de Goethe

moins pathétique que l'Hamlet de Shakespeare ? demanda Marion.

— Oui, dit Dan, se sentant plus sûr de lui, maintenant. Je sais qu'Hamlet est très préoccupé. Son père a été assassiné, la fille qu'il aime perd la tête, ses amis le trahissent, sa propre mère et son beau-père veulent sa mort.

Marion acquiesça, ouvrit puis ferma son stylobille à bouton-poussoir, dans un petit déclic sec.

— C'est exact, dit-elle. Et l'unique problème de Werther est qu'il est amoureux de Lotte, qui ne l'aime pas vraiment et qui n'est pas libre. Il est complètement obsédé par elle. Il ferait mieux de vivre sa vie.

Dan retint son souffle. Marion semblait avoir touché le point sensible. Il était impossible ne pas le voir. Il était Werther et Serena était Lotte. Elle n'était pas amoureuse de lui. Elle n'était pas libre – après tout, il l'avait vue tenir la main de Nate.

Quant à Dan… Il ferait mieux de vivre sa vie.

Il se mit la tête dans les mains, tout son corps était pris de tremblements. Il craignait de s'effondrer en larmes.

— Je dois dire que je suis impressionnée de la confiance dont vous faites preuve pour évoquer la littérature, remarqua Marion, en griffonnant quelques mots.

Dan ne releva pas la tête. Serena ne l'aimait pas. Tout était tellement limpide désormais.

Marion fit cliquer son stylo à plusieurs reprises.

— Daniel ?

*
* *

L'homme en face de Serena tira sur sa barbe et la regarda en plissant les yeux.

— Vous avez lu un bon bouquin récemment ? demanda-t-il.

Serena se redressa et se concentra. Elle voulait l'impressionner, mais il fallait qu'elle donne un titre qu'elle connaissait au moins vaguement.

— *Huis clos*, de Jean-Paul Sartre…, répondit-elle avec hésitation, se souvenant du livre que Dan lui avait recommandé et qu'elle n'avait même pas terminé.

— Ce n'est pas un livre, c'est une pièce, dit l'homme. Des tas de gens qui se plaignent, en enfer.

— J'ai trouvé ça drôle, insista Serena, se rappelant que Dan avait dit avoir ri. L'enfer, c'est les autres, et tout ça.

C'était tout ce dont elle se souvenait à propos de ce livre.

— Certes. Enfin, vous êtes peut-être plus maligne que moi, dit-il, bien qu'il fût évident qu'il ne le pensait pas. Vous l'avez lu en français ?

— *Mais bien sûr**, mentit sans vergogne Serena.

L'homme fronça les sourcils et nota quelque chose.

Serena tira sa jupe sur ses genoux. Elle avait l'impression que ça ne se passait pas bien, mais elle ne savait pas vraiment pourquoi. Elle avait le sentiment que l'homme ne lui avait pas donné sa chance, comme s'il avait quelque chose contre elle avant même qu'elle ne soit entrée dans la pièce. Sa femme venait peut-être de le quitter et elle était française, ou bien blonde, comme Serena. Ou son chien venait peut-être de mourir.

— Qu'est-ce que vous faites d'autre ? demanda mollement l'homme.

Il n'avait même pas l'air intéressé.

Serena pencha la tête.

— J'ai tourné un film. C'est un peu expérimental, c'était une première pour moi.

— Vous faites des expériences, ça me plaît, dit l'homme.

Il parut subitement se prendre de sympathie pour elle.

— Alors, dites-moi de quoi ça parle. Décrivez-le-moi.

Serena s'assit sur ses mains pour s'empêcher de se ronger les ongles. Comment décrire son film pour qu'il comprenne ? Même elle ne parvenait pas vraiment à le saisir, alors que c'était elle qui l'avait réalisé. Elle prit une grande inspiration.

— Eh bien, la caméra me suit, en restant très près de moi. D'abord, dans un taxi qui va en ville. Ensuite, j'entre dans un super magasin, sur la 14e Rue et je me balade, en décrivant ce que je vois. Pour finir, j'essaie une robe.

L'homme fronça de nouveau les sourcils, et Serena comprit qu'elle avait eu l'air totalement frivole. Elle baissa les yeux vers ses chaussures noires et plates en tapant ses talons l'un contre l'autre, comme Dorothy dans *Le Magicien d'Oz*, quand elle essaie de faire le vœu de rentrer au Kansas.

— C'est plutôt art et essai, ajouta-t-elle, fébrile. Il faut le voir pour comprendre, en fait.

— J'imagine, dit l'homme en dissimulant mal son mépris. Bon, vous avez des questions ?

Serena batailla pour trouver quelque chose qui retourne l'entretien à son avantage. *Montrez-leur que vous êtes intéressée*, disait toujours Mme Glos.

Elle fixa le sol, la nervosité faisait naître de minuscules perles de sueur sur ses paupières. Que ferait son frère dans cette situation ? Il était toujours tellement fort pour se sortir du pétrin. Son expression préférée était : *Qu'ils aillent se faire foutre.*

Exactement, se dit Serena.

Elle avait fait de son mieux. Si ce type ne s'intéressait pas à elle, pour quelque raison que ce soit, eh bien qu'il aille se faire foutre. Elle n'avait pas besoin de Brown, de toute façon. Bien sûr, Erik était étudiant ici, mais elle pouvait faire ce qui lui plaisait et sa famille devrait faire avec, voilà tout. Comme Nate l'avait très bien dit avant leur entretien, qu'est-ce que ça pouvait faire qu'elle ne soit pas acceptée ? Elle irait ailleurs.

Elle leva les yeux.

— Et comment sont les repas à la cafétéria ? demanda-t-elle en sachant pertinemment à quel point sa question était débile.

— Sûrement pas au niveau de ceux que vous aviez dans le sud de la France, répondit l'homme avec un sourire méprisant. Autre chose ?

— Non, dit Serena, en se levant pour lui serrer la main.

En ce qui la concernait, cet entretien était terminé.

— Merci, dit-elle en lui décochant une fois de plus son plus beau sourire.

Puis elle sortit de la pièce, menton en avant.

Sa chance habituelle lui avait fait défaut, cette fois, mais ce fut avec une maîtrise incroyable qu'elle retrouva son calme, comme toujours.

— Alors, parlez-moi de ce que vous avez lu récemment, dit Brigid. Un livre, un article. Quelque chose qui vous a intéressé.

Nate réfléchit un instant. Il ne lisait pas beaucoup. En fait, il survolait à peine les textes qu'il était obligé de lire pour les cours de littérature. En tout cas, il ne lisait pas par plaisir. Mais elle avait mentionné un article… Il devait bien y avoir quelque chose.

Soudain, ça lui revint. Ses amis et lui avaient fait circuler un article du *Times* à propos d'un médicament à base de cannabis, composé de pur THC. Pas de produit chimique, pas de tige, pas de feuille à rouler. Bien entendu, cette pilule était réservée aux malades, mais Nate et ses amis avaient d'autres idées en tête.

— J'ai lu dans le *Times* qu'on fabriquait un médicament à base de cannabis, de THC pur, commença Nate. C'est censé être destiné aux personnes souffrant du cancer ou du sida, pour mieux supporter la douleur. Mais ça a déclenché une controverse. Tout le monde a peur que ça devienne une drogue comme les autres.

— Ça a l'air fascinant, dit Brigid. Mais THC, ça veut dire quoi, au fait ?

— Tétrahydrocannabinol, dit Nate, sans une hésitation.

Brigid se baissa avidement, menaçant de tomber de nouveau.

— Cette pilule que vous évoquez – elle est fabriquée par l'homme. Elle est issue d'un laboratoire, elle a été créée par des scientifiques intelligents et elle est administrée aux malades par des médecins hautement qualifiés. Et pourtant, elle risque de devenir le catalyseur d'un nouvel univers de drogue et de crime.

Nate acquiesça :

— Exactement.

— Vous savez, il y a une spécialisation ici, à Brown, en science et technologie, qui suit ce type de recherches. Vous devriez vous renseigner.

— D'accord, fit-il.

De nouveau, il eut l'impression que Brigid ne lâcherait pas l'affaire tant qu'il n'aurait pas tenté le maximum pour entrer à Brown. Elle était vraiment très motivée.

— Alors, et vous, vous avez des questions ? demanda-t-elle.

Oh, et puis merde, décida Nate. Il n'avait qu'à se lancer.

— Donc, même si mes notes ne sont pas brillantes, vous croyez que je peux tenter une candidature anticipée ?

Olivia le tuerait s'il ne déposait même pas de dossier pour Yale, mais Nate se rendit soudain compte qu'il se fichait bien de ce qu'elle pensait, maintenant. Il aurait l'esprit franchement plus tranquille s'il pouvait ne postuler qu'à une université, s'inscrire et ensuite décider si oui ou non il y allait. S'il entrait effectivement à Brown, il pourrait venir jusqu'ici à la voile depuis le Maine, sur le bateau qu'il avait construit avec son père, et l'entreposer aux environs.

Ce serait pas cool, ça ? Il prit une profonde inspiration et fit jouer les muscles de son mollet. Waouh, il se sentait soulagé.

— Absolument. Faites une candidature anticipée, s'enthousiasma Brigid. Cela montrera vraiment votre motivation. On adore.

— Cool, dit Nate. C'est ce que je vais faire.

Brown, c'était d'enfer. Il était impatient de raconter ça à Jennifer.

— Alors, vous écrivez également, n'est-ce pas, Daniel ? le relança doucement Marion.

Dan retira ses mains de devant ses yeux et parcourut le bureau du regard, d'un air hébété. Dans sa bibliothèque, Marion avait beaucoup de livres sur les hommes, les femmes, les relations amoureuses. Il l'imaginait blottie dans un fauteuil, dans son bureau, une tasse de potage à la main, en train de lire *Les hommes viennent de Mars et les femmes de Vénus.*

Il devrait peut-être demander la permission de le lui emprunter.

— Quel genre de textes écrivez-vous ? lui dit-elle sur un ton engageant.

Dan haussa les épaules d'un air découragé.

— De la poésie, surtout.

Elle acquiesça.

— Quel genre ?

Dan baissa les yeux vers ses chaussures en daim usées. Une rougeur envahit son cou et ses joues.

— Des poèmes d'amour, dit-il.

Oh mon Dieu. Il n'arrivait pas à croire qu'il avait

envoyé ce poème à Serena. Elle l'avait sûrement pris pour un pauvre type obsessionnel.

— Je vois, dit Marion.

Elle fit cliquer son stylo plusieurs fois, en attendant que Dan poursuive.

Mais il resta silencieux, le regard tourné vers la fenêtre, et le feuillage d'automne flamboyant qui décorait le campus typique de Brown. Il s'était imaginé, avec Serena, déambulant, main dans la main, sur la pelouse de l'université, discutant de leurs lectures, de théâtre et de poésie. Il s'était imaginé qu'ils feraient leur lessive ensemble à la laverie, au sous-sol de leur résidence, s'embrassant sur la machine à laver tandis que leurs vêtements tournaient dans le tambour.

Et maintenant, il était incapable de se rappeler pourquoi il avait même souhaité venir à Brown. Tout lui paraissait tellement absurde.

— Excusez-moi, dit-il en se levant. Je dois y aller.

Marion décroisa les jambes.

— Est-ce que ça va ? lui demanda-t-elle, l'air inquiet.

Dan se frotta les yeux et se dirigea vers la sortie.

— J'ai juste besoin d'air, dit-il.

Il ouvrit la porte et lui tendit la main.

— Merci.

À l'extérieur, il fuma une cigarette et contempla le portail Van Wickle, l'entrée officielle du campus de Brown. Il avait lu dans la brochure qu'il ne servait que deux fois par an. Il ne s'ouvrait vers l'intérieur qu'à l'arrivée des nouveaux étudiants avec leur convocation, au début de l'année, et s'ouvrait vers l'extérieur pour laisser sortir les étudiants en fin de cycle après la cérémonie de remise des diplômes.

Dan s'était imaginé, passant fièrement ces portes, Serena à son bras, tous deux vêtus de leurs toges.

Il avait rêvé tant de choses qu'il n'eût pas été surpris de découvrir que Serena elle-même n'était qu'un produit de son imagination.

Eh non.

— Hé, Dan, viens, on se tire, lui lança Serena depuis la voiture. On va rejoindre mon frère, il prend un pot quelque part.

Dan écrasa sa cigarette. *Trop cool*, pensa-t-il sur un ton sarcastique. Il était très motivé à l'idée de prendre une bière et de traîner avec un tas de types dans une fac à laquelle il ne serait pas accepté parce qu'il venait de faire une dépression nerveuse en plein entretien. Il fut tenté de répondre à Serena et aux autres qu'il allait sauter dans un bus et rentrer à la maison.

Mais comme il se retournait, il vit le soleil fondre sur les cheveux d'or de Serena, ses doigts pâles luire autour du volant, et son sourire. Cela ne lui fit pas oublier tous ses soucis, mais suffit à le faire avancer jusqu'à la voiture et monter dedans.

Au moins, il trouverait sûrement matière à inspiration pour de nouveaux poèmes déprimants.

guerre et paix

Jenny était contente d'être venue à la projection de Vanessa au Five and Dime, parce qu'il n'y avait qu'une autre personne dans le public, à part Clark. Mais bon, cela ne semblait pas gêner Vanessa.

— Prends un siège, dit-elle à Jenny en la voyant arriver. On était sur le point de commencer.

Vanessa traversa la pièce et baissa la lumière. Un fond bleu tremblotant apparut sur l'écran de télé au-dessus du bar.

— Attends, dit Clark. Il faut que j'aille pisser.

Ça sentait la cigarette froide et la bière renversée. Une fille vêtue d'un pantalon en cuir bleu et d'un marcel noir était assise, seule, au bar. Elle avait un singe tatoué sur le biceps. Jenny s'installa à côté d'elle.

— Salut, dit la fille en tendant la main, couverte de bagues en argent. Je suis la grande sœur de Vanessa, Ruby.

— Moi c'est Jennifer. J'aime bien ton tatouage.

— Merci. Je prends un Coca, t'en veux un ?

Jenny acquiesça. Ruby tourna la tête en direction de la porte des toilettes ; elle avait des cheveux noirs et une super coupe au carré.

— Hé, tu nous sers deux Coca, d'accord ?

— À ton service ! lui cria Clark en sortant des toilettes.

— J'aime bien le faire travailler. L'argent, ça se mérite, plaisanta Ruby.

Vanessa se laissa tomber sur le tabouret de bar à côté de Jenny et balança ses jambes avec impatience.

— Bon, on commence ou quoi ?

Elle s'était de nouveau rasé la tête récemment. Le résultat était particulièrement étrange, une sorte de coupe au bol. Jenny se demandait si elle devait dire quelque chose du genre : « Jolie, ta coiffure. » Mais elle jugea que ça ferait bizarre.

Clark remplit deux verres de Coca et les fit glisser sur le comptoir. Il appuya sur le magnétoscope, fit le tour du bar et mit le bras autour de la taille de Vanessa.

— Et maintenant, notre grand film de ce soir, dit-il en prenant une voix de bande-annonce.

— Regardez et taisez-vous, dit Vanessa d'un air revêche.

Jenny posa les yeux sur l'écran ; le film débuta. La caméra se baladait sur la 23e Rue, sur les traces de Marjorie Jaffe, lycéenne en première à Constance, qui se dirigeait vers le parc de Madison Square. Marjorie avait des cheveux roux bouclés et elle portait une écharpe vert vif.

Le vert vif, c'est bien, si on le porte avec un petit côté décalé – ce qui n'était pas le cas de Marjorie.

Elle traversa la rue et entra dans le parc. Là, elle s'immobilisa et la caméra centra sur son visage. Elle mâchait un chewing-gum, qu'elle faisait lentement jouer entre ses dents tout en scrutant le parc, à la recherche de quelqu'un. À la commissure de ses lèvres, on apercevait un vilain bouton de fièvre qu'elle avait essayé, en vain, de camoufler à l'aide d'un correcteur de teint. Ce n'était pas beau à voir.

Finalement, Marjorie parut trouver ce qu'elle cherchait. La caméra la suivit tandis qu'elle se dirigeait hâtivement vers un banc. Et sur le banc, il y avait Dan.

Il était étendu sur le dos, un bras ballant, les doigts traînant par terre. Ses vêtements étaient froissés, ses chaussures délacées. Une pipe à crack en verre était posée sur sa poitrine et des petites saletés étaient prises dans ses cheveux. La caméra s'attarda sur sa silhouette immobile. Le soleil se couchait et ses joues luisaient d'un rose orangé dans la lumière.

Jenny but une gorgée de Coca. En fait, son frère faisait un junky plutôt convaincant.

Marjorie s'agenouilla à côté de Dan et prit sa main.

Il ne bougea pas. Mais soudain, doucement, ses paupières s'ouvrirent par à-coups.

— Tu dormais ? demanda Marjorie en le regardant fixement.

Elle mastiqua son chewing-gum plusieurs fois et s'essuya le nez du revers de la main.

— Non. Je te regarde depuis longtemps, dit Dan d'une voix calme. Je savais d'instinct que tu étais là. Personne d'autre que toi ne peut me donner ce sentiment de sérénité si douce… Cette lumière ! J'ai envie de pleurer de bonheur !

Jenny savait que le film était adapté d'une scène de *Guerre et Paix* de Tolstoï. C'était un peu bizarre d'entendre son frère parler comme un personnage du XIXe siècle, mais c'était plutôt classe, aussi.

Marjorie se mit à nouer les lacets de Dan, sans cesser de mâcher son chewing-gum. On n'aurait pas dit qu'elle essayait de jouer un rôle. Elle était là, quoi. Jenny n'arrivait pas à déterminer si c'était intentionnel ou pas.

Avant qu'elle ait eu le temps de finir d'attacher les chaussures de Dan, celui-ci se releva et lui attrapa les poignets. La pipe à crack roula sur le sol et se brisa en mille morceaux.

— Natacha, je t'aime trop ! Plus que tout au monde ! haleta-t-il en essayant de s'asseoir, puis il s'effondra à nouveau sur le banc, comme sous l'effet de la souffrance.

— Oh là, soldat, dit Marjorie. Me fais pas un infarctus.

Ruby éclata de rire.

— Cette fille est exceptionnelle ! s'exclama-t-elle.

— Chut ! fit Vanessa en lui jetant un regard noir.

Jenny ne quitta pas l'écran des yeux. Dan essaya de rattraper la pipe, mais il ne restait que des tessons de verre.

— Attention, avertit Marjorie.

Elle fouilla dans sa poche et en sortit une tablette de chewing-gum.

— Tiens, dit-elle en la lui tendant. Il est à la chlorophylle.

Dan prit le chewing-gum et le posa sur sa poitrine, comme s'il était trop épuisé pour avoir la force de le déballer et de le mettre dans sa bouche. Il ferma les yeux et Marjorie lui reprit la main. La caméra élargit le champ et balaya l'étendue du parc. Elle s'arrêta sur un pigeon picorant un préservatif usagé sur le sol, puis fonça vers l'ouest dans la 23e Rue, jusqu'à l'Hudson, et là, elle contempla le soleil qui se couchait et disparaissait. Ensuite, l'écran devint noir.

Vanessa se leva et ralluma la lumière.

— Qu'est-ce qui se passe à la fin avec ce pigeon et la capote ? demanda Clark.

Il repassa derrière le bar et tira une bouteille de Corona du frigo.

— Quelqu'un veut à boire ?

— Tout est dans l'émotion, dit Vanessa, sur la défensive. Ça n'a pas besoin de signifier quelque chose.

— J'ai trouvé ça hyper drôle, dit Ruby avant de vider son verre et de mettre des glaçons dans sa bouche. Encore du Coca, s'il te plaît.

— Ce n'est pas censé être drôle, répliqua Vanessa, en colère. Le prince André est à l'agonie. Natacha ne le reverra plus jamais.

Jenny voyait bien que Vanessa faisait de son mieux pour ne pas péter un plomb.

— J'ai trouvé la réalisation géniale, dit-elle. Surtout les plans de la fin.

Vanessa lui lança un regard reconnaissant.

— Merci, dit-elle. Au fait, tu n'as jamais vu la version définitive du film de Serena, non ? Elle est plutôt pas mal.

— Mais c'est toi qui as tout filmé, non ?

— Ouais, en gros, fit Vanessa en haussant les épaules.

— Sérieusement… Ton film est bien, mais j'ai préféré *La Planète des singes*, plaisanta Ruby.

Vanessa leva les yeux au ciel. Ce que sa sœur pouvait être immature.

— Ça, c'est parce que t'as vraiment rien dans le crâne, lui envoya-t-elle.

— Moi, ça m'a plu, dit Clark en prenant une gorgée de bière. Même si je n'ai pas tout compris.

— Mais il n'y a rien à comprendre ! dit Vanessa, exaspérée.

Jenny n'avait pas très envie de rester là à les écouter se disputer. Elle était venue jusqu'à Williamsburg pour être divertie, pas torturée.

— Ça te dit d'aller manger quelque part ? proposa-t-elle à Vanessa.

Celle-ci attrapa son manteau sur le tabouret et l'enfila avec résolution.

— Carrément, dit-elle. Viens, on se casse.

Elles marchèrent jusqu'à un café spécialisé en cuisine orientale et commandèrent de l'houmous et un chocolat chaud.

— Dis-moi, Jennifer, avec une paire pareille, tu dois avoir des tas de petits copains ? dit Vanessa en montrant du doigt la poitrine de Jenny.

Jenny était tellement gênée qu'elle ne se rendit même pas compte de la grossièreté de la question.

— Non… Oui… J'en ai… Enfin… J'en ai un.

— Ah oui ?

— Oui. On peut dire ça, rougit Jenny en se souvenant que Nate avait été sur le point de l'embrasser dans le parc.

Il avait promis de l'appeler à la minute où il revenait de Brown. Rien que d'y penser, elle avait des palpitations.

La serveuse apporta leur chocolat chaud.

Vanessa approcha sa chaise et souffla sur sa tasse.

— Alors, parle-moi de ce garçon.

— Il s'appelle Nate, il est en terminale à St. Jude. Il fume pas mal d'herbe, mais il est vraiment gentil et pas du tout prétentieux, tu vois, pour un garçon qui vit dans un hôtel particulier de milliardaire.

Vanessa hocha la tête.

— Mmm.

Il avait l'air du genre de garçons dont elle se fichait éperdument.

— Et vous... sortez ensemble ? Il n'est pas un peu... *vieux* ?

Jenny eut un sourire.

— Ça ne le dérange pas. Il... m'aime bien, c'est tout.

Elle souffla joyeusement sur sa tasse, laissant la vapeur lui caresser les joues.

Vanessa s'apprêtait à demander à Jenny si elle couchait avec. Ce qui expliquerait pourquoi ce Nate s'intéressait tellement à elle.

— Mais on ne s'est même pas encore embrassés, ni rien, poursuivit Jenny avant que Vanessa ne pose la question. Et du coup il me plaît encore plus. Il n'est pas vicieux du tout, tu vois ? Il ne mate même pas mes seins.

— Wouaouh, fit Vanessa, impressionnée.

— Enfin, ajouta Jenny en buvant une gorgée de chocolat. Il est à Brown ce week-end. Je me demande s'il va tomber sur Dan.

— Peut-être, dit Vanessa en haussant les épaules et en essayant de faire comme si elle s'en fichait.

Si seulement elle n'avait pas la chair de poule partout à chaque fois qu'elle entendait le nom de Dan.

La serveuse leur apporta l'houmous ; Vanessa y

plongea un morceau de pita, qu'elle fit tourner dedans.

Jenny savait que Vanessa était toujours amoureuse de Dan – son film en était la preuve, en partie. Mais Dan sortait avec Serena, maintenant. Ce qui permettait à Jenny de se rapprocher de Serena, soit exactement ce que Jenny avait toujours voulu. En était-elle bien sûre ?

Jenny trempa son petit doigt dans l'houmous, le porta à sa bouche et le suça en réfléchissant. Avec ou sans Serena, Dan restait égal à lui-même, pathétique, même si Jenny devait admettre que son frère lui manquait un peu. Et maintenant qu'elle y pensait vraiment, elle se rendait compte qu'elle n'avait pas besoin que Dan sorte avec Serena pour traîner avec elle. Après tout, elle avait aidé Serena sur son film. Elle pouvait discuter avec elle quand elle voulait. Elle n'était plus la petite sœur de Dan. Elle était Jennifer, une personne à part entière et elle sortait avec un super beau gosse de terminale.

Elle leva les yeux et sourit à Vanessa. Elle pouvait peut-être l'aider.

— Tu sais, Serena a essayé de lire un des livres préférés de Dan, dit Jenny. Elle a détesté. Elle n'a même pas réussi à le finir.

— Et alors ? fit Vanessa en fronçant les sourcils.

— Alors, je crois qu'ils n'ont pas trop de choses en commun, c'est tout.

Vanessa plissa les yeux.

— Et dire que ça vient de la fille qui pourrait lécher les pieds de Serena si elle le lui demandait…

Jenny ouvrit la bouche pour se défendre. Puis elle la referma. C'était vrai : elle suivait Serena comme un petit chien. Mais c'était fini, tout ça. Elle s'appelait Jennifer, maintenant.

— Je veux juste dire que si tu es toujours amoureuse de Dan, tu devrais faire quelque chose, c'est tout. Tu pourrais avoir une surprise.

— Je ne suis pas amoureuse de lui, s'empressa de répondre Vanessa.

Elle attrapa un morceau de pita et le déchira en deux avec colère.

— Oh que si.

Vanessa n'aimait pas qu'on lui dise ce qu'elle devait faire, surtout pas une gamine. Mais Jenny avait l'air sincère, et si Vanessa voulait être honnête avec elle-même, elle devait admettre qu'elle était encore franchement amoureuse de Dan.

Elle passa la main sur sa tête presque chauve et leva les yeux pour croiser ceux de Jenny.

— Tu crois ?

Jenny pencha la tête. Vanessa avait une ossature plutôt fine. Avec un peu de gloss sur les lèvres, elle pourrait tout à fait ressembler à une fille. Et puis elle était loin d'être aussi dure ou bizarre qu'elle s'en donnait l'apparence.

— Il va peut-être falloir te laisser un peu pousser les cheveux, dit Jenny. Mais sinon, tous les deux vous êtes déjà super bons amis. Il faut juste passer à la vitesse supérieure.

Il suffit qu'une fille sorte avec un garçon pour qu'elle passe experte en relations amoureuses.

o part en vrille – grave

— Alors, comment ça s'est passé ? demanda Aaron quand Olivia revint à la voiture après son entretien.

Il était assis sur le capot de la Saab et jouait de la guitare en sourdine, une de ses cigarettes à base de plantes à la bouche. Tout à fait dans le ton de Yale.

— Pas mal, je crois, dit Olivia avec hésitation.

La réalité n'avait pas encore repris ses droits. Elle ouvrit la portière côté passager, s'assit et enleva ses chaussures.

— Je crois que j'ai une ampoule. Saloperie de mocassins.

Aaron monta dans la voiture côté conducteur.

— Qu'est-ce qu'ils t'ont demandé ?

— Oh, pourquoi Yale – ce genre de trucs, répondit vaguement Olivia.

L'entretien n'était plus qu'un souvenir tout à fait confus, désormais. Elle était juste contente d'en avoir terminé.

— Classique, commenta Aaron. Je suis sûr que tu t'en es bien tirée.

— Ouais.

Olivia se tourna pour prendre son sac à l'arrière.

Les *Histoires extraordinaires* d'Edgar Allan Poe était posé sur la banquette.

Tout à coup, elle se remémora une des questions de l'entretien. *Pouvez-vous me parler d'un livre que vous avez lu récemment et que vous avez aimé ?*

Oh-oh.

Soudain, tout lui revint.

Elle se retourna d'un coup, tremblante.

— Merde, fit-elle presque dans un murmure.

— Quoi ?

— J'ai tout foutu en l'air. J'ai complètement merdé du début à la fin.

— C'est-à-dire ? l'interrogea Aaron, déconcerté.

Olivia gratta le bouton au-dessus de son sourcil.

— Il m'a demandé si j'avais lu de bons livres récemment. Et tu sais ce que j'ai répondu ?

Aaron secoua la tête.

— Quoi ?

— Je lui ai dit que je ne lisais pas en ce moment, parce que rien n'allait dans ma vie. Je lui ai raconté que j'avais volé dans un magasin. Et que j'étais suicidaire.

Aaron la dévisagea sans rien dire, les yeux écarquillés.

Olivia contempla le campus de Yale à travers la fenêtre. Elle avait toujours voulu étudier ici, depuis la première fois où elle était venue, avec son père, assister à un match de football Yale contre Harvard lors du week-end des anciens élèves ; elle avait six ans. Yale, c'était son destin. C'était tout ce pour quoi elle avait travaillé. La raison pour laquelle elle ne sortait plus en semaine, parce qu'elle passait ses soirées à réviser. Elle était tellement sûre que sa candidature serait acceptée… et, en une poignée de minutes, elle avait tout fichu en l'air. Comment pourrait-elle regarder les gens en face après ça ?

Aaron posa la main sur son épaule.

— Et c'est vrai ? Tu es suicidaire ?

Olivia secoua la tête.

— Non.

Elle s'effondra sur son siège, suffoquant, des larmes de colère roulant sur ses joues.

— Mais je pense qu'après ça, je vais le devenir.

— Et tu as vraiment volé dans les magasins ?

— La ferme ! siffla Olivia en dégageant sa main de son épaule. Tout ça, c'est ta faute. Tu m'as empêchée d'aller me coucher tôt. J'aurais dû venir en train ce matin comme j'avais prévu.

— Hé, je ne t'ai jamais dit de raconter tout ça en entretien, rectifia Aaron. Mais je serais toi, je ne m'inquiéterais pas trop. L'entretien, ce n'est qu'un cinquième de tout le processus. Tu peux encore être acceptée. Et même si c'est pas le cas, il y a un milliard d'autres facs où tu pourras aller.

Olivia y réfléchit un moment. Elle essaya de se souvenir du reste de l'entretien. Cette petite boulette n'avait peut-être pas l'importance qu'elle croyait.

Puis elle se souvint de ce qu'elle avait fait, tout à la fin.

Elle se tapa le crâne contre l'appui-tête.

— Oh, c'est pas vrai !

Aaron mit le contact.

— Quoi ?

— Je l'ai embrassé.

— Qui ?

— Le type. Celui de l'entretien. Je l'ai embrassé sur la joue avant de partir.

Sa lèvre inférieure tremblait, de nouvelles larmes vinrent rouler sur son visage.

— Complètement cinglée, conclut-elle.

— Wouah, fit Aaron, l'air un petit peu impressionné. Tu as embrassé le mec de l'entretien ? Je parie que personne n'a jamais fait un truc pareil.

Olivia ne répondit pas. Elle se tourna entièrement vers la portière et entoura son corps de ses bras, en pleurant misérablement. Qu'allait-elle dire à son père ? Et à Nate ? Elle lui avait tellement reproché de ne pas considérer Yale sérieusement, et voilà qu'elle avait transformé son propre entretien en farce absolue.

— Bon, tu sais quoi ? dit Aaron en sortant du parking en marche arrière. Je crois qu'on devrait se tirer d'ici vite fait, avant qu'ils appellent les flics ou je ne sais quoi.

Il sourit, ramassa une serviette en papier sale sur le sol et la tendit à Olivia pour qu'elle se mouche.

— Tiens.

Olivia laissa la serviette tomber par terre. Elle n'arrivait pas à concevoir comment elle avait pu se fourrer dans une situation pareille, pour commencer. Se trimbaler dans une voiture sale avec un végétalien à dreadlocks, optimiste béat, qui allait bientôt devenir son demi-frère. Se coucher tard, manger des cochonneries, boire de la bière. Tout déballer à son entretien pour Yale, embrasser le type et foutre en l'air son avenir. Ce n'était pas le genre de choses qui lui arrivaient. C'était bon pour les cas, les gens à problèmes. Les comédiens qui se pointaient à tous les castings et ne décrochaient jamais de premiers rôles. Les gens qui avaient des cheveux gras, des problèmes de peau, des vêtements immondes et étaient socialement inadaptés. Olivia toucha de nouveau le bouton sur son front. Oh non. Mais qu'est-ce qu'elle était en train de devenir ?

— Tu veux qu'on prenne un petit déj' quelque part ? demanda Aaron en empruntant la rue principale qui traversait New Haven.

Olivia s'avachit sur son siège. Elle ne pourrait plus jamais avaler quoi que ce soit.

— Ramène-moi à la maison, lâcha-t-elle, dégoûtée.

Aaron mit un CD de Bob Marley et se dirigea vers l'autoroute, tandis qu'Olivia regardait fixement par la fenêtre, en essayant de trouver des raisons de vivre.

Il y avait le festival de cinéma de Constance, lundi. Si elle le remportait, cela ferait une distinction de plus sur son CV, et Yale fermerait peut-être les yeux sur sa malheureuse prestation en entretien. On lui pardonnerait peut-être ses excentricités, parce qu'après tout, c'était son tempérament d'artiste. Et si jamais elle remportait le festival, mais se voyait quand même refuser l'entrée à Yale, elle pourrait toujours devenir hyper artiste, se mettre à porter exclusivement du noir comme cette timbrée de Vanessa et présenter sa candidature à l'université de New York ou Pratt ? Et si elle ne gagnait pas ? Elle n'aurait plus qu'à rajouter cet échec à la liste des raisons pour lesquelles sa vie était foutue.

Pour ne rien arranger, le week-end prochain, c'était la journée beauté de sa mère avec les demoiselles d'honneur. Olivia allait devoir se montrer agréable et enthousiaste. Elle allait peut-être même être obligée de discuter avec Serena. *Youpi !*

Et après ça, le samedi suivant, c'était le mariage. Son anniversaire. Le jour où elle était enfin censée perdre sa virginité avec Nate. Olivia ferma les yeux aussi fort qu'elle le put, essayant de se remémorer l'image dont elle avait rêvé, Nate débouchant une bouteille de champagne dans leur suite, à l'hôtel, simplement vêtu de son pantalon de pyjama en cachemire si sexy. Mais sa tête se trouva encombrée d'une vision totalement différente. Elle imagina le chien d'Aaron trottant vers elle, une lettre dans sa gueule baveuse. Le courrier portait l'en-tête de Yale et on pouvait y lire : « Chère Mademoiselle Waldorf, nous avons le regret de vous informer que votre candidature n'a pas été retenue. Merci d'avoir essayé, bonne continuation. Veuillez agréer l'expression de nos sentiments distingués, le Bureau des Inscriptions de l'Université de Yale. »

Olivia rouvrit les yeux et retint son souffle. *Non*, se dit-elle fermement. Son cas n'était pas désespéré. Elle allait entrer à Yale, quoi qu'il arrive. Nate et elle allaient y étudier tous les deux. Ils allaient vivre ensemble et baiser aussi souvent qu'ils le voudraient. C'était la vie qu'elle s'était imaginée. C'était ainsi que ça allait se passer.

Elle se tourna vers Aaron.

— Dès qu'on arrive, j'appelle mon père et je lui demande de faire une donation à Yale, dit-elle avec détermination.

Pouvait-on vraiment qualifier cela de corruption ? Non. Ce genre de choses arrivait tout le temps ! Et ce n'était pas comme si elle était mauvaise élève, ni rien.

Mais bon, ce Jason n'était pas prêt d'oublier le baiser. Quelle que fût la donation, le montant allait devoir être énorme.

gossipgirl.net

thèmes ◀ précédent   suivant ▶ envoyer une question   répondre

Avertissement : tous les noms de lieux, personnes et événements ont été modifiés ou abrégés afin de protéger les innocents. En l'occurrence, moi.

salut à tous !

QUI EST AVEC QUI ?

D aurait-il complètement laissé tomber ***S*** ? ***S*** fait-elle exprès de mettre ***D*** dans le vent ou bien ne se rend-elle compte de rien, avec son éternel air évaporé ? Et ***N*** est-il sérieux avec ***J*** ? Il va vraiment larguer ***O*** alors qu'elle doit faire face à l'adversité ? Et pour une fille de troisième ?? Faites vos jeux.

VOUS L'AURIEZ PARIÉ

L'université de Yale vient d'annoncer la création du vignoble Yale Waldorf et l'ajout d'une nouvelle matière au programme, la viticulture. Les étudiants produiront leur propre vin, qui sera vendu par les commerçants locaux avec une étiquette portant le nom de l'université. Chaque semestre, un groupe d'étudiants ira vivre et travailler sur le nouveau vignoble de l'université, situé dans le Sud de la France, de manière à maîtriser l'art de la viticulture, découvrir la cuisine française et pratiquer la langue en immersion. Le vignoble fonctionnera dès cet été, grâce à la généreuse donation de parents potentiels.

On dirait bien que papa a fait ce qu'il fallait, mais ***O*** devra quand même attendre le mois d'avril pour savoir si elle a été acceptée, comme tout le monde. Le suspense est insoutenable.

Vos e-mails

Q: Chère Gossip Girl,
J'ai entendu quelques rumeurs sur les films qui vont participer au festival de cinéma de l'école. (Moi aussi je suis à Constance.) Enfin, je pense que ***O*** devrait gagner. Je sais que son film paraît un peu répétitif, mais c'est censé avoir un effet clip vidéo très sympa. Je suis avec elle en cours de cinéma et elle est la meilleure pour le montage, alors je parie que ça en jette. ***S*** ne sait même pas faire marcher une caméra et les films de ***V*** sont toujours trop prétentieux. C'est tout.
JourDePluie

R: Chère JourDePluie,
J'ai l'impression que le film d'***O*** est un peu barré, mais je veux bien te croire sur parole. Ce sera au jury d'en décider lundi. Et les perdantes vont sûrement exprimer leur déception de la plus exubérante manière qui soit. J'ai hâte de voir ça !
Gossip Girl

ON A VU

J et ***V*** faisant du shopping chez **Domsey**, à Williamsburg. ***V*** a même acheté une petite robe noire *vintage*. Visiblement, elle a l'intention de montrer à ***D*** qu'elle est intéressée. ***O*** et ***A*** croisant sa mère à elle, son père à lui et leur organisateur de mariage dans leur immeuble sur la 72e Rue. ***O*** n'avait pas l'air ravie. ***D***, ***S***, ***N*** et leurs amis déboulant à **Grand Central**, dimanche après-midi. Tous les six avaient l'air d'avoir une bonne gueule de bois, mais ce n'est pas nouveau.

UNE DERNIÈRE CHOSE

C'est Thanksgiving, journée d'action de grâces. Alors… Merci pour tous les jolis pantalons de cuir de chez Intermix, merci pour l'incroyable veste en cuir que j'ai trouvée chez Scoop. Merci pour tous les garçons que je connais et ceux que je n'ai pas encore rencontrés, parce qu'ils deviennent de plus en plus mignons avec l'âge. Et merci tout le monde de faire n'importe quoi, ça me permet d'avoir toujours des choses à raconter.

À suivre, très bientôt.

Vous m'adorez, ne dites pas le contraire.

gossip girl

et la gagnante est...

Mme Mc Lean, directrice de Constance Billard, avait donné l'autorisation à toutes les filles du secondaire d'être excusées durant les deux dernières heures du lundi, pour pouvoir assister au festival de cinéma. Des classes de sixième à celles de terminale, tout le monde vint prendre place dans l'auditorium. Un grand écran blanc était suspendu au plafond au-dessus de la scène. Les concurrentes étaient assises au premier rang ; parmi elles, Olivia, Vanessa et Serena. Arthur Coates, acteur célèbre et père d'Isabel, se tenait sur le podium, prêt à faire son discours puis à présenter les films.

Serena était assise au bout du premier rang, près de la fenêtre ; elle observait les passants élégants parader sur la 93e Rue. Ses ongles étaient déjà rongés jusqu'au sang et elle s'était acharnée sur un accroc minuscule dans ses collants noirs, le transformant en énorme échelle s'étirant de sa cheville à sa cuisse.

Bien sûr, elle était belle quand même. Comme toujours.

Mais Serena était nerveuse. C'était son seul projet extrascolaire. Remporter ce concours était pour elle l'unique moyen de prouver aux universités qu'elle n'était pas seulement la fille qui s'était fait virer de pension parce qu'elle se foutait de rater les premières semaines de cours, ni celle dont les notes étaient loin d'être spectaculaires. Elle n'était pas complètement nulle. Elle était créative. Elle avait de l'épaisseur. Elle avait du goût.

Et s'ils n'étaient pas capables de voir ça, alors, qu'ils aillent se faire foutre... *Vu ?*

Vanessa était tendue, elle aussi, même si elle n'en laissait rien paraître. Elle était vautrée sur sa chaise et dessinait machinalement des croix avec son ongle sur son grand classeur noir, les yeux fixés sur le parquet de l'auditorium sous ses Doc Martens. Peu importe que Ruby et Clark n'aient rien compris à son film. Jenny avait dit qu'il lui plaisait. Et même si l'histoire n'avait pas exactement fonctionné comme elle l'avait voulu et si l'alchimie entre Marjorie et Dan était loin d'être torride, la photographie était excellente. Avant même de commencer le tournage, elle comptait déjà remporter ce concours. Et elle allait décrocher son entrée à l'université de New York avant tout le monde.

Olivia se sentait barbouillée pour tout un tas de raisons. Coups de téléphone, e-mails, textos, elle avait tenté de joindre Nate par tous les moyens depuis qu'elle était rentrée en ville samedi après-midi, mais il n'avait pas répondu. La veille, elle avait failli débarquer chez lui pour voir de quoi il en retournait, mais sa mère l'avait traînée à une dégustation à l'hôtel St. Claire pour décider du repas de mariage. Qu'est-ce qu'elle en avait à foutre que les quenelles sentent trop le poisson et la vinaigrette, trop l'huile ? Après qu'ils s'étaient mis d'accord sur quatre plats, elle avait dû assister au débat très con qui agitait sa mère et son organisateur de mariage concernant la taille des arrangements floraux – devaient-ils être hauts ou bas, à tiges longues ou courtes ? S'ils étaient hauts, les gens auraient peut-être du mal à distinguer quelque chose. S'ils étaient bas, les bouquets n'auraient pas l'air assez impressionnants. Ils s'accordèrent sur un entre-deux, autrement dit, l'évidence même !

À son retour à la maison, son père avait laissé un message sur son répondeur demandant comment s'était passé l'entretien pour Yale de sa petite Olive. Olivia ne l'avait pas rappelé. Le souvenir de ce moment catastrophique était accroché à elle comme une ombre nauséabonde et elle refusait d'en discuter avec qui que ce soit. En parler reviendrait à admettre sa défaite et elle ne s'y résolvait pas encore. Au lieu de ça, elle avait envoyé à son père un e-mail ravi dans lequel elle évoquait la fascination pour le vin de son interlocuteur qui, depuis des années, tentait d'ajouter une option viticulture au programme. Elle avait omis toute mention directe de l'entretien proprement dit, ajoutant simplement qu'une donation lui assurerait une place à Yale « déjà presque garantie ». En quelques lignes, elle était capable de pousser son père à donner sa propriété viticole tout entière. Elle était maîtresse dans l'art de la persuasion.

Aujourd'hui, le concours de cinéma lui donnait une nouvelle occasion de voir sa chance tourner.

Il fallait qu'elle tourne. Il le fallait vraiment.

— Merci d'être venues, dit M. Coates avec son fameux sourire irrésistible.

Adolescent, il avait été le héros d'une série télévisée. Il avait une vingtaine d'années quand un de ses albums avait été disque de platine et il avait tourné toutes sortes de clips sexy. Maintenant, il était star de cinéma et tournait des pubs pour Pepsi.

— Aujourd'hui, je suis fier de vous présenter la nouvelle génération des jeunes talents du cinéma.

Il poursuivit par un petit topo sur l'histoire des femmes au cinéma. Marilyn Monroe. Audrey Hepburn. Elizabeth Taylor. Meryl Streep. Nicole Kidman. Julia Stiles.

Puis il présenta le premier film : celui de Serena. Les lumières s'éteignirent et la projection commença.

Le trac nouait l'estomac de Serena tandis qu'elle regardait son film pour ce qui lui semblait être la centième fois. Pourtant, il paraissait tenir la route. En fait, elle commençait même à en être fière.

— Hum. Alors là, tu parles d'un truc bizarre…, murmura Becky Dormand à sa clique de secondes.

— C'est pas vrai ! Tu as vu comme elle fait pétasse dans cette robe ? chuchota Rain Hoffstetter à Laura Salmon au dernier rang, où étaient assises les terminales.

— En plus, on voit carrément son téton dans la glace de la cabine d'essayage, lui répondit Laura, tout bas, elle aussi.

Quand l'image fondit au noir et que la lumière revint, la salle applaudit. Ce n'étaient pas des applaudissements déchaînés, exaltés, passionnés, mais plutôt soutenus. Quelqu'un siffla et Serena tendit le cou pour repérer de qui il s'agissait. C'était M. Beckham, le professeur de cinéma. Elle ne faisait même pas partie de ses élèves.

— Il paraît qu'elle n'a même pas tourné son film elle-même, murmura Kati Farkas à Isabel Coates. Elle a payé un réalisateur connu pour le faire à sa place.

— Je crois que c'est Wes Anderson, confirma Isabel en hochant la tête.

Ensuite, M. Coates présenta deux autres films. D'abord, celui de Carmen Fortier, une conversation avec sa grand-mère âgée de quatre-vingt-quatorze ans, qui tournait principalement autour des mérites de *1, rue Sésame* et ne faisait pas grand sens. Il fut suivi de celui de Nicky Button, une visite guidée de sa maison de campagne de Rumson, dans le New Jersey, chiante à mourir, surtout quand elle s'était mise à réciter le nom de toutes les peluches qu'elle collectionnait depuis des années. Foufou. Larry. Ouah Ouah. Dada. Ralph. Et putain de Porcinou.

Comme si on en avait quelque chose à foutre ?

Les filles de Constance applaudirent poliment puis M. Coates annonça le film de Vanessa.

Dès l'instant où la silhouette aux frisettes rousses de Marjorie apparut à l'écran, Vanessa se mit à glousser nerveusement. Vanessa riait, et même souriait, rarement en public, mais Marjorie était tellement ridicule qu'elle ne pouvait pas s'en empêcher. Tout son corps était pris de hoquets, elle se força à détourner les yeux. À côté d'elle, Olivia Waldorf croisa les jambes avec son air de garce et lui décocha un regard mauvais. Puis la caméra vint se poser amoureusement sur la forme débraillée de Dan et Vanessa arrêta de rire. Ce qu'il pouvait être beau.

La salle demeura silencieuse pendant l'instant qui suivit la fin du film. Puis Jenny commença à applaudir, depuis le banc où elle était installée, avec le reste des troisièmes. M. Beckham siffla très fort et les applaudissements éclatèrent.

— T'as encore du boulot, Marjorie ! crièrent quelques premières.

— Ce gros plan sur la capote, c'était vraiment dégueu, souffla Kati à Isabel, au fond de la salle.

— Mais qu'est-ce que c'était que ce *truc* ? dit Laura.

— Cette fille est gravement dérangée, commenta Rain.

Enfin, ce fut au tour d'Olivia.

Celle-ci serra son PalmPilot sur sa poitrine tandis qu'Audrey Hepburn mangeait et remangeait ses croissants. Au fond de la salle, ses amies dansèrent sur leur siège au son de la musique et applaudirent très fort à la fin du film.

— C'était cool, non ? dit Isabel à Kati.

— Carrément, approuva Kati.

— C'était pas si mal, murmura Becky Dormand à ses copines. Pourtant, elle n'a pas dû avoir tellement le temps de travailler dessus, maintenant qu'elle est obligée de remplir les dossiers pour toutes les facs de la côte Est.

— Il paraît que même si elle va à Yale, elle devra repousser son entrée d'un an pour pouvoir faire une thérapie intensive, genre, rajouta une autre seconde.

— Tu veux dire à cause de l'histoire avec son demi-frère ? On m'a dit qu'ils couchaient ensemble depuis qu'il avait emménagé, dit Becky.

— *Dégueu !* s'exclamèrent les autres.

Finalement, Arthur Coates se leva, une enveloppe blanche à la main.

— Vous savez, il n'y a ni gagnante ni perdante, commença-t-il.

Olivia déglutit nerveusement.

Mais oui, c'est ça. Ouvre donc cette foutue enveloppe.

— Et la gagnante est…

Lourde pause.

— Serena van der Woodsen !

Silence complet.

Puis Vanessa se leva et siffla avec ses doigts, comme sa sœur le lui avait appris. Elle était déçue, mais le film de Serena était bon et merde, quoi – elle était fière d'y avoir participé. En voyant Vanessa, Jenny se leva à son tour, en applaudissant bruyamment. Finalement, M. Beckham se mit debout en criant « Bravo » et le reste de l'école se joignit à eux.

Serena se dirigea vers le podium, étourdie de bonheur, et accepta le prix – deux billets pour Cannes et trois nuits dans un hôtel cinq-étoiles pendant le festival, en mai. Elle hésita, repoussa ses cheveux blonds scintillant derrière ses oreilles et se pencha vers le micro.

— Je voudrais que deux autres filles se joignent à moi ici, dit-elle. Vanessa Abrams et Jennifer Humphrey. Sans elles, je n'aurais jamais réussi.

Vanessa tira la langue à Jenny de l'autre côté de l'auditorium puis monta rejoindre Serena sur la scène. Après tout, elle avait fait tout le travail de caméra. Elle méritait bien une putain de reconnaissance pour avoir rendu tout ça possible.

Serena serra la main de Vanessa et lui tendit un billet d'avion.

— Merci, murmura-t-elle. Je veux que ce soit toi qui l'aies.

Jenny rampa avec excitation par-dessus les genoux de ses camarades et retrouva Serena et Vanessa. Serena l'embrassa sur la joue et lui confia l'autre billet d'avion.

— Tu es géniale, dit Serena.

Jenny rougit : c'était la première fois qu'elle se trouvait face à un public.

Non, ce n'est pas possible, pensa Olivia. Elle était assise, raide, sur sa chaise. Elle ferma les yeux pour effacer les applaudissements. Elle dormait. Il n'était que trois heures du matin. On n'était même pas encore lundi. Plusieurs heures allaient encore s'écouler avant qu'elle ne monte fièrement sur le podium, vêtue de son cardigan lilas porte-bonheur, pour accepter le prix des mains de M. Coates.

Désolée.

Olivia ouvrit les yeux. Serena souriait toujours au public, radieuse.

Et Olivia restait la star du film le plus déprimant jamais tourné. Le film de sa vie.

le romantique torturé ne sait pas dire non

— J'ai gagné ! s'exclama Serena.

Dan donna un coup de pied dans un tesson de bouteille sur West End Avenue et colla le téléphone à son oreille.

— Gagné quoi ? dit-il en essayant de ne pas paraître intéressé.

— Le festival de cinéma de Constance Billard, s'écria Serena avec excitation. Ça leur a plu ! Je n'y crois pas ! Vanessa a même dit que je devrais penser à postuler aux écoles de cinéma. Je pourrais être réalisatrice !

— C'est bien, dit Dan.

Il ne parvenait pas à penser à une réponse plus appropriée. À chaque fois qu'il entendait la voix de Serena ou qu'il pensait simplement à elle, il avait l'impression d'être à la torture.

— Enfin, voilà, je voulais te tenir au courant, puisque tu as vu le film et tout, dit Serena.

Pas de réponse.

— Dan ?

— Ouais ?

— Je voulais être sûre que tu étais toujours là.

Bref, continua-t-elle, j'ai tous ces trucs à faire pour le mariage ce week-end, alors on n'aura peut-être pas le temps de se voir. Mais tu viens toujours au mariage avec moi, hein ?

Dan secoua la tête. *Dis-lui non*, ordonna son esprit.

— Tu as promis, lui rappela Serena.

— Bien sûr, dit-il.

Son cœur gagnait à tous les coups.

— Cool, fit-elle. Allez, je t'appelle plus tard. Salut.

Elle raccrocha. Dan s'assit sur la première marche du perron d'une maison quelconque et s'alluma une cigarette en tremblant. Est-ce qu'il dramatisait ? Il n'avait peut-être rien compris ? Peut-être que Serena s'intéressait à lui, au moins un peu.

C'était une raison d'espérer.

Et de se torturer.

j a un meilleur goût, c'est tout

— Alors, c'était bien, Brown ? demanda Jenny à Nate.

Ils étaient assis près de l'étang à bateaux dans Central Park et regardaient les petits garçons faire flotter leurs voiliers miniatures à côté des canards paresseux et des feuilles flottantes. Nate la tenait par la main et c'était tellement agréable que Jenny se fichait pas mal qu'ils bavardent ou pas.

— Oui-oui, dit Nate. Enfin, il faut quand même que je réussisse ce trimestre, que je fasse mon mémoire et toutes ces conneries. Mais je ne pensais pas du tout poursuivre mes études l'année prochaine, tu vois ? Et maintenant, je suis flippé.

Il attira la main de Jenny devant son visage et examina ses doigts minuscules.

Jenny pouffa.

— Qu'est-ce que tu fais ?

— Je ne sais pas. C'est bon de te voir.

Il lui sourit.

— Jennifer. J'ai pensé à toi tout le week-end et maintenant tu es là.

— Moi aussi, dit Jenny en souriant timidement.

De nouveau, elle se demanda si Nate allait l'embrasser.

— Je me sentais un peu mal, dans le parc, l'autre jour, dit-il. Tu sais, quand mes copains se sont pointés ?

Jenny hocha la tête. *Oui ?*

— Il y avait quelque chose que j'avais envie de faire, continua-t-il. Et je n'aurais pas dû m'arrêter, j'aurais dû aller jusqu'au bout.

Oh oui, oh oui !

Nate l'attira vers lui. Ils gardèrent tous les deux les yeux ouverts, souriant tandis qu'ils s'embrassaient.

Jenny avait embrassé deux garçons pendant un jeu d'action ou vérité, à une soirée, un jour, mais embrasser Nate fut le meilleur moment de toute sa vie. Elle avait l'impression qu'elle allait exploser de bonheur.

Nate fut surpris de constater à quel point elle embrassait bien. C'était carrément mieux qu'embrasser Olivia. Jennifer avait un meilleur goût, voilà tout. Un peu comme un biscuit sucré ou un milkshake à la vanille.

Il s'écarta sans quitter des yeux le visage rose et ravi de Jenny.

Jennifer n'était pas au courant pour Olivia et Olivia n'était pas au courant pour Jennifer. Il avait ignoré tous les appels d'Olivia ; en gros, il avait fait comme si elle n'existait pas, mais combien de temps allait-il encore pouvoir continuer ? Tôt ou tard, Nate allait devoir parler.

Il n'était juste pas très sûr de ce qu'il allait dire.

les pieds dans le plat

Après un petit tour au magasin Chanel du rez-de-chaussée, Eleanor Waldorf et ses demoiselles d'honneur empruntèrent l'ascenseur pour rejoindre l'institut de beauté Frederic Fekkai, *Beauté de Provence**, sur la 57e Rue. Olivia, sa mère, Kati, Isabel, Serena et la tante d'Olivia, Zo Zo, étaient toutes réunies pour leur soin des pieds et des mains au lait et miel, leur soin du visage à la boue marine et, bien entendu, pour discuter du mariage. Après quoi, elles déjeuneraient chez Daniel, le restaurant préféré d'Eleanor Waldorf. Fran, l'autre tante d'Olivia les y rejoindrait, ayant renoncé à la pédicure, car elle détestait qu'on lui touche les pieds.

L'institut faisait penser à un restaurant animé, sauf qu'il sentait le shampooing et le gel pour les cheveux au lieu de la nourriture. L'espace était vaste et clair, les employés vaquaient de-ci, de-là, accédant aux désirs de femmes vêtues de blouses beiges évoquant l'hôpital, qui servaient à protéger leurs vêtements. Chacune de ces femmes avait les cheveux éclaircis des mêmes mèches blond platine et vénitien. C'était la couleur de cheveux typique de l'Upper East Side.

— Ciao, *mes chéries** ! s'écria Pierre, le Japonais

maigrichon qui travaillait à la réception. J'en ai trois qui vont à la manucure, pendant que les trois autres iront aux soins du visage. Suivez-moi, suivez-moi !

Sans vraiment savoir comment, Olivia se retrouva bientôt assise entre sa mère et Serena, mains et pieds baignant dans des bols pleins de lait chaud et de miel, pendant que Kati, Isabel et sa tante étaient en soin du visage dans une autre partie de l'institut.

— N'est-ce pas délicieux ? roucoula sa mère en s'enfonçant dans son fauteuil.

— Mon lait a une odeur, dit Olivia.

Si seulement elle avait pu dire à sa mère qu'elle retrouverait tout le monde au restaurant, comme sa tante Fran.

— Je ne me suis pas fait faire de soins des pieds depuis cet été, remarqua Serena. Ils sont tellement affreux qu'ils risquent de faire tourner le lait.

Ça ne m'étonnerait pas, pensa amèrement Olivia.

— Comment voulez-vous vos ongles ? demanda une manucure à la mère d'Olivia tout en lui massant les doigts.

— Je les aime arrondis, mais pas pointus, réclama sa mère.

— J'aime les miens carrés, dit Serena à celle qui s'occupait d'elle.

— Moi aussi, dit Olivia, qui détestait pourtant dire qu'elle aimait quoi que ce soit comme Serena.

La manucure d'Olivia lui donna une petite tape amicale sur le poignet.

— Vous êtes une vraie boule de nerfs. On se détend, dit-elle. C'est vous, la mariée ?

Olivia lui jeta un regard ébahi.

— Non, c'est moi, répondit joyeusement sa mère.

C'est ma deuxième fois, confia-t-elle à la manucure avec un clin d'œil énervant.

Olivia sentit ses muscles se raidir un peu plus. Comment voulait-elle qu'elle se détende ?

— J'ai repéré un sublime pantalon de pyjama en cachemire au rayon hommes chez Barneys, continuait à papoter sa mère. Je pensais l'offrir à Cyrus en cadeau de mariage.

Puis, se tournant vers Olivia :

— Tu crois qu'il le porterait ?

Serena jeta un coup d'œil nerveux à Olivia, se demandant si elle devait intervenir. C'était sa chance de griller Olivia, ça lui apprendrait à se comporter en garce finie. Elle pouvait dire quelque chose comme : « Dis donc, Olivia, ce n'est pas toi que j'ai vue acheter un pyjama exactement comme celui-là, chez Barneys, la semaine dernière ? » Mais le visage d'Olivia devenait de plus en plus rouge et Serena n'eut pas le cœur de dire quoi que ce soit. Ou plutôt, elle eut trop bon cœur. Olivia était déjà assez dérangée pour avoir volé ce pyjama – Serena n'avait pas besoin d'en remettre une couche.

— Je ne sais pas, maman, lâcha Olivia, honteuse.

Son cou la démangeait. Elle avait peut-être une réaction allergique et devrait être emmenée d'urgence à l'hôpital.

Une fois le massage des mains terminé, les manucures s'assirent sur des tabourets bas pour leur frotter les pieds et les chevilles avec de l'huile parfumée à la lavande.

— Au fait, tu ne m'as jamais raconté comment s'était passé ton entretien pour Yale, dit la mère d'Olivia, les yeux fermés, avec volupté.

Olivia donna un coup de pied qui aspergea le sol de lait, formant une petite flaque.

— Attention, prévint la manucure.

— Pardon, dit Olivia, hargneuse. Ça s'est super bien passé, maman, super, vraiment.

À côté d'elle, Serena soupira.

— J'en ai passé un à Brown, le week-end dernier, dit-elle. C'était affreux. Je crois que le type avait passé une mauvaise journée, ou je ne sais pas. Un vrai con.

Brown ? Serena était à Brown le week-end dernier ? Alarmes, sirènes, cloches et sifflets se mirent tous à résonner bruyamment dans le crâne d'Olivia.

— Je suis sûre que tu t'es mieux débrouillée que tu ne le penses, chérie, l'assura Mme Waldorf. Ces entretiens sont vraiment terribles. Je ne sais pas pourquoi ils vous mettent autant sous pression, les filles.

Olivia éclaboussa de nouveau le sol d'un peu de lait. Elle ne tenait pas en place. Elle aurait aimé que la manucure veuille bien lâcher sa jambe.

— C'était quand, ton entretien ? demanda-t-elle à Serena.

— Samedi.

Serena n'était pas certaine de devoir mentionner la présence de Nate. Elle avait le sentiment qu'il valait mieux s'abstenir.

— À quelle heure, samedi ? voulut savoir Olivia.

— À midi, répondit Serena.

Oh-oh.

— Nate avait un entretien là-bas, lança Olivia avec défi. Samedi à midi, aussi.

Serena prit une grande inspiration.

— Ouais, je sais, dit-elle. Je l'ai vu.

De colère, Olivia cambra le pied. *Attends, ça voulait dire quoi, ça ?* La manucure lui donna une petite tape.

— On se détend, avertit-elle.

— Nate ne m'a pas appelée depuis qu'il est rentré, gronda Olivia.

Elle posa un regard inquisiteur sur le profil de Serena.

Celle-ci haussa les épaules.

— Nate et moi, on ne se parle plus trop, dit-elle.

Ce n'était sûrement pas le moment de mentionner le fait que Nate et elle avaient partagé un lit dans une chambre d'hôtel et s'étaient réveillés main dans la main. Ni qu'ils s'étaient pris une cuite à la soirée bière d'Erik et avaient tous les deux vomi ensemble, dans les buissons, derrière la résidence. Ils ne s'étaient pas reparlé depuis leur retour à New York – ça au moins, c'était la vérité.

— D'ailleurs, que devient Nate ? bâilla la mère d'Olivia, que le massage des pieds faisait somnoler. Ça fait une éternité que je ne l'ai pas vu.

— Moi non plus. Je me demande bien pourquoi, siffla Olivia, certaine que Serena avait quelque chose à y voir.

Serena savait qu'Olivia attendait de sa part une sorte de confession. Elle ferma les yeux.

— Pas la peine de me regarder, dit-elle.

Elle regretta aussitôt d'avoir prononcé ces mots. C'était presque comme si elle l'avait cherché.

Olivia se leva brusquement, en renversant sur le sol son bol de lait pour les mains et en retournant presque son bain de pieds.

— Merde ! couina la manucure, glissant de son tabouret et atterrissant les fesses dans une flaque de lait.

— Olivia, mais que se passe-t-il ? s'écria sa mère.

— Excuse-moi, dit fermement Olivia.

De brûlantes larmes de rage vinrent remplir ses yeux.

— Je ne peux plus rester ici. Je rentre à la maison.

Elle baissa les yeux vers sa manucure.

— Désolée pour le désordre, dit-elle.

Puis elle sortit de la pièce en tapant des pieds, non sans glisser légèrement sur le carrelage mouillé.

— Mais enfin, que se passe-t-il ? demanda Mme Waldorf à Serena.

Elle s'inquiétait pour sa fille, mais elle n'allait tout de même pas courir après Olivia et rater ce moment privilégié.

Serena secoua la tête. Elle n'avait rien à voir avec les problèmes que traversaient Olivia et Nate, mais sa curiosité était piquée. Et elle s'inquiétait un peu pour Olivia, quand même, malgré la méchanceté dont elle avait récemment fait preuve à son égard. Apparemment, Olivia semblait faire une sorte de dépression.

— Elle doit juste être nerveuse à cause du mariage, dit Serena, bien qu'elle fût à peu près persuadée que cela ne représentait qu'une minuscule portion des problèmes d'Olivia. Vous savez comment elle est.

La mère d'Olivia hocha la tête. Quoique.

gossipgirl.net

thèmes ◀ précédent suivant ▶ envoyer une question répondre

Avertissement : tous les noms de lieux, personnes et événements ont été modifiés ou abrégés afin de protéger les innocents. En l'occurrence, moi.

salut à tous !

PERSONNE NE FAIT AUSSI BIEN

En raison de son départ spectaculaire, ***O*** a raté son soin du visage Frederic Fekkai, et c'est bien dommage, parce que rares sont les instituts qui le font aussi bien. Elle a aussi manqué le moment où ***K*** et ***I***, ayant abusé du vin blanc, chez Daniel, ont rassuré sa mère en lui disant qu'***O*** et ***N*** n'avaient pas encore consommé leur relation. Sans parler de celui où ses tantes se sont renseignées sur ce que ***S*** avait prévu pour la fac, l'année prochaine. Et puis, elle a raté un incomparable soufflé au chocolat renversé. Espérons qu'elle ne ratera pas le mariage – bien sûr, ça n'empêcherait personne de s'amuser, mais on peut compter sur elle pour la grande scène du deux.

Vos e-mails

Q: Salut Gossip Girl,
J'ai entendu dire que ***S*** avait couché avec tous les membres du jury, alors c'est pas vraiment surprenant qu'elle ait gagné, si tu vois ce que je veux dire ?
Ceecee

R: Salut Ceecee,
Elle a couché avec tous ? Même les filles ?
GG

Q: Yo gossipgirl,
Quoi de neuf ? Je voulais juste te dire que je te trouve sexy, même si on ne s'est jamais rencontrés. Au fait, je suis un mec. Je voulais dire aussi que j'étais dans le parc, après l'école, mercredi, et j'ai vu ***J*** et ***N***. On peut pas la rater, elle, remarque. Enfin, surtout la partie supérieure. Ils avaient l'air plutôt contents de se voir, si tu vois ce que je veux dire.
Goodie.

R: Salut Goodie,
Heu, merci du compliment, disons. Super merci pour le scoop. La rumeur court que ***N*** et ***J*** se roulent des pelles tous les jours après l'école. Pauvre ***O***.
GG

ON A VU

O arpentant les rues où vivent ***S*** et ***N***, pour tenter de les surprendre ensemble. ***J*** et ***N*** à la bibliothèque municipale sur la 96e Rue, en train d'étudier. Comme c'est mignon ! ***N*** est tout à fait décidé à réussir son entrée à Brown et dans… le cœur de ***J***. ***S*** à sa fenêtre, vêtue de la robe chocolat de chez **Chloé** que la mère de ***O*** a achetée pour toutes les demoiselles d'honneur. Je sais qu'elle est censée être la mieux foutue de la 5e Avenue, mais il paraît qu'elle fait un peu hippie. Aurait-elle abusé des hamburgers à Rhode Island ? ***N*** passant prendre son smoking pour le mariage chez **Zeller**. Et ***O*** à un match de hockey à **Madison Square Garden**

avec son frère et son nouveau demi-frère. J'imagine qu'il vaut encore mieux aller au hockey que traîner avec sa mère, bientôt jeune mariée, ou ses pimpantes amies demoiselles d'honneur. On a du mal à le croire.

Dans moins d'une semaine, c'est le grand jour. Passez un bon Thanksgiving, mais ne vous goinfrez pas trop, sinon vous ne rentrerez pas dans vos atours de mariage !

Vous m'adorez, ne dites pas le contraire,

gossip girl

les sexy demoiselles d'honneur et leurs cavaliers

— Avec cette robe, on dirait que j'ai des implants en silicone dans les cuisses, se plaignit Kati en se donnant des coups dans les jambes tandis qu'elle s'observait dans la glace.

— Ma peau a l'air toute grise, geignit Isabel.

Elle envoya une giclée de lait hydratant sur sa paume et l'étala sur ses bras.

— J'aurais dû acheter cette poudre dorée pour le corps que j'ai vue chez Sephora, ajouta-t-elle avec une moue.

Olivia quitta le lit de leur suite de l'hôtel St. Claire, où elle était assise, saisit la robe Chloé et la laissa pendre devant elle à bout de bras. Elle était longue, couleur chocolat, raffinée, avec de minuscules perles nacrées cousues en diagonale en travers du corsage et deux bretelles de perles, comme des colliers, pour tenir le tout.

Elle enleva d'un coup son peignoir d'hôtel blanc et enfila la robe. Le tissu épousait sa silhouette, mais elle ne se sentait pas serrée – c'était une sensation géniale. Olivia se regarda dans la glace. La robe ne lui donnait pas du tout un air hippie. Elle avait l'air sexy. Hier, elle avait été épilée à la cire, à la pince, exfoliée, baignée de vapeur et hydratée de la racine de ses cheveux aux ongles de ses pieds à l'institut et centre de détente Aveda sur Spring Street. Elle avait de nouvelles mèches beige doré dans les cheveux et le maquilleur de sa mère avait appliqué une poudre scintillante parfumée sur tout son corps. Olivia donna du volume au brushing que le coiffeur de sa mère venait de lui faire. Elle se fichait bien que Kati et Isabel ne soient pas contentes de leur robe. Nate allait avoir du mal à résister ce soir. En plus, cette tenue allait à la perfection avec les Manolo Blahnik que son père lui avait offertes pour son anniversaire. Elle était contente de pouvoir rester fidèle à son père, même au mariage à la con de sa mère.

— Tu as envie de moi, ne dis pas le contraire, dit Olivia à son reflet, prétendant parler à Nate.

Elle était sublime et elle était vraiment prête à sauter le pas.

— Je suis prête, déclara Serena en sortant de la salle de bains dans un nuage de parfums délicieux.

La robe lui allait super bien aussi, mais Olivia essaya de ne pas regarder. Elle s'était merveilleusement bien débrouillée pour ignorer Serena pendant toute la séance de coiffure et maquillage cet après-midi. Elle ne voyait aucune raison pour que cela cesse.

On frappa à la porte.

— Hé, c'est moi, dit Aaron. Vous êtes prêtes, les filles ?

Olivia ouvrit : Aaron et Tyler, en smoking, attendaient dans le couloir. Aaron avait coupé ses dreadlocks tout court, elles partaient dans tous les sens sur sa tête. On aurait dit une star du rock sur le point d'assister à la remise des Grammy Awards. Pour une fois, Tyler ressemblait à un parfait petit gentleman, cheveux soigneusement peignés et nœud papillon parfaitement noué. Elle dut reconnaître qu'ils étaient tous deux adorables.

— Wouah, fit Aaron. D'enfer, la robe.

Tyler confirma d'un hochement de tête.

— Tu es super belle, Olivia, déclara-t-il avec sérieux.

Celle-ci fronça les sourcils, se délectant de cette attention.

— Vous ne trouvez pas qu'elle me grossit ?

Quel cinéma, celle-là.

— Arrête, Olivia, dit Aaron en secouant la tête. Tu sais très bien que tu es sexy.

— Tu trouves, vraiment ? grimaça-t-elle.

— Ouais, et Mookie aussi. Il me l'a dit. J'ai été obligé de le laisser à la maison, mais avec cette robe, il aurait sûrement voulu se frotter à ta jambe, c'est clair.

— Va te faire foutre, grogna Olivia, qui jubilait.

Elle se tourna vers Kati, Isabel et Serena :

— Allez, finissons-en avec ce putain de mariage.

Les filles quittèrent la chambre les unes derrière les autres. Olivia jeta un dernier coup d'œil au somptueux lit king size de la suite. Bon, les heures à venir allaient être infernales. Et bien sûr, elle ne savait toujours pas à quelle fac elle atterrirait l'année prochaine. Mais aujourd'hui, c'était son anniversaire, et ce soir elle allait se faire dépuceler par Nate, dans ce lit.

— Cyrus Solomon Rose, acceptez-vous de prendre pour épouse légitime Eleanor Wheaton Waldorf, l'aimer et la chérir, dans la santé comme dans la maladie, jusqu'à ce que la mort vous sépare ? demanda le pasteur unitarien depuis l'autel de l'intime chapelle multiconfessionnelle des Nations Unies.

— Oui.

— Et vous, Eleanor Wheaton Waldorf, acceptez-vous de prendre pour époux légitime Cyrus Solomon Rose, de l'aimer et le chérir, dans la santé comme dans la maladie, jusqu'à ce que la mort vous sépare ?

— Oh, oui. J'accepte.

Misty Bass se déhancha sur l'inconfortable banc de bois où elle était installée.

— Rappelle-moi pourquoi ils étaient obligés de se marier aussi vite, déjà ? murmura-t-elle à Titi Coates.

Mme Coates se rapprocha de son amie et lui adressa un regard entendu à travers la petite voilette bleue attachée à son fabuleux bibi à plume de paon.

— Il paraît qu'elle était à court d'argent, chuchota-t-elle. C'était le seul moyen pour elle d'échapper aux créanciers.

Mme Archibald ne put s'empêcher d'ajouter son grain de sel :

— On m'a raconté qu'elle était tombée amoureuse de sa maison de vacances dans les Hampton, dit-elle en se penchant pour murmurer aux oreilles de Misty et Titi. Elle voulait l'acheter, mais il refusait de vendre. Alors elle a réfléchi à un autre moyen de mettre la main dessus.

— Combien de temps ça va durer, vous croyez ? demanda Misty, dubitative.

Titi eut un sourire méchant.

— Combien de temps tu pourrais vivre avec *ça*, toi ?

Elles observèrent Cyrus, qui semblait particulièrement rose dans sa veste à queue-de-pie grise à fines rayures avec chemise, cravate et gilet crème. Il avait une montre de gousset en or et des demi-guêtres sur ses chaussures.

Des demi-guêtres ? Il se croyait où, là, à une soirée costumée ?

Eleanor était radieuse, malgré sa ridicule robe vieux rose très « il était une bergère ». Ses yeux bleus luisaient de larmes de joie et d'antiques diamants scintillaient à son cou, ses poignets, ses oreilles.

Mais, surtout, les demoiselles d'honneur et leurs cavaliers…

Olivia agrippait son bouquet de lys et gardait les yeux rivés sur Nate, occultant totalement la cérémonie de mariage.

Quelques jours avant, Nate lui avait enfin envoyé un e-mail, ambigu, dans lequel il s'excusait de ne pas l'avoir vue depuis longtemps, expliquant qu'il avait dû aller dans le Maine passer Thanksgiving en famille. Olivia lui avait immédiatement répondu, en lui racontant combien elle était impatiente et excitée pour ce soir. Nate n'avait jamais donné suite, elle avait donc dû se contenter de l'idée que tout serait arrangé dès qu'ils se reverraient.

Du moment que cette salope de Serena ne venait pas se mettre en travers de son chemin.

Olivia attendait que les yeux de Nate aillent se poser sur Serena pour surprendre un regard enflammé.

Mais il observait la cérémonie, ses yeux verts scintillant dans la chapelle éclairée aux bougies.

Pour une fois, Olivia décida d'être optimiste.

Peut-être, mais vraiment peut-être, se trompait-elle à leur sujet. Oublie Serena – Nate était aussi excité qu'Olivia pour ce soir. Sinon, pourquoi se serait-il fait aussi beau ? Il était absolument rayonnant de sex-appeal.

Mais bon, elle aussi.

Sa robe Chloé la moulait comme un préservatif et elle ne portait rien d'autre en dessous, qu'une paire de bas-jarretières dentelle.

Oh, et les Manolo Blahnik de son anniversaire, bien sûr.

Olivia était prête. C'était une bombe sexuelle à bouquet.

Alors pourquoi Nate ne la regardait-il pas ?

Nate se forçait à garder les yeux sur la cérémonie en feignant de s'y intéresser, pour éviter de croiser le regard d'Olivia. Il avait remarqué qu'elle était particulièrement sexy, mais cela ne faisait que l'inquiéter un peu plus pour la suite des événements. Dans sa poche, il avait le crayon de calligraphie préféré de Jennifer, un souvenir d'elle qu'il avait emporté lors de son séjour dans le Maine. Nate ne pouvait pas amener Jennifer au mariage, pour des raisons évidentes. Mais il avait promis de la retrouver au bar de l'hôtel pour qu'elle puisse le voir dans son smok'. Il lui avait aussi juré qu'il se retiendrait de fumer un bon gros pétard avant le mariage. Et maintenant il le regrettait. Il allait devoir affronter Olivia complètement clean. Nate mit sa main dans sa poche et serra le crayon. Rien que d'y penser, il se sentait nerveux.

Serena aussi était tendue, même si cela ne se voyait pas du tout. Dès qu'un professionnel s'occupait de son maquillage ou de son brushing, le résultat était fabuleux. Ses cheveux d'or brillaient, sa peau était lumineuse, son teint radieux et la robe Chloé couleur chocolat épousait son corps, accentuait ses hanches étroites, sa cambrure et ses longues jambes gracieuses.

À l'intérieur, Serena était beaucoup moins nette.

D'abord, elle s'inquiétait pour Dan. Il était bizarre.

Elle n'avait pas pu le voir du tout avant la cérémonie, mais elle lui avait parlé la veille. Enfin, presque. Elle seule avait parlé. Lui s'était contenté de grogner et de conclure qu'il la verrait au mariage. Serena ne savait pas quel était son problème, mais il en avait clairement un.

Elle s'inquiétait aussi pour Olivia, en dépit du fait que celle-ci l'avait ignorée toute la journée. Les filles se tenaient l'une à côté de l'autre et Serena pouvait quasiment sentir la tension émaner du corps d'Olivia, comme de l'électricité statique.

De l'autre côté de l'allée, le frère de Serena, Erik, lui fit un clin d'œil. On aurait dit un prince dans son smoking. Version masculine de Serena, il était blond aux yeux bleus, grand, avec quelques taches de rousseur saupoudrées sur le nez et d'adorables fossettes. Serena lui avait raconté son entretien merdique à Brown et comme prévu, Erik s'était contenté de quelques mots : « Qu'ils aillent se faire foutre. »

Ce n'était pas vraiment le conseil le plus rassurant qu'on lui ait donné, mais Serena respectait la sagesse insouciante de son frère – elle lui réussissait. Et de toute manière, elle pensait sérieusement à intégrer une école d'art.

Elle tourna la tête et essaya de repérer Dan dans le public, mais elle ne put voir sa tignasse brune nulle part parmi les chapeaux extravagants et les permanentes toutes fraîches des invités. Elle se demanda s'il s'était même donné la peine de venir.

Dan était tassé sur un banc, au fond de l'église, les mains super moites, essayant de ne pas écouter les impitoyables potins qui s'échangeaient autour de lui.

— C'est encore plus ringard que ce à quoi je m'attendais, entendit-il une femme murmurer.

— Mais qu'est-ce qu'elle a sur le dos ? lui répondit tout bas sa voisine.

— Et *lui*, alors ? renchérit la première.

— Tu as vu les robes des demoiselles d'honneur ? Elles sont pornographiques !

Dan ne comprenait pas de quoi elles parlaient. Tous les invités lui paraissaient plutôt spectaculaires, surtout Serena. Dan avait essayé de s'arranger du mieux qu'il avait pu, mais ses mocassins noirs élimés n'allaient pas du tout et sa chemise n'était pas bien repassée. Il ne s'était jamais senti moins dans son élément de toute sa vie.

Mais elle voulait qu'il soit là alors il était venu. Un agneau à l'abattoir.

— Vous pouvez embrasser la mariée, annonça le pasteur.

Cyrus attrapa Eleanor par la taille. Olivia serra

son bouquet contre son ventre, réprimant un haut-le-cœur.

Le baiser ne fut pas très long, mais toute démonstration publique d'affection entre des gens de l'âge de vos parents suffit à donner envie de vomir.

Cyrus écrasa un verre à pied enveloppé dans un tissu et le pianiste fit retentir quelques notes de félicitations.

Enfin, ils étaient mariés !

Les invités suivirent le couple dans l'allée et sortirent de la chapelle.

Sur le trottoir de la 1re Avenue, en face du bâtiment de l'ONU, Olivia se glissa derrière Nate sur la pointe des pieds et approcha sa bouche tout près de son oreille.

— Tu m'as manqué, susurra-t-elle.

Nate pivota et fit de son mieux pour sourire.

— Salut ! Félicitations, Olivia, dit-il en l'embrassant sur la joue.

Elle fronça les sourcils.

— Quelles félicitations ? C'est le pire jour de ma vie. À moins que tu n'arranges ça, dit-elle en se rapprochant de lui.

— C'est-à-dire ? dit Nate, sans cesser de sourire.

Olivia en avait tellement marre, qu'elle ne mâcha pas ses mots. Elle alla droit au but.

— Je veux dire que je ne porte pas de sous-vêtements.

Nate arrêta de sourire.

— D'accord.

Il enfonça les mains dans ses poches et se mit à tripoter le crayon de Jenny.

— Tu ne m'as même pas encore souhaité mon

anniversaire, fit-elle avec une moue, lèvre inférieure en avant.

Elle tendit la main pour tâter les poches de Nate.

— En plus, tu ne m'as pas fait de cadeau.

Nate cacha le crayon dans sa main pour qu'elle ne le sente pas.

— Tiens, tu n'as qu'à demander à ce type qu'il nous prenne en photo, suggéra-t-il, en désespoir de cause.

Le photographe de *Vogue* s'affairait à prendre des clichés romantiques de Cyrus et Eleanor à l'arrière de leur Bentley. Olivia s'approcha et le tira par la manche.

— Vous voulez bien nous prendre en photo, mon petit ami et moi ? demanda-t-elle avec entrain.

Mais quand elle se retourna, Nate avait disparu.

Un peu plus loin, Serena attendait Dan à la sortie de la chapelle, comme promis. Il la rejoignit en traînant des pieds, tête baissée.

— Je suis désolée pour tout ça, dit-elle en le serrant dans ses bras rapidement. J'espère que ce n'était pas trop bizarre.

Dan enfonça les mains dans ses poches de smoking.

— Ça allait.

— En tout cas, moi, j'ai trouvé ça bizarre, dit Serena. Et pourtant je connais ces gens !

Elle semblait tellement reconnaissante qu'il soit venu, que Dan décida de se lâcher un peu.

— Tu es vraiment magnifique, dit-il.

— Toi aussi, répondit-elle en souriant. Allez viens.

Elle le tira jusqu'à une limousine qui les attendait, et le poussa sur la banquette arrière.

— On va se prendre une cuite.

Ils avaient la voiture pour eux tout seuls. Dan adorait l'odeur des sièges en cuir. Il était assis tout à côté de Serena. Leurs jambes se touchaient.

— Merci de me tenir compagnie, dit-elle.

Dan tourna la tête et leurs yeux se rencontrèrent. La voiture allait démarrer. Serena avait l'impression que Dan était sur le point de dire quelque chose de sérieux.

Soudain, la porte arrière s'ouvrit et Nate passa la tête à l'intérieur.

— Salut, dit-il, hors d'haleine. Ça vous dérange pas si je viens avec vous ?

Hors de question qu'il se retrouve coincé dans une voiture, seul avec Olivia.

Erik apparut juste derrière.

— Moi aussi ? J'ai apporté les boissons, dit-il en lançant une bouteille d'alcool de pêche sur le siège.

Serena se dépêcha de leur faire de la place.

— Plus on est de fous, plus on rit ! s'exclama-t-elle joyeusement.

Dan ne dit rien.

Il s'alluma une cigarette.

tout le monde n'est pas à la fête

— Tu dois être ravie !

— Félicitations, ma chérie !

La scène de l'accueil des invités n'était pas écrite dans le scénario d'Olivia pour le film de la soirée ; pourtant, sa mère et Cyrus semblaient bien décidés à prolonger cette souffrance. Elle avait mal aux joues à force de sourire, elle n'en pouvait plus des embrassades, ni de raconter comme elle était contente pour sa maman. *Ben voyons.* C'était déjà assez atroce qu'elle ait dû poser devant le photographe les lèvres pressées contre une des grosses joues rougeaudes de Cyrus. *Horrible.*

— Elle est vraiment super, entendit-elle Aaron dire à quelqu'un.

Il recevait les convives juste à côté d'elle et n'arrêtait pas de dire aux gens qu'il était hyper ravi d'avoir une nouvelle sœur aussi cool. Olivia savait que c'était ironique. Elle avait envie de le frapper.

Joyeux anniversaire à moi, joyeux anniversaire à moi, songea Olivia avec amertume. Dès que cette connerie d'accueil serait terminée, elle irait trouver Nate et mettrait les points sur les i. Il ne comprenait pas à quel point elle avait besoin de lui en ce moment ? Ça ne se voyait pas ?

— Ils ont fait ça bien, au moins, souffla Misty Bass à son mari tandis qu'ils passaient devant la famille pour les féliciter et entraient dans l'élégante salle de bal de l'hôtel St. Claire, où avait lieu la réception.

La pièce scintillait d'argenterie, de linge de table blanc, de cristal et de chandelles. Un harpiste, installé dans un coin, jouait discrètement. Des serveurs en veste blanche distribuaient des flûtes de champagne doré et escortaient les invités jusqu'à leurs tables désignées.

Si Olivia s'était mêlée du plan de table, les choses auraient peut-être été légèrement différentes, mais Serena, Dan, Nate et Erik étaient tous installés à la même table, Serena étant entourée de Nate d'un côté et de Dan de l'autre. En face d'eux se trouvait Chuck Bass, le garçon que Serena et Dan exécraient le plus de tout l'annuaire. Il avait gominé ses cheveux noirs en arrière, c'était un nouveau look. Plus que jamais il avait l'air d'une tête de pine.

(Tête de pine, *nom fém.* : connard insensible, arrogant, chiant. Généralement, mais pas toujours, petit et chauve. Se prend pour le mec le plus bandant de la pièce.)

Chuck était en fait terriblement beau, un peu dans le genre publicité pour after-shave. C'était sa personnalité qui faisait de lui une tête de pine.

Il était entouré de Kati et Isabel, qui n'arrêtaient pas de se tortiller dans leur robe trop serrée.

Dan s'installa à sa place et considéra le déploiement d'argenterie de chaque côté de son assiette.

— En fait, ce n'est pas bien compliqué, lui dit Chuck d'un air supérieur.

Il montra du doigt la cuillère à soupe de Dan.

— Tu pars toujours de l'extérieur.

— Merci, fit Dan, honteux.

Il essuya ses mains moites sur son pantalon de smoking. Il n'aurait jamais dû venir.

Les serveurs apportèrent le premier plat. Velouté de potiron, en l'honneur de Thanksgiving, accompagné d'un gros panier de petits pains au levain, tout chauds.

— Alors attends, je suis perdu, là, poursuivit Chuck, régnant sur la table, odieux, comme d'habitude.

Il pointa son couteau à pain vers Serena.

— Tu es avec lui ? demanda-t-il en agitant son couteau en direction de Nate. Ou avec lui ? en désignant Dan.

Erik éclata de rire.

— En fait, Chuck, dit-il d'un ton sarcastique, ils font ça à trois. Nate en pinçait pour Dan depuis une éternité. Et Serena a fait les présentations.

Celle-ci remua sa soupe et regarda Dan en levant les yeux, l'air désolée.

— Dan est mon cavalier, dit-elle. Et il doit me détester à l'heure qu'il est.

— Mais non, dit-il en haussant les épaules.

Mais il se demandait quelle était la vraie réponse à la question de Chuck. *Tu es avec lui ?* Alors ? *Est-ce qu'elle était avec lui ?*

Les invités les ayant enfin tous félicités, Olivia et sa nouvelle famille formule enrichie se dirigèrent vers la table d'honneur. Olivia s'assit entre Aaron et Tyler, quasiment dos à dos avec Nate. Olivia n'arrivait pas à y croire. Serena et Nate étaient assis l'un à côté de l'autre à la table voisine, alors qu'elle était obligée de rester coincée avec sa famille. Pas croyable, putain.

Elle se recula dans sa chaise pour chuchoter à l'oreille de Nate.

— Je peux te parler ? Après les discours ?

Il acquiesça, hésitant, et jeta un coup d'œil à sa montre. Jennifer serait bientôt là. Il pouvait encore échapper à cette discussion avec Olivia.

Satisfaite, celle-ci se rassit normalement et saisit sa flûte de champagne, qu'elle descendit en une gorgée gigantesque. Puisqu'elle allait enfin perdre sa virginité avec Nate, elle voulait être détendue.

— Du calme, princesse, l'avertit Aaron. Je n'ai pas envie que tu me vomisses dessus.

— Et pourquoi pas ? répondit Olivia en levant son verre pour que le serveur le lui remplisse de nouveau. Ce serait un progrès.

Cyrus parcourait un tas de petites fiches et marmonnait dans sa barbe, répétant son discours.

— Ne t'inquiète pas, mon chéri, dit Eleanor en lui tapotant l'épaule. Sois toi-même, c'est tout.

Olivia leva les yeux au ciel et descendit une autre flûte de champagne. Elle n'avait jamais entendu pire conseil.

Les serveurs débarrassèrent les assiettes à soupe et resservirent du champagne. Cyrus Rose transpirait comme un porc. Il prit une fourchette et s'en servit pour faire tinter son verre. Olivia ne pouvait pas supporter de passer une minute de plus assise là, c'était atroce. Elle se rinça la bouche au champagne, pour la débarrasser d'éventuelles impuretés, se tourna et tira Nate par la manche de sa veste.

— On y va tout de suite, dit-elle entre ses dents.

Nate se retourna et la dévisagea d'un air ébahi.

— Mesdames et messieurs, puis-je avoir votre attention ! disait Cyrus en continuant de faire résonner son verre.

— Allez, Nate, *on y va*, ordonna Olivia.

Il regarda sa montre. Jennifer serait là dans quelques minutes. Pas question de la faire attendre simplement parce qu'il serait on ne sait où avec Olivia, pleurant sur son épaule.

— Mais Cyrus va faire un discours, dit-il.

Olivia enfonça les ongles dans son bras.

— Justement, lâcha-t-elle. Allez, *viens*.

Nate secoua la tête. Il prit une grande inspiration, expira.

— Détends-toi, lui dit-il avant de se retourner.

Olivia garda les yeux fixés sur la nuque de Nate, sidérée.

— Quoi ? dit-elle, pas certaine d'avoir bien entendu.

Son cul nu la grattait à cause du frottement de la robe. *Non, ce n'est pas possible*, se dit-elle. Nate ne se conduisait pas comme un con, il ne venait pas non plus de lui mettre un vent colossal. Tout ça, c'était dans sa tête.

Cyrus s'éclaircit la gorge.

— Olivia ! siffla sa mère de l'autre côté de la table.

Aaron l'attrapa par la main et la remit en place sur sa chaise.

— Ne sois pas grossière, dit-il.

Toute la salle était silencieuse, attendant que Cyrus commence son discours.

— Merci d'être venus et d'avoir écourté vos congés de Thanksgiving pour être avec nous.

Puis il se lança dans le même speech à la con qu'elle l'avait entendu répéter toute la semaine à la maison, en faisant les cent pas dans le couloir de leur appartement de la 72e Rue, vêtu du même pantalon de pyjama en cachemire qu'elle avait volé pour Nate.

Olivia resta parfaitement immobile, à observer les bulles remonter à la surface de sa flûte de champagne. Si elle bougeait le moindre muscle, sa tête allait exploser.

gossipgirl.net

thèmes ◀ précédent suivant ▶ envoyer une question répondre

Avertissement : tous les noms de lieux, personnes et événements ont été modifiés ou abrégés afin de protéger les innocents. En l'occurrence, moi.

salut à tous !

CARNET ROSE DU NEW YORK TIMES

Eleanor Wheaton Waldorf, figure de l'Upper East Side, et Cyrus Solomon Rose, promoteur immobilier, se sont mariés aujourd'hui sur fond de scandales, rumeurs et intrigues. Ils se fréquentent depuis leur rencontre chez Saks, au printemps dernier. À l'époque, Eleanor souffrait d'un sévère manque de confiance en elle, son mari l'ayant récemment quittée pour un homme. Mais grâce à Cyrus, elle a tout oublié. Épris de son sourire, de sa toute nouvelle minceur et de son énorme appartement sur la 5e Avenue, Cyrus n'est pas près de les laisser filer. Il avait surtout hâte de quitter sa femme, une maniaque de la chirurgie esthétique. Eleanor est tombée amoureuse de sa joie de vivre, de son sex appeal de Père Noël coquin et de son incroyable maison sur la plage de Bridgehampton.

Ne vont-ils pas merveilleusement bien ensemble ?

La mariée est la fille du richissime courtier en obligations Tyler August Waldorf, aujourd'hui décédé, et de Mirabel Antoinette Kattrel Waldorf, organisatrice de soirées mondaines, également disparue. Elle a deux enfants, Olivia Cornelia Waldorf, qui a dix-sept ans et Tyler Hugh Waldorf, onze ans. Le marié est le fils de feu

Jeremiah Leslie Rose, ancien rabbin de la synagogue Scarsdale, et de Lynne Dinah Bank, décoratrice d'intérieur à la retraite, qui réside au Mexique. Son fils, Aaron Elihue Rose, est âgé de dix-sept ans.

Après une période de fiançailles ridiculement courte, ils se sont mariés aujourd'hui. Pour la cérémonie, le couple a choisi la chapelle multiconfessionnelle des Nations Unies, lui étant juif et elle protestante, et aucun des deux ne souhaitant se convertir. La réception se déroule en ce moment même au très chic hôtel St. Claire sur la 61e Rue Est. Le dîner se compose notamment d'un plat de quenelles, autrement dit une mousse de poisson, fortement susceptible de vous rendre malade si vous l'arrosez trop de champagne. Le couple passera sa lune de miel, d'une durée d'un mois, sur un yacht, dans les Caraïbes, laissant leurs enfants se débrouiller tout seuls chez eux en leur absence.

Hmm. Voilà qui risque d'être intéressant !

La mariée a pris le nom de son époux, ainsi que son fils Tyler. Sa fille, Olivia, demeure indécise. « Rien à f…, c'est non », fut sa réponse à cette question.

Chacun des jeunes époux a vécu un précédent mariage qui s'est soldé par un divorce tout à fait scandaleux. Mais c'est du passé, alors toutes nos félicitations.

Vaudrait mieux que je retourne à la fête !

Vous m'adorez, ne dites pas le contraire.

gossip girl

joue contre joue

— J'espère qu'il nous attend dans le hall, dit Jenny, nerveuse.

— Ne t'inquiète pas, la tranquillisa Vanessa. On va le trouver.

Elles poussèrent les portes à tambour de l'hôtel St. Claire et parcoururent des yeux le somptueux vestibule. Les filles portaient toutes les deux une petite robe noire années 60 dénichée pour dix dollars chez Domsey, à Williamsburg. Celle de Jenny était brodée de perles de jais, celle de Vanessa avait un chat en velours cousu sur la jupe. Elle portait aussi des bas résille noirs, une première.

Toutes deux étaient extrêmement mignonnes avec leur petit air rétro.

— Le voilà ! couina Jenny en fonçant tout droit sur Nate, assis dans un coin, buvant du champagne à grands traits.

— Bien, dit Vanessa, ne se sentant soudain plus du tout à sa place.

Qu'était-elle censée faire pendant que Jenny et son petit ami bourge, plein de thunes, se pelotaient dans les coins ?

— Je vous retrouve au bar.

Elle avait bien insisté sur le fait qu'elle ne venait que pour le soutien moral, mais bien entendu, elle avait un motif ultérieur. Il y avait une chance pour que Dan passe par là, en allant aux toilettes ou quelque chose. Au moins, elle n'aurait pas l'impression de s'être mise en robe pour rien.

*
* *

— Salut Jennifer, dit Nate en l'embrassant sur la joue et en lui prenant la main.

— Salut, dit Jenny, les yeux luisant d'excitation.

Elle remarqua ses chaussures brillantes à lacets. Son smoking noir, classe. Ses cheveux châtain doré, ondulés. Ses scintillants yeux verts.

— Tu es… vraiment superbe, rajouta-t-elle.

— Merci. Toi aussi, dit Nate en souriant.

— Alors, qu'est-ce que tu veux faire ?

— On va prendre un siège et passer un moment ici, tu veux ?

— D'accord, fit Jenny.

Nate la guida vers un confident, dans un coin tranquille près du bar.

— Ça va si je prends seulement une eau pétillante, par exemple ? Je me sens un peu bizarre, avoua Jenny en croisant les jambes avant de les décroiser nerveusement.

— Bien sûr, dit Nate.

Le serveur s'approcha et Nate commanda pour eux deux.

— Deux eaux pétillantes.

Wouah, il était vraiment en train de s'assagir.

Il reprit la main de Jenny et la posa sur ses

genoux. Elle pouffa. C'était bizarre, de se retrouver avec Nate dans un bar d'hôtel et pas dans un parc ou chez lui. Elle avait l'impression que tout le monde les regardait.

— Détends-toi, lui dit-il calmement.

Il leva sa petite main et l'embrassa tendrement.

— J'essaie, dit Jenny.

Elle ferma les yeux, inspira profondément et appuya sa tête sur l'épaule de Nate. C'était facile de se calmer, avec lui. Elle se sentait tellement en sécurité quand il était là. Quand elle rouvrit les paupières, elle vit Nate qui la regardait, ses yeux verts brillaient.

— J'ai comme l'impression que je vais me mettre dans un sacré pétrin, dit-il, comme si cela le réjouissait d'avance.

— Comment ça ? dit Jenny en fronçant les sourcils.

— Je ne sais pas…

Il n'allait sûrement pas lui expliquer que sa petite amie officielle, Olivia, était dans la pièce d'à côté, probablement armée et dangereuse.

— C'est juste une impression, reprit-il.

Jenny serra sa main.

— Ne t'en fais pas, on ne fait rien de mal.

— Alors, Cyrus, Tyler et moi, on a discuté de notre nom, commença la mère d'Olivia à la fin du discours de son nouveau mari, pendant que l'on servait quenelles et salade bio.

— Qu'est-ce qu'il a, votre nom ? C'est quoi ce truc ? dit Olivia en donnant un petit coup de fourchette à sa quenelle.

— Tu ne te souviens pas ? C'est ce qu'on avait choisi à la dégustation, dit sa mère.

Olivia goûta, une bouchée minuscule.

— On dirait de la bouffe pour chat.

Elle repoussa son assiette et saisit sa coupe de champagne.

— Bref, poursuivit sa mère. Tyler est d'accord pour changer de nom et s'appeler Rose. Moi, c'est déjà fait. Il ne reste plus que toi, Olivia.

Celle-ci donna un coup dans son pied de chaise. Ce n'était pas la première fois que le sujet venait sur le tapis.

— Tu changes de nom ? demanda-t-elle à son frère, incrédule.

— Ouais, j'ai décidé, acquiesça Tyler. *Tyler Rose.* Ça fait cool, non ? Genre DJ, un peu.

— C'est clair, approuva Aaron, puis, baissant la voix, « et maintenant pour le bon gros son, Tyler Rose aux platines, live, depuis la 72e Rue ».

— Écrase, marmonna Olivia.

Comme si son deuxième prénom n'était pas déjà assez naze, maintenant ils essayaient de lui coller un nom de famille encore pire ? *Olivia Cornelia Rose* – rien à foutre, c'était non.

— Je t'ai déjà dit, moi je ne change pas, dit-elle.

Le visage de sa mère se décomposa.

— Oh, Olivia, ce serait tellement bien si on pouvait tous avoir le même nom. Comme une vraie famille.

— Non, insista Olivia.

Cyrus lui adressa un sourire compréhensif.

— Ta mère et moi, on aimerait vraiment que tu y réfléchisses encore un peu, au moins, dit-il.

Olivia serra les lèvres pour se refréner de hurler au scandale. Qu'est-ce qui n'était pas clair dans « non » ? Elle se tourna pour chercher Nate du regard, mais sa chaise était... vide. Oh, pourquoi fallait-il que tout soit aussi chiant ?

— Pardon, dit-elle, amère.

La quenelle remonta dans sa gorge, pétillant dans les litres de champagne qu'elle avait déjà consommés. Olivia quitta précipitamment la table, les deux mains sur la bouche.

Serena et Erik composaient des sculptures comestibles à base de quenelle. C'était trop mauvais pour être mangé et l'orchestre n'avait pas encore commencé à jouer, alors ils n'avaient rien de mieux à faire. Erik avait subtilisé l'assiette de Nate et ils avaient empilé les trois quenelles en forme de poisson l'une au-dessus de l'autre, en les attachant à l'aide de pailles. Erik savait comment faire, parce qu'il étudiait l'architecture à Brown.

Dan avait bien aimé la quenelle. Il l'avait mangée très lentement, en rassemblant son courage pour ce qu'il était sur le point de faire.

— Hé, je peux te parler une minute, demanda-t-il finalement à Serena, en mettant sa main sur la table, à côté de son assiette, pour attirer son attention.

— Bien sûr, dit-elle en se tournant vers lui.

— Vous occupez pas de moi, j'ai du boulot, dit Erik en renforçant leur tas de quenelles à l'aide de noisettes de beurre.

— Qu'est-ce qu'il y a ? dit Serena.

Elle plaça ses cheveux derrière ses oreilles et se pencha vers Dan, lui accordant toute son attention.

Il plongea son regard dans ses yeux bleu presque marine et essaya d'y trouver ce qu'il cherchait. Un indice qui lui ferait comprendre qu'il était idiot de s'inquiéter. Qu'elle l'aimait autant qu'il l'aimait, lui. Mais il n'y vit rien que du bleu.

— Je voulais juste dire que je ne voulais pas... Je... Quand je t'ai envoyé ce poème, je pensais...

Dan ne savait pas très bien ce qu'il essayait de dire. On aurait dit qu'il voulait s'excuser, pourtant il n'était pas désolé. Il n'était désolé de rien, si ce n'était du bleu des yeux de Serena, du bleu et rien d'autre.

— Oh, ne t'en fais pas, dit Serena.

Elle prit une gorgée de champagne et tripota le bas de la nappe.

— Tu es un peu excessif, c'est tout, ajouta-t-elle.

Excessif ? Ça voulait dire quoi, ça, exactement ? se demanda Dan.

Tout à coup, l'orchestre de jazz commença à jouer.

— Oh, j'adore cette chanson ! s'écria Serena.

C'était « Cheek to Cheek[1] ». Elle adorait la musique cucul.

— Mesdames et messieurs, les mariés ! annonça le chef d'orchestre.

Cyrus et Eleanor Rose se levèrent et virevoltèrent sur la piste, en faisant signe à leurs invités de les rejoindre.

Chuck invita Kati et Isabel, et il les entraîna à ses côtés, ses mains glissant de leur dos à leurs fesses en quelques secondes.

— Tu veux danser ? demanda Serena à Dan.

1. « Joue contre joue ».

Elle se leva et lui tendit la main.

Il leva vers elle des yeux meurtris, se sentant effectivement très excessif.

— Non, merci, dit-il en se levant pour quitter la table. Je crois que je vais aller fumer une clope.

Serena le regarda partir. Elle savait que Dan était contrarié, mais que pouvait-elle y faire ? Apparemment, quoi qu'elle dise et quoi qu'elle fasse, il trouvait toujours une raison d'être triste. Il aimait ça. C'est ce qui lui donnait matière à écrire.

Serena préférait être insouciante et légère, comme son frère. Elle vida sa flûte de champagne et attrapa Erik par les épaules pour le détourner de ses jeux avec la nourriture.

— Alors y a plus moyen de s'amuser, ici ? lui demanda-t-elle, un peu désespérée.

Erik se leva.

— Ah si, surtout toi, dit-il en la prenant dans ses bras et en la basculant en arrière exagérément.

Et c'était vrai, car Serena trouvait toujours le moyen de s'amuser, même si ce soir, ce n'était pas le cas, pour l'instant. Mais la soirée ne faisait que commencer…

amor omnia vincit – l'amour triomphe de tout

— Tu as vu mon frère ? Il s'amuse bien ? demanda Jenny à Nate.

Celui-ci ouvrit son Zippo en argent d'un coup sec et s'alluma une cigarette.

— Je n'ai pas fait très attention, reconnut-il.

— Je suis sûre qu'il en profite. Le contraire m'étonnerait, dit-elle en parcourant des yeux la décoration flamboyante de l'hôtel.

Nate bascula la tête en arrière et envoya la fumée vers le plafond. Jenny but une gorgée de son eau pétillante.

— Et toi ? Est-ce que tu passes un bon moment ? demanda-t-elle.

Il se pencha et vint poser ses cheveux d'or sur son épaule nue. Elle sentait le talc pour bébé et l'après-shampooing.

— Ça va beaucoup mieux maintenant que tout à l'heure.

— C'est vrai ?

Jenny n'arrivait toujours pas à intégrer le fait que Nate s'intéresse un tant soit peu à elle. Il était maintenant en train de lui dire qu'il préférait passer du temps avec elle que danser à la réception de l'un des plus grands mariages de l'année ?

Nate tourna la tête et l'embrassa dans le cou, en remontant le long de sa joue, jusqu'à ses lèvres. Jenny ferma les yeux très fort et l'embrassa à son tour. Elle avait l'impression d'être une princesse dans un conte de fées, elle ne voulait jamais se réveiller.

Dan se glissa dans un fauteuil au bout du bar de l'hôtel St. Claire et commanda un double whisky *on the rocks*. Les mains tremblantes, il tira une Camel de la poche de son manteau et l'alluma. Des larmes tombèrent sur le papier de la cigarette, qui pendait, humide, tordue, entre ses lèvres. Il attrapa un stylo sur le bar et dessina une grande croix noire sur sa serviette en papier. C'était tout ce dont il était capable.

Tous ces adorables poèmes tragiques qu'il avait écrits étaient censés écarter la véritable tragédie, l'idée même que Serena puisse ne pas l'aimer. Mais c'était pourtant vrai. Elle ne l'aimait pas.

Le plus drôle, c'était qu'il ne pleurait pas tant sur elle que sur ce qu'elle avait dit.

Il était excessif. Un pauvre type dont le destin était d'effrayer les gens parce que personne n'atteindrait jamais son niveau dans l'excès.

La poitrine de Dan fut étranglée d'un sanglot et il s'écroula, la tête sur le bord de son verre. Du coin de l'œil, il aperçut une tignasse familière, brune et bouclée, et reconnut l'imposant décolleté, la minuscule silhouette.

Sa sœur.

Et juste à côté d'elle, les mains partout sur son

imposant décolleté et sa minuscule silhouette, cet enfoiré plein de thunes, Nate.

Dan n'était franchement pas d'humeur à regarder sa petite sœur se faire agresser sexuellement par un petit bourge défoncé, avec du shit à la place du cerveau. Il se redressa, s'envoya son verre de whisky et pivota sur son siège.

Après avoir vomi sa quenelle, Olivia était sortie fumer une cigarette et prendre l'air. Ça n'avait pas duré très longtemps. On était en novembre et elle se gelait le cul, elle rentra donc et se dirigea vers les toilettes pour se refaire une beauté.

Dès qu'elle se serait rincé la bouche et aurait arrangé ses cheveux, dès qu'elle aurait remis une couche de rouge à lèvres et un ou deux coups de parfum en vapo, elle irait trouver Nate et elle l'emmènerait à l'étage, dans leur suite. Ça suffisait, maintenant. C'était son anniversaire et les choses allaient se passer selon son bon plaisir.

Mais comme elle traversait le bar en direction des toilettes des femmes, Olivia s'arrêta net. Dans un coin, Nathaniel Archibald – *son* Nate – embrassait une gamine de troisième de Constance Billard.

La bande originale atteignit un crescendo puis s'interrompit d'un coup. Le premier rôle féminin se mit à trembler, les yeux écarquillés.

Olivia eut l'impression d'avoir reçu une balle dans le ventre. Nate avait l'air totalement détendu, heureux. Lui et la fille – comment s'appelait-elle, déjà ? Ginny ? Judy ? – se tenaient la main. Ils souriaient et se murmuraient des douceurs à l'oreille. Ils avaient l'air amoureux.

Cela n'était clairement pas dans le scénario.

En les contemplant avec horreur et fascination, Olivia eut une révélation, la déception la plus saisissante de toute sa vie. Pire encore que l'idée de ne pas entrer à Yale.

Nate n'était pas la star masculine, dans le film de sa vie. Il n'allait pas lui faire perdre la tête et l'aimer elle, et personne d'autre. Il n'était qu'un second rôle, une espèce de naze qui quitterait l'écran avant la scène finale. Et si c'était le cas, alors là, non merci, elle n'en voulait pas.

Olivia se détourna, des larmes de déception obscurcissant sa vision tandis qu'elle se dirigeait vers les toilettes pour la troisième fois. Elle avait gravement besoin d'une cigarette et elle voulait la fumer dans un coin chaud et tranquille.

*
* *

— Enlève tes sales pattes de ma sœur, connard ! grogna Dan en agitant sa Camel allumée en direction de Nate d'un air menaçant.

— Dan ? dit Jenny en se redressant. Arrête. Ça va.

— Non, ça va pas. Tu ne sais pas de quoi tu parles, dit Dan à sa petite sœur sur un ton méprisant.

Nate pressa la cuisse de Jenny pour la rassurer et se leva. Il mit la main sur l'épaule de Dan et la lui tapota doucement.

— Tout va bien, vieux. On est amis. Tu le sais.

Dan secoua la tête. Des larmes amères dégoulinèrent de son visage pour s'écraser sur le sol de marbre.

— Lâche-moi.

— C'est quoi, ton problème ? Tu as bu ou quoi ? voulut savoir Jenny, en se levant à son tour.

— Allez, Jenny, dit Dan en l'attrapant par le bras. On rentre.

Elle se tordit le bras pour se dégager.

— Aïe ! Lâche-moi ! cria-t-elle.

— Hé, vieux, dit Nate. Pourquoi tu rentrerais pas, toi ? Je ferais en sorte que Jennifer rentre sans problème.

— Mais ouais, j'en doute pas, cracha Dan.

Il tendit à nouveau le bras pour attraper le poignet de Jenny.

— Hé, Dan, lança une voix de fille, posée et sarcastique, depuis le bar. Pourquoi t'irais pas écrire un poème sur le sujet ou quelque chose ? Il faut que tu te calmes, là.

Dan, Jenny et Nate levèrent les yeux. C'était Vanessa, perchée sur un tabouret, au bar, dans sa petite robe noire au chat. Ses lèvres étaient maquillées de rouge foncé. Il y avait une lueur rieuse dans ses yeux noisette. Sa tête était rasée comme un mec de l'armée. Elle avait la peau si pâle qu'elle semblait rayonner. Elle était assez sublime.

Du moins pour Dan.

Le plus incroyable, c'étaient ses yeux. Pourquoi ne les avait-il jamais remarqués avant ? Ils n'étaient pas seulement noisette, comme ceux de Serena étaient bleus. Ils lui parlaient. Et ils lui disaient des choses qu'il voulait entendre.

— Salut, dit Vanessa, s'adressant uniquement à Dan.

— Salut, répondit celui-ci. Qu'est-ce que tu fais là ?

Vanessa glissa de son tabouret et s'approcha. Elle mit son bras autour des épaules de Dan et l'embrassa sur la joue.

— Je te paie un verre, dit-elle. Viens.

comme d'habitude, o est aux toilettes, mais s y est aussi

Après « Cheek to Cheek », l'orchestre entonna « Putting on the Ritz », Serena et Erik prétendirent être Ginger Rogers et Fred Astaire, cabotinant dans leur coin, sur la piste de danse. Serena remuait les bras gaiement, en essayant de jouer l'insouciante, d'être le sel de la fête.

Puis Chuck s'interposa.

— Tu permets ? demanda-t-il en glissant sa main, bague au petit doigt, autour de la taille de Serena et écartant Erik d'un coup de hanche.

Serena n'aurait pu trouver meilleur prétexte pour arrêter de danser.

— Pas question, dit-elle.

Elle quitta la piste et attrapa son sac à main sur sa chaise. Elle pouvait peut-être retrouver Dan et le raisonner autour d'une cigarette.

Mais quand elle arriva au bar, elle vit que Dan était déjà en train de revenir à la raison... grâce à Vanessa. Elle avait son bras autour de lui et bien qu'elle ait toujours la tête rasée et ses Doc Martens aux pieds, son visage paraissait plus doux et gracieux que jamais. C'était parce que Vanessa avait les yeux posés sur Dan et Dan les yeux posés sur elle et qu'ils étaient… *amoureux* !

Serena continua à avancer jusqu'aux toilettes. Elle avait toujours envie d'une cigarette, mais elle ne voulait pas leur gâcher ce moment.

Olivia, perchée au-dessus d'un lavabo tout au fond des toilettes, fumait menthol sur menthol. Elle entendit quelqu'un entrer, mais ne tourna pas la tête. Elle était trop accaparée par sa propre tragédie.

Il y avait de fortes chances pour qu'elle n'entre pas à Yale, même après le montant particulièrement embarrassant de la donation de son père. Nate ne l'aimait pas. Elle ne portait plus le même nom que le reste de sa famille. Et elle était toujours vierge. C'était comme si elle était devenue quelqu'un d'autre sans même essayer. Comme si elle s'était fait renverser par une voiture, était devenue amnésique et avait continué à vivre comme si de rien n'était.

Le nez d'Olivia coula sur sa robe, elle l'essuya. Elle n'arrivait même plus à savoir si elle pleurait. Elle était anesthésiée.

— Hé, Olivia, ça va ? lança Serena, un peu timidement.

Bien que dépourvue de crocs, Olivia pouvait quand même vous arracher la tête d'un coup de gueule.

Olivia regarda par-dessus son épaule et hocha la tête. Des mèches brunes collaient à ses joues mouillées, son eye-liner avait bavé.

— Tiens, dit Serena, s'approchant pour lui tendre un paquet de serviettes en papier. J'ai plein de maquillage dans mon sac si tu en as besoin.

— Merci, dit Olivia en prenant les serviettes.

Elle se moucha, ses épaules tremblant sous l'effort. Serena ne l'avait jamais vue dans un tel état.

— Ça va ? répéta-t-elle.

Olivia leva la tête et lut une authentique inquiétude dans les yeux bleus de Serena. Incroyable, mais vrai. Malgré toutes les crasses qu'Olivia lui avait faites, Serena s'intéressait encore à elle.

— Non, reconnut Olivia. Franchement, ça va pas du tout.

Sa poitrine fut prise d'un hoquet, un sanglot lui échappa.

— Rien ne va dans ma vie.

L'une des bretelles en perles de la robe d'Olivia tomba ; Serena tendit la main et la remonta.

— Je t'ai vu voler le bas de pyjama chez Barneys, dit-elle.

Olivia la regarda.

— Tu n'en as parlé à personne, hein ? demanda-t-elle.

— Juré, dit Serena en secouant la tête.

Olivia soupira et baissa les yeux vers sa magnifique paire de mules.

— Je ne sais pas pourquoi j'ai fait ça, dit-elle, la lèvre inférieure tremblante. Il ne m'a même pas remerciée.

— Qu'ils aillent se faire foutre, répondit Serena en haussant les épaules.

Elle fouilla dans son sac à main et en sortit une brosse à cheveux et un paquet de cigarettes. Elle en alluma deux et en tendit une à Olivia.

— C'est ton anniversaire, dit-elle.

Olivia hocha la tête et prit la cigarette. Elle tira

dessus prudemment tandis que les larmes continuaient à ruisseler sur son visage. Et elle eut un hoquet, très fort.

Serena essaya vraiment de ne pas rire, mais elle ne pouvait pas s'en empêcher. Olivia avait l'air tellement pathétique. Elle mordit ses fameuses lèvres pour retenir le fou rire. Des larmes roulaient sur ses joues parfaites.

Olivia la fusilla du regard. Mais quand elle ouvrit la bouche pour dire une méchanceté, tout ce qui en sortit fut un autre hoquet, énorme. Elle retint sa respiration.

— Et merde, fit-elle en explosant de rire.

Maintenant qu'elle avait commencé, elle ne pouvait plus s'arrêter. Serena non plus. C'était tellement bon, de rire ! Le mascara leur dégoulinait sur le visage, leur nez coulait jusque par terre, ce qui les faisait rire de plus belle.

Quand elles se reprirent enfin, Serena se mit derrière Olivia et commença à lui brosser les cheveux.

— Bon anniversaire, au fait, dit-elle en regardant Olivia dans la glace, la cigarette entre les dents. Tu me dis si je te fais mal.

Olivia ferma les yeux et laissa retomber ses épaules. Pour une fois, elle ne pensait pas à son entretien à Yale, ni à son dépucelage avec Nate, ni à la cata familiale. Elle n'était pas la star d'un film. Elle respirait simplement, en appréciant le doux mouvement de la brosse dans ses cheveux.

— Ça ne fait pas mal, dit-elle à sa vieille amie. Ça fait du bien.

qui a quitté la soirée et qui l'a rejointe

— Je ne crois pas que Vanessa va avoir envie de repartir avec moi, murmura Jenny à Nate, en désignant le coin du bar où Vanessa et Dan se tenaient, têtes rapprochées.

— Qui a dit que tu t'en allais ? demanda Nate.

Jenny rajusta sa robe sur ses cuisses. Ils s'embrassaient depuis un moment, avec Nate, et elle était remontée.

— Tu ne dois pas retourner à la réception ? Tu es quand même invité au mariage, et tout…

Nate termina son verre et croqua un glaçon entre ses dents. Il se fichait pas mal de qui les verrait ensemble. Même Olivia. Il voulait être vu en compagnie de Jennifer.

— Si, mais je t'emmène avec moi, dit-il.

— Arrête ! Je peux pas ! s'étrangla Jenny, mi-terrifiée, mi-ravie.

Bien entendu, elle en mourait d'envie. Avec un peu de chance, elle aurait sa photo dans *Vogue* !

— Allez, viens, dit-il.

Il se leva et lui tendit la main.

— On va danser.

Dan prit une grosse gorgée de whisky et reposa son verre sur le bar.

— Alors je parie que tu me prends pour un pauvre type, hein ? dit-il en se tournant pour contempler les yeux rieurs de Vanessa.

De nouveau, il se demanda comment il avait pu ne pas les voir.

— De toute façon, tu es un pauvre type, c'est clair, dit Vanessa en croisant les jambes comme une femme.

Elle attrapa une poignée de cacahuètes dans un ramequin posé sur le bar et les fourra dans sa bouche.

— Mais tu m'aimes quand même, hein ? dit Dan en la regardant intensément.

Vanessa arracha une peluche à ses résilles et l'envoya sur le sol du bar. Elle n'arrivait pas à croire qu'elle était vraiment en train de flirter avec Dan. Elle n'avait même pas encore rompu avec Clark ! Mais c'était plutôt rigolo, de jouer à la salope.

Elle se pencha et embrassa les lèvres frémissantes de Dan.

— Ouais, dit-elle, la bouche toujours pleine de cacahuètes.

— Nate et moi on était censés coucher ensemble ici ce soir, dit Olivia en s'affalant sur le lit dans sa suite d'hôtel et en envoyant voler ses chaussures.

Son corps épuisé était affaibli, ramolli. Ça faisait du bien de s'allonger.

Serena décida de ne pas enfoncer le couteau dans la plaie en demandant à Olivia ce qui s'était passé. Elle enleva sa robe et la lança sur un fauteuil dans un coin. Uniquement vêtue de sa minuscule culotte en satin blanc La Perla, elle se rendit dans la salle de bains et enfila un moelleux peignoir blanc en éponge. Elle en ressortit avec un second, pour Olivia.

Celle-ci s'extirpa de sa robe.

— Ne regarde pas, prévint-elle. Je n'ai pas de sous-vêtements.

Serena rit et tourna les yeux vers le plafond. Elle avait oublié qu'Olivia avait tendance à faire les choses à l'extrême.

— Ne me dis pas. Je parie que tu as aussi fait l'épilation maillot brésilien, je me trompe ?

Olivia sourit. Serena la connaissait trop bien.

— Ben ouais, reconnut-elle. C'était bien la peine.

Elle laissa tomber sa robe sur le sol.

— Et le pire, c'est que cette connerie m'a donné une irritation.

Serena alluma la télé.

— Je me demande s'ils ont la chaîne Playboy, ici. On pourrait mater des pornos et commander des bières au service d'étage, plaisanta-t-elle.

Elle prit la télécommande et alla s'asseoir sur le lit. Olivia la lui arracha des mains.

— Donne-moi ça. C'est mon anniversaire.

Puisqu'elle n'allait coucher avec personne, elle avait au moins le droit de regarder la chaîne des classiques du cinéma. Il y avait tout le temps des films d'Audrey Hepburn.

— On pourrait regarder un film et après sortir en boîte ou je ne sais où.

— D'accord, fit Serena en empilant les oreillers pour s'appuyer contre. Mais on peut au moins commander une pizza ou quelque chose ? Je crève la dalle.

Olivia se dépêcha de rejoindre le lit pour s'installer à côté de Serena. Elle fit défiler toutes les chaînes pour trouver celle qui l'intéressait. *Diamants sur canapé* venait à peine de commencer. Elle s'installa pour regarder, la tête appuyée sur les oreillers, jusqu'à se trouver à quelques centimètres seulement de celle de Serena, ses longues mèches brunes se mêlant aux cheveux blonds de son amie.

Les deux filles regardèrent Audrey Hepburn virevolter dans son appartement, flirter avec son nouveau voisin. Elles chantèrent « Moon River » avec elle, dans l'escalier de secours, et comptèrent combien de chapeaux fantaisie elle portait.

Audrey Hepburn avait la grâce, elle était mince, elle savait toujours quoi dire. Elle avait des fringues incroyables, elle était fabuleusement belle. Elle était tout ce qu'Olivia rêvait d'être.

Celle-ci soupira lourdement.

— Je ne ressemble pas du tout à Audrey, hein ? demanda-t-elle tout haut.

Serena sourit, sans quitter les yeux de l'écran.

— Bien sûr que si, dit-elle.

Et Olivia décida de croire que ce qu'elle venait de dire était vrai.

gossipgirl.net

thèmes ◀précédent suivant ▶ envoyer une question répondre

Avertissement : tous les noms de lieux, personnes et événements ont été modifiés ou abrégés afin de protéger les innocents. En l'occurrence, moi.

salut à tous !

ON A VU

Tard, samedi soir : ***D*** et ***V*** main dans la main, sortant du St. Claire. Je croyais qu'elle avait déjà un mec ? ***J*** et ***N*** faisant le tour de Central Park dans une de ces carrioles tirées par des chevaux. Un peu tarte, mais mignon quand même. ***O*** et ***S*** avec leurs robes assorties, au Patchouli, dans le centre, déchaînées sur la piste de danse. Dimanche : ***S*** allant récupérer un paquet cadeau chez ***N***. Plus tard, ***S*** et ***O*** au rayon homme chez Barneys, reposant un pantalon de pyjama en cachemire sur un cintre. Quelles bonnes samaritaines !

Vos e-mails

Q: Salut Gossip Girl,
D'abord, je voulais dire, tu déchires grave. Ensuite, t'inquiète pas pour ***O***. Sa mère et son beau-père se cassent un mois en lune de miel et on va faire la grosse fête chez elle. Je suis bien placé pour le savoir, c'est là que je vis moi aussi. ; -)
DoubleA

R: Cher DoubleA,
Qui a dit que je m'inquiétais ? On se voit là-bas !
GG

Questions et réponses

Comme tout le monde change de partenaire à droite à gauche, on a du mal à savoir ce qui va maintenant se passer !

O et ***S*** resteront-elles amies ?

O et ***N*** deviendront-ils « juste amis » ?

O trouvera-t-elle l'amour ? Et le perdra-t-elle ?

V larguera-t-elle son mec pour sortir avec ***D*** ?

D sera-t-il heureux ? Arrêtera-t-il d'écrire de la poésie ?

N et ***J*** resteront-ils ensemble ?

S rencontrera-t-elle quelqu'un qui retiendra son attention plus de cinq minutes ?

Et moi, arrêterai-je de parler des sus-mentionnés ?

Y a pas moyen.

À la prochaine.

Vous m'adorez, ne dites pas le contraire.

gossip girl

Fleuve Noir

Achevé d'imprimer sur les presses de

BUSSIÈRE

GROUPE CPI

à Saint-Amand-Montrond (Cher)
en mai 2007

FLEUVE NOIR
12, avenue d'Italie
75627 Paris Cedex 13

— N° d'imp. : 70553. —
Dépôt légal : février 2006.
Suite du premier tirage : mai 2007.

Imprimé en France